감염된
독서

감염된 독서

질병은
어떻게 이야기가
되는가

최영화
지음

글항아리

머리말

처음 시작은 우연입니다. 아주대 의료원 소식지에 교수들이 번갈아가며 쓰는 칼럼에 한 꼭지 글을 썼고 그것이 이어져 매달 한 편씩 5년 넘게 쓰는 바람에 이렇게 한 묶음의 책이 되었습니다. 아주대 의료원 홈페이지에서 언제든 볼 수 있으니 굳이 모으지 않아도 될 텐데 컴퓨터나 스마트폰을 열지 않고 종이로 넘겨보는 묵은 습관을 위해 이렇게 묶습니다. 잊어버리는 게 나은 글도 있고 다시 꺼내 보니 오히려 부끄럼만 나서 덮어 버릴까 하는 생각도 했습니다. 그렇지만 언제든 다시 깊게 정리하고 싶은 맘이 있었기에 이렇게 꺼내어 보입니다. 닳아진 낡은 옷을 꿰매는 마음, 중고품을 꺼내어 다듬는 마음, 정이 들었으므로 고치고 조이어 다시 쓰고 싶은 마음, 그것이겠습니다.

이 글들을 쓴 시기가 한가하고 여유로운 시절이었냐 하면 결코 그렇지 않습니다. 오히려 병원 일과 환자를 보는 일과 요구받는 일 사이에서 옴짝달싹 못하는 숨 막히는 시간이었습니다. 사실 그런 시절은 다시 겪고 싶지 않습니다. 어깨에 지워진 본연의 업무를 달리 누구로 대체할 수 없었다는 점에서 견뎠고 세월이 흘러간 것입니다. 꾹꾹 참아 견디기만 하는 것은 매우 위험한데 저는 죽어가는 화분을 살리거나, 책에서 나와 같은 의사 혹은 감염병을 찾아내거나, 글로 신세 한탄을 하는 데서 탈출구를 찾았던 것 같습니다. 문은 닫혀 있었으나 그래도 어딘가 창 하나를 열어둔 셈이지요.

기억하는 몇 안 되는 문장 중에 '문학은 인간 곤경의 기록이다'라는 가오싱젠의 말이 있습니다. 얼마나 마음에 들던지요. 인간이 겪는 곤경 중에 '병'이라는 것을 늘 보고 있기 때문일 겁니다. 인간 곤경의 기록이 문학이라면 또 인간이 겪는 곤경 중 하나가 병이라면 문학 속에는 얼마나 많은 병이 인간 곤경의 흔적으로 들어가 있겠는가? 정말 그렇더군요. 책들 속에는 저를 힘겹게도 하고 뿌듯하게도 하고 울리기도 하는 아픈 사람들의 이야기가 있었으니, 의사라서 어쨌든 그런 사연, 그런 병들이 더 직접적이고 구체적으로 제 안에 남게 되었습니다. 제가 보지 못했으나 기록으로 아는 병, 제가 보고 아는 병, 들어는 봤으나 모르는 병, 듣도 보도 못한 병, 그렇지만 느껴지는 병들, 그리고 죽음들, 그것이 주는 의미들, 그런 것이 빙빙 맴을 돌다가 글이 되었습니다.

감염병과 책과 사연을 한 줄로 꿰는 데 보석이 되어준 글들은 사실 인용된 책의 문장들인데, 이들 문장이 없었다면 제 글은 그저 신변잡기에 불과하다는 것을 알고 있습니다. 제가 좋아해서 가장 많이 인용되고 만 성석제 작가께 죄송하고 감사하다는 말씀 드립니다. 『태백산맥』의 인용은 대학 시절부터 황홀하게 기억하는 부분이었고 너무 길어서 불가하다는 생각도 했지만 학생들과 같이 읽어보려는 마음에 사용했습니다. 조정래 작가님 감사합니다. 『까레이스키, 끝없는 방랑』의 긴 인용을 허락해주신 문영숙 작가께도 감사합니다. 그 책이 없었다면 그 많은 동포를 모르고 지나쳤겠지요. 김정한 선생님의 작품에는 너무나 많은 감염병이 들어 있습니다. 과거 감염병을 들여다보는 창으로 저는 선생님의 작품을 좀더 읽어야 합니다. 농사일기로 어린 시절을 반추하게 해주신 한승오 선생님께도 감사드립니다.

의대 학생 및 병원 직원들과 주고받는 이야기로 시작된 제 글은 아주대 병원이 아니었으면 가능하지 않았음을 압니다. 귀한 동료 임승관 교수와 감염내과 식구들에게 감사합니다. 제 친구들, 사방에 있는 일 잘하는 우리 병원 간호사들, 지하 감방의 약사들에게 고마운 마음 전합니다. 끙끙대며 밤늦게까지 같이 일한 의사들에게는 이젠 좀 덜 하자고 말해봅니다. 제가 속했던 병원과 학생들 사이에서 나누던 이야기를 세상 속에 풀어놓게 한 허나겸, 허정주에게 고마움을 전하고 글항아리의 강성민, 이은혜님 고맙습니다. 오늘의 나를 있게 한 형제들과 남편 김철우 선생, 상윤, 도윤, 시모님, 그리고 하늘 가신 부모님께 감사드립니다.

2018년 9월

최영화

차례

3부 의사와 책

1부

인간
곤경의
기록

우리는 패배자가 아니지요?

김선생님께

30대 환자의 급작스러운 죽음은 매우 견디기 힘든 고통입니다. 지난해에는 두 명의 젊은 남자를 그렇게 보냈습니다. 의사로서 처음 대면한 죽음은 이제 기억도 나지 않습니다. 죽음이 늘 가까이 있는 병원에 근무하기 때문일 것입니다. 그러나 곁에서 아무리 많이 봐도 죽은 환자를 대하는 일은 익숙해지지 않습니다. 창백한 회색빛 얼굴, 푸른빛 입술, 굳어지는 근육, 검푸른 손톱, 눈가에 맺힌 마지막 체액.

조금 전까지 만져졌던 온기가 식어갈 때는 선뜻 손을 떼게 됩니다. 온기 없는 육체가 얼마나 차갑고 무서운 것인지 머리보다 몸이 먼저 압니다. '돌아가셨습니다'라는 전언 뒤에는 형식적인 절차만이 남습니다. 가족의 오열과 애도의 의식들이 시작되면 저는 더 이상 그들을 위해 뭔가를 할 수 있는 사람이 아닙니다. 저는 이들을 위해 싸웠지만 결국은 도움이 되지 못한 패배자입니다. 패배자에게 어느 누가 따스한 눈길을 보내주겠습니까? 그 자리에 더 있을 수조차 없습니다. 뒤이어 제가 할 일은 의사로서 온기 떠난 육체와 저를 분리시키는 것입니다. 할 수 있는 것은 다 했고 정상적인 진료의 길을 걸었다면 이 죽음의 결정은 신의 영역이었다, 이제 잊어야 한다. 그런데 그런 분리가 잘 안 되는 일이 있습니다.

그 사람은 3주 정도 열이 나다가 제게 왔습니다. 입원을 권했는데 2주나 늦게 병원에 왔더군요. 일 때문이었지요. 일을 대강 정리하고 입원한 겁니다. 열은 났지만 견딜 만했고 책임감은 컸을 겁니다. 그러고는 저와 함께 3주 정도 고생을 했습니다. 같이 고생했다니, 틀린 말입니다. 그는 연일 피를 뽑히고 검사 때문에 금식을 하고 조직검사를 견뎌야 했지만 저는 그런 일을 겪지 않았습니다. 제게는 감내해야 할 육체적 고통이 없었습니다. 다만 걱정을 무척 많이 했지요. 걱정은 쉬는 법이 없습니다.

병명이 무엇인지 알아내야 해서 함께 긴 이야기를 나눕니다. 검사 결과를 꼬치꼬치 캐고, 실마리가 될 만한 것은 다 잡고 뒤집습니다. 자기 앞에 열린 수만 갈래 길에서 어디로 가야 저

환자의 병명이 있고 치료의 길이 열릴지, 그것이 머릿속을 가득 채웁니다. 우리가 그 길을 열기도 전에 어느 순간 고꾸라져서 병명도 알지 못한 채 돌아올 수 없는 길을 가버릴까봐 가슴이 조입니다. 병명도 모른 채 보낼 때의 공포는 이루 말할 수 없습니다. 저는 알 수 없는 통증을 가슴으로 느낍니다.

그 사람은 잘 견뎠지요. 그는 자기가 언제 퇴원하게 될지 물었습니다. 직장엔 병가를 내야 하고, 해야 할 일도 있다면서요. 저는 그 사람 뒤에서 덮쳐오는 죽음의 그림자를 보는데 그는 그런 질문을 합니다. 그런 고민은 살날이 많은 자들의 것인데, 저는 나아지면 갈 거라고 그런 고민은 안 해도 된다고 말했습니다. 정말 그는 그런 고민이 필요 없는 병명을 받았지요. 흔하지 않은, 사망률이 거의 100퍼센트에 이르는 병명을 찾아주고 저는 그를 다른 의사에게 보냈습니다. 자신의 죽음을 직시하게 해주고 그의 얼마 남지 않은 삶을 정리하게 해주었으면 좋았을 텐데, 제가 그 병의 전문가가 아니라는 핑계를 대어 혹시 그가 1퍼센트의 가능성으로라도 살지 모르니 운명에 맡겨보자 하고 달아난 게지요. 저는 현명한 다른 의사가 그에게 병명을 알리고 사실은 살 가능성이 별로 없으며 남은 시간이 한 달도 안 된다는 것을 알려줬으리라 믿습니다. 그는 진단을 받고 얼마 지나지 않아 하늘로 갔습니다. 그의 선하고 순한 얼굴이 차갑게 식자 저는 그에게 기관삽관한 전공의에게 물었습니다. 기관삽관 전에 마지막 말을 할 시간은 주었느냐고. 저는 그의 죽음과 저 자신을 분리하는 데 오랜 시간이 걸렸습니다. 삶의 마지막이 가까웠을 때 그 끝을 남보다 조금 일찍 내다본다는 것이 얼마나 고통스러운 일인지 알았습니다. 인간에게서 앞을 내다보는 능력을 가져간 건 신의 자비로운 선물임을 배운 겁니다. 의사로서 산다는 것은, 결국은 죽음을 늘 가까이서 본다는 것입니다. 신은 타인의 삶의 여정에서 아주 끝부분에, 아주 짧은 시간만 의사가 볼 수 있도록 허락하신 거죠. 죽음을 가까이서 보는 그것이 의사를 겸손하게 만듭니다.

내과 전공의 1년차 때 선배들 말로는 제가 많이 울었다고 합니다. 공부하려고 들고 다녔는데 정작 본문은 거의 못 보고 어쩌다 화장실에서 보다가 감동한 작은 책이 있습니다. 표지가 노랗고 빨간 핸드북입니다. 그 첫 장은 'Thinking about medicine'입니다. '의학에 대해 생각하기'죠. 이 매뉴얼을 만든 사람들은 환자의 병력 청취와 진찰 부분 앞에 이런 꼭지를 두었습니다. 이 첫 장에는 바쁠 때는 어떻게 하라는 내용까지 나와 있습니다. 그리고 무엇보다 이 장의 첫 페이지를 아주 간단히 몇 줄로 채웠습니다. 의사로 첫발을 내딛는 신입에게 주는 경구라고 해야겠지요.

· Do not blame the sick for being sick.

병든 것에 대해 환자를 탓하지 말 것

· If the patient's wishes are known, comply with them.

환자가 바라는 바를 알게 되면 응할 것

· Work for the patients, not your consultant.

의뢰 의사가 아니라 환자를 위해 일할 것

· Use ward rounds to boost the patients' morale, not your own.

회진은 당신의 사기가 아니라 환자의 사기를 북돋우는 데 쓸 것

· Treat the whole patient, not the disease—or the ward sister.

질병이나 병동 간호사가 아니라 환자 자체를 치료할 것

· Admit people, not 'stroke' 'infarct', or 'crumble'.

중풍이나 경색이나 병명이 아니라 사람을 볼 것

· Spend time with the bereaved; you can help them shed tears.

희망을 잃은 사람들 곁에서 시간을 보낼 것, 당신은 그들이 울도록 도울 수 있다.

· Question your conscience—however strongly it tells you to act.

행동하기 전에 양심에 물을 것

· The ward sister is usually right; respect her opinion.

보통은 병동 간호사가 옳다. 그들의 의견을 존중할 것

· Be kind to yourself-you are not an inexhaustible resource.

스스로에게 너그러울 것. 너는 끝없이 솟아나는 자원이 아니다.▪

이 열 줄을 읽고 저는 화장실에서 나갈 용기를 얻었던 것 같습니다. 마지막 문구가 힘을 주었겠지요. 그리고 간호사에게 책잡히지 않는 방법만을 인계해주던 시절에 아홉 번째 경구는 새로운 시야를 열어주었던 것 같습니다.

김 선생님, 저는 오늘 그 조그만 핸드북을 다시 열어봅니다. 금쪽같은 정보가 예쁜 글씨로 잘도 적혀 있습니다. 세월이 흘러도 죽음에는 익숙해지지 않습니다. 치료한다고 모든 환자가 다 좋아지지도 않습니다. 제가 모든 것을 다 아는 것도 아닙니다. 다만 아는 게 하나 있다면 겸손입니다. 그래서 가슴의 통증을 견디며 심사숙고합니다. 질병 앞에서, 환자 앞에서, 신 앞에서 겸손할 것! 그래도 안 될 때는, 그럴 때는 이렇게 선생님께 몇 자 올리며 글을 읽는 것으로 저를 다독입니다. 선생님, 날이 찹니다. 먼 곳에서 평안하시길 빕니다.

▪ 『옥스퍼드 임상 핸드북Oxford Handbook of Clinical Medicine』(제3판), 1994.

죽음을 읽다
:『안나 카레니나』와 폐병

죽음이 늘 저 너머의 일이라면 좋을 텐데 저는 제 옆에서 손을 잡고 다닌다는 느낌으로 삽니다. 이노무 것 좀 떨어지라고 해도 막무가내로 붙어 있는데, 이게 직업병이지 싶습니다. 별로 좋지 않은 병이지요. 기쁨이 기쁨이 아니거나 슬픔이 슬픔이 아니게 되는 묘한 무반응을 경험하기도 합니다. 중환자실에 가면 여기저기 예고된 죽음이 있고 그 앞에서 저는 몹시 무기력합니다. 병실에는 언제 어디로 튈지 모르는 죽음들이 있습니다. 유리잔을 들고 외나무다리 위에 서 있는 느낌입니다. 오래 누워 지낸 노령의 슬픔을 보는 것이 일상이니 생로병사가 늘 한눈에 들어옵니다. 아쉬움 없이 인생을 접어야 할 때가 있다는 것을 실감하지요. 이 정도 나이에 이 정도 병이면 이제는 정말 손에 꼽을 정도의 시간만 있는 것입니다. 그러나 그것을 어찌 말로 일러줄 수 있겠습니까? 그리고 정녕 얼마 남지 않았다는 것을 병자들 스스로 모를까요? 그렇지도 않은 듯합니다. 아니, 그렇지만 때로는 정말 모르는 것 같기도 해서 약이 오르기도 합니다. 제발 아시는 거 맞지 않느냐고 묻고 싶을 때도 있지요. 이 정도 병고라면 좀 수그러져서 남 생각도 하고 어른스럽게 되고 용서도 하고 화해도 하고 고맙다는 말도 해야 하는 거 아닙니까, 이러면서 속생각을 합니다. 저물어가는 순간에 좋은 말씀 남기는 것을 기대하기란 어려운가? 그만큼 우리는 사는 것에 대한 믿음이 강한 것 같습니다. 늘 살 것 같은 느낌인 거지요. 그래서 제가 보기에는 오늘내일인데 주고받는 대화는 하찮은 것들뿐입니다. 너무 이기적이기도 하지요. 하지만 죽음에 좀더 가까이 다가가지 않은 저라서 그런 생각을 하는 게 아닌가 싶습니다.

『안나 카레니나』에는 주인공 두 쌍의 부부가 나오는데 그중 레빈 부부가 있습니다. 레빈의 형인 니콜라이가 폐병으로 죽어가는 장면이 나옵니다. 결핵이겠지요? 그 결핵에 요오드를 흡입하는 장면도 있습니다. 그렇지만 결국은 죽음으로 가는 과정이고 톨스토이 선생은 이 과정을 길게 씁니다.

　　병자의 괴로움은 시시각각으로 더해갈 뿐이었다. 특히
　　이제는 어떻게 손쓸 수도 없는 욕창 때문에 괴로워하고

있었다. 그리고 어떤 일로든, 특히 모스크바에서 명의를 불러오지 않았다며 주위 사람들에게 더욱 자주 화를 냈다. 키티는 그를 달래고 위로하기 위해서 온갖 수단을 다 해보았으나 모두 헛일이었다. 그리고 레빈은 그녀 자신이 비록 입 밖에 내지는 않는다고 할지라도 그녀가 육체적으로도 정신적으로도 지쳐버렸다는 것을 알았다.

다시 또 괴로운 사흘이 지났다. 병자는 여전히 똑같은 상태를 유지하고 있었다. 이제는 그를 본 사람이면 누구나, 여관 급사도 여관 주인도 묵고 있는 손님들도 의사도 마리야 니콜라예브나도 레빈도 키티도 모두 그의 죽음을 바라는 마음이었다. 다만 한 사람, 병자만이 이러한 느낌을 나타내지 않았을 뿐 아니라 오히려 의사를 불러 주지 않는다며 화를 내기도 하고 약을 계속 복용하기도 하고 삶에 대해서 이야기하기도 했다. 그리고 아편 주사가 그 끊임없는 고통을 잊게 하는 한순간에만, 드문드문 그는 누구보다도 강하게 그의 마음에 있는 소리를 비몽사몽 중얼거리는 것이었다. "아아, 빨리 끝장이 나주었으면!"이라든가 "도대체 언제나 끝장이 난담!"이라든가.

지금 그의 온 생은 고통과, 그것에서 벗어나야겠다는 간절한 소망에 집중되고 있었다. 그러나 이러한 해탈에의 욕망을 표현하기에 알맞은 말이 그에게는 없었다. 그래서 그는 그런 이야기를 하지 않고, 이제는 도저히 실현될 가망이 없는 욕망의 만족을 지금까지의 습관에 따라 구하는 것이었다. "돌려 눕혀다오"라고 하고 나서 곧바로 다시 아까처럼 눕혀달라고 청한다든지 "수프를 달라"고 하고선 "수프 같은 건 저리 가지고 가"라고 한다든지 "무슨 이야기를 해다오. 왜 잠자코 있는 거야"라고 했다가는 사람들이 이야기를 시작하자마자 이내 눈을 감고 피로와 무관심과 혐오의 빛을 나타내는 것이었다.■

죽음을 가까이서 지켜본 경험이 녹아 있는 장면입니다. 실제 레프 톨스토이의 형 드미트리가 일찍 폐병으로 죽었다고 합니다. "이승에 대한 그의 하직이 모든 사람의 마음에 불러일으켰던 죽음의 신비로운 느낌은 이제 송두리째 사라져버렸다." 이 문장은 아마 사실일 겁니다. 그래서 지켜보는 사람으로 하여금 '참 이기적이기도 하지' '참 생각 없는 행동이기도 하지' 하는 것들이 그의 작품에서는 잘 이해됩니다. 죽음의 순간은 숭고하고 거룩하고 빛으로 가득 찬 그런 게 아닌 겁니다. 『안나 카레니나』에 나오는 죽음이 지켜보는 자의 것이라면 『이반 일리치의 죽음』에서는 죽어가는 자의 내면이 잘 드러납니다. 무엇이 잘못되었는지, 반추하는 자신의 삶과 남이 보는 자신의 삶, 나와 무관하게 돌아가는 세상사가 보입니다. 병고의 순

■ 톨스토이, 『안나 카레니나』, 박형규 옮김, 문학동네, 2010.

간과 위로의 순간도 봅니다. 죽음을 읽습니다.

그리고 이주일이 더 지나갔다. 이반 일리치는 소파에서 일어나려고 하지 않았다. 그는 침대를 마다하고 소파에만 누워 지냈다. 그리고 거의 언제나 벽 쪽으로 얼굴을 돌린 채 더욱더 심하게 다가오는 극심한 고통을 외롭게 견뎌내고 있었다. 그리고 여전히 풀리지 않는 고뇌 속에 혼자서 외롭게 빠져 있었다. 이게 뭐야? 정말로 내가 죽는단 말인가? 그의 내면의 목소리는 이렇게 대답했다. 그래. 이제 정말이야. 왜 이런 고통을 내가 겪어야 하지? 그러면 또 내면의 목소리가 대답했다. 그냥 그런 거야. 이유는 없어. 아무리 더 생각해도 결국 이런 대답 외에는 아무것도 없었다.

병이 시작되었을 때부터, 그러니까 이반 일리치가 의사를 처음 찾아갔을 때부터 그는 상반된 두 가지 마음의 상태를 끝없이 오가고 있었다. 하나는 도저히 이해할 수 없는 끔찍한 죽음을 기다리는 절망이었고 다른 하나는 자기 몸의 움직임을 열심히 관찰하며 치유될 것이라고 믿는 희망이었다.

그는 '쁘로스찌'(용서해줘)라고 한마디 더 덧붙이고 싶었지만 '쁘로뿌스찌'(보내줘)라고 말하고 말았다. 하지만 그

말을 바꿀 힘도 없어서 손을 내저었다. 알아들을 사람은 알아들을 것이었다. 그러자 돌연 모든 것이 환해지며 지금까지 그를 괴롭히며 마음속에 갇혀 있던 것이 일순간 밖으로, 두 방향으로, 열 방향으로, 온갖 방향으로 한꺼번에 쏟아져 나왔다. 가족들이 모두 안쓰럽게 여겨지고 모두의 마음이 아프지 않도록 해주고 싶었다. 이 모든 고통으로부터 자신도 벗어나고 가족들도 다 벗어나게 해주어야 했다. '이 얼마나 간단하고 훌륭한 일인가!'■

죽음이 현실로 나타나 구체적으로 느껴질 때 어떤 마음이 될지 알 수 없습니다. 누가 이야기해준 적도 없고 해줄 수도 없을 겁니다. 그렇지만 누구든 그런 과정을 겪으면서 그 순간을 맞이하겠지요. 다만 전해줄 수 없을 따름입니다. 어쩌면 현대의 우리는 용서해줘라는 말을 할 틈도 없을지 모릅니다. 갑작스런 죽음, 온갖 기계에 둘러싸인 죽음이 그럴 기회를 주지 않을 테니까요. 저는 중간에 서서 어찌해야 하나 생각합니다. 아름다운 마무리가 있습니다. 그런 마무리를 자꾸 보노라면 저도 어느 틈엔가 그런 마무리를 잘하는 어른이 되어 있을지 모르겠습니다.

■ 톨스토이, 『이반 일리치의 죽음』, 이강은 옮김, 창비, 2012.

이 병이 안겨주는 수치심
: 『캉디드 혹은 낙관주의』와 매독

나이 지긋한 노인이 열도 없이 외래로 내원하는 경우가 간혹 있습니다. 매독검사 양성 소견이 나와서 수술 전 협의 진료를 의뢰한 것입니다. 매독에 걸려서 한번 양성이면 영원히 양성인 검사가 있는지라 그 때문에 또 이렇게 오신 것입니다. 옛날에 치료받은 적이 있으면 괜찮다고 말씀드렸습니다만, 자식들 보기가 영 부끄러우니 그 흔적을 없앨 방법은 없느냐 물으십니다. 한번 양성이면 평생 그 흔적이 남는다니 참으로 겪는 사람으로서는 엎질러진 물도 이보다 더한 경우가 없습니다. 돌아가신 영감님이 그런 적 있고 본인도 그 탓에 걸렸다는 할머니의 경우는 더 난감하지요.

뭘 도와드릴까요? 열이 나셨어요?라고 엉뚱한 질문만 하는 의사에게 그게 아니고 어쩌다 검사에서 그런 게 나와서 감염내과를 가라니 자식 따돌리고 혼자 왔는데, 여기까지 오는 일이 얼마나 괴롭고 힘들었던지 할머니는 끙끙대며 병명은 입에 올리지도 못합니다. 할머니, 뭐 그 정도 가지고요. 살다보면 그럴 수 있지요. 책에 나온 내용을 읽어드리면서 그 병은 이러저러하게 발병하니 할머니뿐만 아니라 저 위아래 사람 누구에게나 있을 수 있다고, 흔한 일이니 훌훌 털어버리시라고 말씀드리지만 할머니는 속 모르는 의사가 남 일처럼 여긴다 생각하시는 것 같습니다.

프랑스의 풍자가, 종교와 권위에 대한 조롱과 야유로 프랑스 혁명, 계몽주의의 씨를 뿌렸다는 볼테르의 작품 『캉디드 혹은 낙관주의』에 나오는 구절이 있습니다. 캉디드는 주인공의 이름입니다. 순진한 사람이라는 뜻을 지닌 단어라고 하네요. 그 캉디드가 어린 시절 자신을 가르친 선생을 우연히 만났는데, 선생이 매독으로 인해 거지꼴이 되어 구걸을 하고 있었습니다.

다음 날 산책을 나갔다가, 그는 온몸이 농포로 뒤덮이고, 눈에는 생기가 사라지고, 코끝이 부식되고, 입이 비뚤어지고, 치아가 까맣고, 목구멍으로 말을 하고, 격렬한 기침에 시달리며, 그때마다 이빨 하나씩을 뱉어내는 거지를 만났다.■

■ 『자디그·캉디드』, 이형식 옮김, 펭귄클래식, 2011.

알고 보니 선생인데 그 선생이 자기가 왜 그런 꼴이 되었는지를 설명합니다. 캉디드와 함께 살았던 저택 마나님의 시녀와 즐거운 시간을 보냈었다는군요.

아, 사랑하는 캉디드! 자네 파케트를 알겠지. 지체 높으신 남작 부인의 예쁜 몸종 말이야. 나는 그녀의 품에서 천상의 열락을 맛보았어. 그런데 그게 바로 지금의 이 지옥 같은 고통의 씨앗이었어. 그녀는 병에 걸려 있었어. 아마도 그 병으로 죽었을 거야.▪

그러면서 그 시녀가 걸린 병이 어디에서 왔는지 거슬러 올라가면서 밝힙니다. 아메리카 대륙을 발견한 콜럼버스의 선원들이 돌아오는 길에 신대륙에서 가져왔다는데 거쳐가는 사람이 다양합니다.

그 선물을 어느 프란치스코 수도회 수도사로부터 받았는데, 매우 박식했던 그 수도사가 그 근원으로 거슬러 올라가 내력을 밝혔던 모양이오. 즉, 그는 그 선물을 어느 늙은 백작 부인으로부터 받았고, 백작 부인은 그것을 기병대의 어느 대위로부터 받았고, 대위는 그것을 어느 후작 부인으로부터 받았고, 후작 부인은 그것을 어느

▪ 『캉디드 혹은 낙관주의』, 이봉지 옮김, 열린책들, 2009.

시동으로부터 받았고, 시동은 그것을 어느 예수회파 수도사로부터 받았고, 수도사는 수련기 수도사 시절에 그것을 크리스토퍼 콜럼버스의 동료들 중 하나로부터 직접 받았다오. 하지만 나는 그것을 아무에게도 물려주지 못할 것이오. 내가 죽어가고 있기 때문이오.■

매독이 어디서 왔는가에 대해서는 의견이 갈립니다. 아메리카 기원설이 있는가 하면, 원래부터 구대륙(유럽)에 있다가 도시화되면서 확산되었다는 설이 있습니다. 콜럼버스를 따라서 1492년 이후 시작되었노라고, 매독은 남미에서 건너왔노라 하는 것이 아메리카 기원설입니다. 이 책은 당시 사람들이 콜럼버스가 신대륙으로부터 매독을 유입시켰다고 생각했음을 보여줍니다.

매독! 어디서 시작되었든 유럽에서 크게 유행하고 인도와 중국을 거쳐 우리나라에도 들어왔으며 이렇게 진료실 속 할머니의 모습으로 앉아 있습니다. 할머니에게 캉디드처럼 '그게 어디서 왔냐면요, 할아버지 거쳐서 그 위로 위로 올라가면요'라고 설명드리기엔 외래 진료 시간이 너무 짧습니다. 그나마 요즘 도는 병은 옛날 그 병이 유행하기 시작했을 때보다는 훨씬 순해졌고 치료도 그리 어렵지 않다고 말씀드릴 수 있을 뿐입니다.

■ 볼테르, 앞의 책, 이형식 옮김.

엄마를 떠나보내며
: 『서울·1964년 겨울』과 급성 뇌막염

저도 간혹 하는 실수인데, 제 어머니는 사망 시간 하나 제대로 예측하지 못하는 의사의 안내 때문에 너무 일렀다가 나중에는 너무 늦어버려서 그 많은 자식 중 한둘밖에 없는 사이에 쓸쓸히 돌아가셨습니다. 적어도 한나절은 시간을 주었어야 하지 않은가 싶은데요. 간사한 자식들의 마음을 간파하고 이리저리 놀리다가 한구석 콕 찔리게 해놓고는 홀연히 가버리셨던 겁니다. 제가 도착했을 때 어머니는 이미 안치소에 몸을 뉘이고 계셨습니다. 흰 피부에 나이 들어 더 고와진 보들보들한 볼살은 제가 맨날 만지작거리던 볼살 그대로 거기 있었지요. 차가워진 육체는 선득한데 제 손바닥이 기억하는 볼살이라 그런가, 제 몸의 피와 어머니의 피가 반쪽을 공유한 바라서 그런가 아무리 만져도 어머니의 살은 여전히 보드랍고 익숙하고 따뜻했습니다. 입관의 서글픔. 저랑 둘이 꺼내 보았던 수의. 너무 커서 엄마가 입는 게 맞는 건가 싶었는데 누런 삼베와 옥양목 천에 저고리, 적삼, 치마까지 모두 갖춰 입고 유일하게 빨강, 노랑, 파랑 색색이 수놓인 꽃신도 챙겨 신고, 얼굴은 덮이고 일곱 가닥 광목 끈에 꽁꽁 묶여 아들에게 들려 너무나도 가볍게 관에 들어가셨습니다.

김승옥의 『서울·1964년 겨울』에는 죽은 아내와 이별 의식을 치르지 못한 채 4000원 받고 병원에 넘긴 서른 넘은 남자의 이야기가 나옵니다. 그의 아내는 바로 몇 시간 전에 죽었고요.

급성 뇌막염이라고 의사가 그랬습니다. 아내는 옛날에 급성 맹장염 수술을 받은 적도 있고, 급성 폐렴을 앓은 적도 있다고 했습니다만 모두 괜찮았었는데 이번의 급성엔 결국 죽고 말았습니다……. 죽고 말았습니다. (…) 아내의 시체를 병원에 팔았습니다. 할 수 없었습니다. 난 서적 월부 판매 외교원에 지나지 않습니다. 할 수 없었습니다. 돈 4000원을 주더군요. 난 두 분을 만나기 얼마 전까지도 세브란스 병원 울타리 곁에 서 있었습니다. 아내가 누워 있을 시체실이 있는 건물을 알아보려고 했습니다만 어딘지 알 수 없었습니다. 그냥 울타리 곁에 앉아서 병원의 큰 굴뚝에서 나오는 희끄무레한 연기만 바라보고 있었습니다. 아내는 어떻게 될까요? 학생들이 해부 실습하느라고 톱으로 머리를 가르고 칼로 배를 찢고 한 다는데 정말 그러겠지요?▪

제가 해부학 실습실에서 만난 남자는 손가락 몇 개가 잘려 있었습니다. 쭈글쭈글 건조된 피부와 굽혀진 마른 다리, 홀쭉 들어간 배, 마디 굵은 손과 손톱. 무슨 일을 하던 사람일까? 이 사람은 어떻게 해서 여기 이렇게 포르말린에 적셔져 마른 채로 우리 앞에 온몸을 보여주는 것일까? 피부를 층층이 벗겨 내고 피하에 숨어 있는 신경을 끊어버리지 않고 근육이 드러 나게 하는 수업은 누구의 아버지, 누구의 남편, 어떤 사람이라 기보다는 교육 자료로 객관화하여 바라보는 법을 저절로 터득 한 우리의 손에서 시체가 샅샅이 해부되도록 했습니다. 시간 이 없어서인지 톱으로 머리를 가르고 칼로 배를 찢는 일은 하 지 않았지요.

작품에 등장하는 세 남자 중 둘은 포장마차에서 그야말로 쓸데없는 대화로 시간을 죽이고 있고 우연히 옆에 있던 30대 남자는 둘에게 동행을 청합니다. 그에게는 4000원이 있고 그 돈은 급성 뇌막염으로 죽은 부인의 사체를 팔아 얻은 돈이며, 남자가 원하는 것은 그 돈을 그 밤에 다 쓰는 것이고, 두 남자 는 엉거주춤 돈 쓰는 데 같이 있어줍니다. 중국집에서 1000원,

▪ 「서울·1964년 겨울」, 일신서적, 1994.

넥타이 사는 데 600원, 귤 사는 데 300원, 택시비 30원, 나머지는 불난 집에 던져졌죠. 마지막으로 여관에 들 때 30대 남자는 그 밤에 같이 있어주길 청하나 두 남자는 외면합니다. 다음 날 아침 30대 남자는 죽은 채로 발견되고, 죽으려 할지도 모른다는 느낌을 받았으면서도 외면했던 두 남자의 마지막 대화는 "우리가 너무 늙어버린 것 같지 않습니까?"였습니다. 두 남자는 스물다섯 살이었는데, 타인의 슬픔에 대한 배려, 삶에 대한 희망을 무참히 무시해버린 그들을 청년이라 부를 수는 없겠지요.

사람들은 와서 두 번 절하고 상주를 향하여 또 절하고, 상심한 마음을 위로했습니다. 상주들은 그동안 못 한 절을 이참에 다 해서 고통스러운 허벅지로 인해 밤엔 곤한 잠을 잤고 밤새 친구들은 화투를 놀고, 또 절하고 했지요. 여자들의 곡소리는 허망하게 떠도는 마음을 건드리고, 울음보를 건드렸습니다. 긴 잔치처럼 울다가 또는 웃다가 죽은 이는 석 자 깊이 땅속에 가진 것을 모두고, 마지막 거처인 목관마저 불태워지면 남은 것은 지난 며칠간의 꿈처럼 아득합니다. 어머니는 어디 계신가?

아내를 잃은 가진 것 없는 남자에게도 죽음과 이별의 의식은 필요했을 터입니다. 함께할 누군가가 있었더라면 가는 사람은 갔더라도 산 사람은 다시 살 수도 있었을 것입니다. 오늘 살아 있는 저는 문득 어머니가 그립습니다.

병문안

: 친구를 떠나보내며

병문안은 다들 예의라고 생각합니다. 그런 것도 같습니다. 안부를 묻고, 얼굴도 보고, 도울 만하면 부조도 하고 그간의 소홀한 감정도 풀고 더욱 돈독해지는 관계를 확인하기도 합니다. 방문 중에는 조용히 위로와 격려만 하면 될 텐데 때로는 보호자용 침상에 먹을 것을 펼치고 함께 나눠 먹는 모습도 봅니다. 선생님도 맛 좀 보세요 할 때는 입에 침이 고이기도 하지만 그럴 수야 없지요. 병원 방문이 안전하지 않다는 인식이 점차 확산되고 최소한의 인원만 허용되는 상황이지만 우리 사이의 관계를 유지하고 싶다는 표시로서 백만 년 된 전통이라 쉽게 없어지지 않습니다. 병문안도 상황마다 다른데 나을 병이거나 낫고 있거나 또는 사망 직전의 방문은 마음과 생각이 혼란스럽지 않은 반면 암 진단을 받은 환자, 그것도 경과가 좋지 않은

암 환자의 방문은 쉽지 않습니다. 왜 어려울까요?

친하게 지낸 동료 의사를 보낸 지 벌써 오래입니다. 한번 가보기를 주저할 때 친구가 보내온 편지 같은 시를 읽으며 용기를 냈던 것 같습니다. 병원의 숱한 아픔을 자신의 아픔으로, 또 언젠가 겪을 자신의 일로 생각하는 것, 이것이 제가 해야 하는 일입니다. 잘해야 하는데 잘하고 있는지 모르겠습니다.

김 선생에게

이제 나는 목소리가 잠겨가네
목의 임파선에도 전이가 되었다는군
물론 아직 일은 하고 있네
낮에는 쉬고 싶기도 하지만
아이가 어리니 월급을 더 받고 싶네
아니 사실은 일을 하면서 내 암을 잊고 싶네
아직 살날이 많이 남은 것 같은 느낌이 든다고도 말하고 싶네
그럼 자네는 배운 대로 날을 세어 말하겠지
한두 달이라고

자네가 올지 안 올지 모르겠네
자네는 내가 내 모습 보이기 꺼린다고 생각하겠지

나는 자네가 나를 보기를 두려워한다고 생각하네

아직 건강한 것이 미안하게 느껴지고

한두 달 남은 나를 보며 자신의 안위에 죄스러움을 느낄 수

도 있겠네

무슨 말을 해야 할지 모르겠다고

몸은 어때 묻자니 이미 내 행색에 다 나타나 있겠지

잘 지냈지라고 하면 실례가 될 테고

전보다 나아 보인다 할 수도 없고

별일 없었지 하면 말도 되지 않는

나 또한 그렇다네

이런 게 죽는 건지 잘 모르겠네

나는 아직 밥도 먹고

하늘도 보고

숨도 쉴 수 있네

나는 아직 운전도 하고

웃기도 하고

전화도 하네

이런 연속성이 어디서 끊어진다는 것인지 실감이 나지 않네

그렇지만 언젠가는 끝나겠지

초라한 모습을 보이기 싫었는지도 모르겠네

그래서 이곳저곳 모습을 보이지 않게 되었겠지

어쩌면 이삼십 년 먼저 가는 것을 보여주고

동정어린 시선을 받는 것이 자존심 상하기도 했네

나의 앙상한 최후를 보는 것을 불편해한다고

잘나가는 사람들이 모여 있는 곳에

나 같은 불운은 끼어들 틈이 없다고

사실 나는 깊숙한 곳에서 자네들의 건강과 행운을 질투하기
도 했네

왜 나만의 불행이고 불운인지

나의 질투를 느끼지 않았나?

내가 있을 때 어떤 말은 할 수 없다는 것을 알고 있었네

그래서 가지 않은 것이네

나의 질투와 시기를 들키고 싶지도 않았다네

자네가 올지 안 올지 모르겠네

폐의 덩어리는 커지고 있고

조금 있으면 이 쉰 목소리도 더 내기 어려울 걸세

앙상한 팔다리에 물찬 배가 볼록하겠지

숨이 차오르면 나는 자네를 알아보지 못하겠고

자네는 침상에 들러 봉투를 내밀고 서둘러 돌아갈 수 있겠네

그것도 좋네

그렇지만 오늘 나는

아직 밥을 먹고 하늘을 볼 수 있다네

자네와 웃을 수도 있고

고마웠던 일 서운했던 일

이야기할 수도 있네

나는 이제 시간이 그리 많지 않다네

나의 질투를 용서하게나

나는 아직 살아 있으니 두려워 말고 오게

사는 아름다움에 대해 내 한 수 가르쳐주겠네

지상엔 너의 자리가 없다고 생각했다
: 죽음을 기다리며

너는 교활하게 숨어 있지. 한순간 날카롭게 후려치는 것으로 결딴내기도 해. 나는 네가 옆에 있는 걸, 내가 손을 잡고 있는 환자의 귀 뒤에서 보고 있는 걸 알아. 내가 환자에게 어렵다고 얘기할 때 너는 입술을 비틀고 눈꼬리를 가늘게 치뜨며 교활한 웃음을 흘려. 나는 소름이 쫙 끼치는데 그녀는 고맙다고 말하지. 그래도 나는 네가 한두 달은 시간을 줄 줄 알았어. 사흘 만에 후려쳐버리다니. 나쁜 자식. 내가 하루 이틀 늦었다면 가족들은 내 뺨을 후려쳤겠지. 걸어온 사람이 죽었다고.

　너는 황달로 짙게 물든 암갈색 살갗 밑에 숨어 있는 게으른 악마지. 때론 모니터 앞에 발을 뻗고 앉아 소변줄을 쳐다보는 나를 비웃고 있다는 걸 알아. 너무 젊어서 안 될 것 같은데…… 짓무른 복벽과 연결된 내장이 꼴꼴 물을 뱉어내도, 살리고 싶은 마음과 살 수 없는 조건은 혼란스럽지. 너는 막았다 열었다 해. 희망을 아무 때나 뿌려. 나쁜 자식. 나를 가지고 놀고 있어.

너는 구경하는 데 능해. 쳐다보는 내 눈마저 뱅글 돌 듯 갈 곳 모르는 눈동자, 결막은 누런 체액으로 부풀고, 눈꺼풀은 눈을 다 덮지도 못해. 퉁퉁 부은 살에서는 찌른 바늘구멍마다 방울방울 무엇이 새는지, 굵은 주삿바늘은 가장 절실한 구원의 도구, 그래도 구멍에선 미세한 붉은피톨들이 새어나오지. 살아야 하는가? 살려야 하는가? 이미 전쟁은 끝났는데. 숨이 끊어질 때까지는 더 기다려야 한다. 연명의 도구들이 아직은 철수할 수 없다 한다. 포도당도, 승압제도, 스테로이드도 '아직은 제가 힘이 있어요'라고 소리 지르는 듯하다. 악랄한 놈들. 욕심 사나운 세포들은 주인 없는 육체에서 마지막 포도당을 흡입하려고 하지. 아직은 뛰고 있고 아직은 피가 돌고 있다고. 네가 와서 일을 마치는 게 나을 텐데 너는 아귀 같은 흡입을 구경하고 있다. 존귀하게 돌아가게 해다오. 이 시간이 너무 길다.

너는 가차 없는 칼날. 너는 나를 공포 속에 처넣지. 사정없이 조여서 마지막 한 방울까지 짜내. 칼날은 사방에서 획획 돌며 웅웅 울려. 나는 너와 격렬하게 싸워야 하지. 젊디젊은 이국의 처녀, 숨구멍에 피를 쿨쿨 쏟으면서 나한테 내던졌지. 바이러스, 면역, 급성, 이럴 수도 저럴 수도 이것도 저것도 아직은 명확하지 않고, 그렇지만 최선은 다해보고, 경과를 봐야 혹 살아날, 아니 죽을 텐데, 그래도 완전히 포기하면 안 되는데, 검사는 다 보내봤고, 기다려야 알고, 결과가 나온다고 해도 지금 하는 방법 외에 더 달라질 것은 없고, 해볼 만한 치료는 다 해봤는데, 아무튼 죽는 것은 시간문제인데, 혹 그래도 내일은 달라질지도. 황혼을 건너가는 석양의 빛이 어쩌면 떠오르는 빛일지도 모른다고, 내가 나 자신을 위로하며 웅웅대는 칼날을 향해 의술이라는 종잇장 하나를 내어드는 것이다. 나쁜 자식. 예측 가능하게만 해달라고, 설명 가능한 병만 보내라고 했었다. 한 방 비수를 꽂아도 시원찮을 놈.

너는 오만을 견디지 못해. 나이 든 퇴역 군인, 그는 오만했지. 과거는 얼마나 자랑스러운가, 당신이 만들어놓은, 되도록 손써놓은 모든 것은 애국, 다른 모든 것은 비루. 이 열만 해결되면 나는 나가야 한다. 말도 안 되는 소리, 당신이 없어도 굴러갈 일, 생각만큼 당신이 필요하지도 않아, 죽음이 코앞이라고, 보이지 않나? 한마디 해주고 싶군. 군인다운 굵은 뼈대와 단단한 살에도 불구하고 검버섯은 이미 시간이 다되었음을 말하고 있다고, 병원 한번 올 일 없이 건강했다지만 처음이자 마지막이라고, 당신 없이 안 된다는 착각은 그만하라고, 삿대질하며 들이밀고 싶었지. 자신의 병명을 전해 듣지도 못하고 이번 병은 잘 안 낫는다고 했는데, 하루 이틀 폐렴은 가차 없었지. 그래도 용감했어. 당신은 기계도 달지 않고 그저 거절했지. 더 살 것처럼 말하지 말라고. 시체는 실컷 봤다고.

너는 때로 무심해. 하늘을 나는 찰나, 단단한 머리뼈, 차오르는 피와 터져나가라 밀어내는 붉은 압력, 한 번도 재생을 배워보지 못한 뇌세포는 눌려 게으른 죽음을 맞지. 너는 10년도 넘게 몸뚱이뿐인 그를 팽개쳐두었다. 뼈마디는 굳어 한 뼘 움직이지 못한 채 퇴화하는데, 미지근한 영양액은 콧줄을 타고 뇌수와 상관없이 칼로리를 들이밀며, 뱃속은 여전히 느린 소화를 진행시킨다. 가스 찬 배는 똥덩어리를 밀어낼 힘도 없다. 콩팥에는 돌들이 영글어가고 두터웠던 엉덩살은 이제 짐승과 같이 회색의 더러움으로 썩어 문드러진다. 문드러져 허연 뼈가 드러나야 너는 그를 바라보겠지. 이제 갈 준비가 되어가나? 이봐, 달리할 수도 있었다, 썩어 문드러지기 전에, 혈육을 같이 쓰러뜨리기 전에, 이 나쁜 자식! 이보라고, 그래도 살아 있는 거라고, 내가 온기를 가져갔어봐, 그것 자체를 부러워할 자가 많다고. 이봐, 살아 있으니 식구들이 돌아올 곳이 있었던 거라고, 없는 것보다 있는 게 낫다니까. 그래, 그렇겠지.

너는 바싹 마른 쭉정이 같은 몸엔 친절하지. 이젠 갈 때가 됐어. 위장은 말라 있고 더 이상 아무것도 들어갈 수가 없지. 늘어진 가죽과 부슬부슬 떨어지는 털뿐이야. 누군가가 원하면 우리는 수액을 걸고 납작해진 혈관에 바늘을 꽂지. 할 테면 해보라지. 맑게 웃는 네 녀석을 봐. 수액병에 매달려 방울방울 기운을 넣기도 하고, 돈을 넣고 빼는 쌈박질을 붙이기도 하지. 나쁜 자식. 여기까지 와서 나를 쳐다보지 말라고. 이미 심장은 말랐다. 그러고도 시간을 주는 거지. 너는 그걸 정 뗄 시간이라고 해.

너는 자존심이 세. 오려나보다 할 때는 오지 않지. 네가 가슴께 와 있는데 '이제 죽으려나보다'라는 말은 할 수도 없어. 침묵이 무겁게 머릿속을 울리며 지금까지 겪어보지 못한 굉음으로 온몸을 흔들지. 그때는 '이제 가려나보다'라는 말은 입에 올리지도 못할 거야. 그러니 그때는 현명해져야 해. 얼른 하고 싶은 말을 해야 한다고. '살려주세요'가 아니라 다른 말을 해야 해. '괜찮아, 사랑해, 행복했어' 그런 게 좋겠지. 네가 잠시 비껴서서 숨도 고르고 눈도 뜨게 해주었을 때, 할 말이 있나 그때 아는 거지. 이젠 정말 가는구나.

나는 때로 네가 왔으면 싶기도 해. 너무 잘 살려서 당황하기도 하지. 살릴 가치가 없는 인간으로 판정 나는 경우는, 아니 살려봤자 그 끝이 어떨지 뻔히 짐작되는 인간인 경우는, 아니 두 다리 없이 몸통만으로는 살 이유가 없다고 하는 사람인 경우 네가 오기로 했는데 너는 갑자기 발길을 돌려 내가 '왜?' 하는 눈빛으로 우릴 보지. 나쁜 자식. 적당히 했어야지. 이렇게 해놓고! 나는 하릴없이 기다리는 보호자들과 함께 하릴없이

네가 언제 올까 생각해.

나는 너를 숫자로 계산하지. 나는 네가 저지른 일들의 통계를 알고 있어. 이렇게 올 때 네가 저지른 일은 70퍼센트의 사망률이지. 때론 20퍼센트가 되기도 해. 어떤 땐 정말 1퍼센트 미만이 되기도 하지. 나쁜 자식. 1퍼센트 미만으로 장난을 치는 놈. 1퍼센트를 100퍼센트로 만들어놓고 응급실로 데려오기도 하지. 공포와 무지 속에서 삿대질을 받거나 숙명과 한계 속에서 안도해야지.

너는 뜻도 없고 이유도 없고 목적도 없지. 네가 무슨 목적이 있다고? 네 일이 그런 의미였다고? 그건 천벌이거나, 사랑이었다고? 그럴 리가. 너는 무심코 한 방 날린 거지. 무심코 지나가고 있었던 거야. 그래도 한 가지만은 지켜주더군. 빼먹지는 않아. 악덕의 무게만큼 왔으면 좋았을 텐데. 너는 네 뜻대로 그저 아무 뜻이 없더군.

너는 때로 감미롭지. 통증을 일으키지 않고는 움직일 수도 없을 때, 모르핀을 올리는 것만으로는 견딜 수 없을 때, 명료한 의식으로 사랑한다 말하는 것이 위선처럼 느껴질 때, 너만이 고통을 끝낼 수 있을 때, 그때 너는 감미롭지. 네가 만지는 차가운 손길이 이마를 스치지. 냉기가 감도는 숨이 귓가를 맴돌고 있을 때, 그대여 오라, 와서 재워다오. 너는 흘리는 미소로 아직은 때가 아니라 하지. 나쁜 자식. 동공이 점처럼 작아지고 평생을 고르게 해왔던 숨이 더 이상 팽창하는 것을 멈출 때, 그제야 너는 간절한 입맞춤을 허락해. 이제는 간다.

나는 너를 무서워하지 않아. 너는 늘 내 곁에 있지. 나는 너의 동선을 알고 있어. 네가 언뜻 신호만 줘도 나는 얘기해주지. 당신 얼마 남지 않았어, 이젠 조심하라고. 나는 너를 팔아 평안을 얻지. 적시에 팔아야 해. 너무 늦으면 내가 곤란해지니까.

때로 너의 방문을 기다린다. 일상은 무겁다. 하루 세 끼 밥의 무게는 태양을 도는 지구의 무게만 하다. 나는 이 지구 위에서 계속 돌아야 하는가. 권태와 가슴을 짓누르는 주문들. 이것을 해야 하고 저것을 해내야 하며 이것을 할 날은 이날이고 저것의 요구는 저만치 앞에 있다. 나는 늘 재어지고 내 키는 더 이상 늘어나지 않는다. 네가 오기까지 뱉어내야 할 내 생명의 대가. 지겨운 자전과 공전이 내가 보내는 시간이라니. 쳇바퀴 돌듯 도는 짐 진 자들의 하루가 무겁다. 무모하다.

너는 아쉽다며 나를 어루만지겠지. 멀리 흐르는 피는 거두어 심장과 뇌수에만 보내겠지. 내 팔과 다리의 기억이 멀어지면 뇌수에 흐르는 기억의 강도 잠글 거야. 그러면 빨리 뛰던 심장도 이제 그만 속도를 줄여야겠지. 숨은 얕아지고 후룩 훅 격격대겠지. 눈앞엔 기억의 순간들이 휙 지나갈 거야. 중력이 만든 시간들이 단숨에 꺼지고 훅, 내 숨이 빠지겠지. 그러면 너는 또 한 건 해결한 거야. 오늘 거둬들일 목숨은 너무 많아.

나에겐 죄가 없다. 지상이 천국이었다면 나는 개미 한 마리, 풀 한 포기도 꺾지 않았을 것이다. 지상이 그대로 평화로울 수 있었다면 나는 하늘의 저 곳에서 불려와 거친 오해와 손가락질과 외면 속에서 일하지 않아도 되었을 것이다. 천국의 축제는 화려하고 내가 깨어날 이유가 없다. 천사들은 칭송받고 하루도 빠짐없이 누군가의 경배를 받지. 나는 버림받은 자다. 나는 천국의 연희에서 쫓겨나 지상으로 던져져 이렇게 끊임없이 쏟아지는 생명을 지우고 지우고 또 지운다. 이런 나를 위해 누가 기도를 하고, 촛불을 켜며 감사와 위로를 보내나. 나는 잊힌 자다. 너는 나를 알지 않나? 내가 일찍 왔다고 해서 받는 멸시와 심지어 늦게 왔다고, 올 때 오지 않았다고 투정까지 하지 않나? 나는 쉴 틈이 없노라. 나는 새벽부터 밤까지 남김없이 주어진 순서대로 처리해야 한다. 내가 게으른가? 내가 부지런한가? 네가 나를 칭송하나? 시간이 정확하다고, 제때에 왔다고? 나는 숙명대로 일하는 자다. 아무 때나 나를 부르지 말라.

버려진 사람들
: 『까레이스키, 끝없는 방랑』과 공수병

살이 투실투실하고 뽀얗고 눈빛은 소년 같은 스물 갓 넘은 총
각이 휠체어에 앉아 진료실로 들어왔습니다. 푸른 하늘빛 옷
을 입고 두 손은 옷과 같은 푸른 포에 덮여 있으며 서너 명에
둘러싸여 있으니 그는 재판을 기다리는 교도소의 미결수입니
다. 아이고야! 이름으로는 러시아 사람 같았고 말도 안 통하겠
고 큰일이었지요. 뭔가 죄를 지었겠는데, 혹시 무슨 첩보영화처
럼 진찰하는 중에 저 사람이 갑자기 일어나서 수갑 찬 손에도
불구하고 제 목을 갑자기 죄고 인질로 삼고 저는 꼼짝도 못하
고 그러는데, 옆에 있는 사람들은 무술을 하나도 할 줄 몰라서
발길질 한 방에 줄줄이 쓰러지고, 저는 윽윽 하는데 문은 닫
혀 있고 등등 그런 상상에 순간적이고 본능적인 무섬증이 확
들며, 그래도 진료는 제대로 해야 하는데 하는 수년 묵은 의무

감과 웬만하면 무섬증이 올라와도 나이로 뭉개지는 곤란극복의 정신으로 긴장을 풀고 별일 아니기를 바라면서 어서 진료를 마쳐야지 했습니다.

러시아 통역과 함께 온 그의 성은 이씨이고 뒷이름은 길었습니다. 몇 달 전 우리 병원에 입원했었고 제가 잠시 진료를 봤다는 기록이 있었습니다. 그제야 생각났지요. 열이 난다기에 봤다가 그가 하도 소란을 피워 러시아 사람이라는 말에, 말이 안 통하겠지 하고 기록으로만 의견을 적었던 사람입니다. 잘 치료받고 갔는데 이렇게 다시 만났습니다. 같이 온 이에게 물으니 카자흐스탄 출신이랍니다. 정신이 번쩍 나더군요. 통역하는 사람 얼굴만 보다가 드디어 이 청년이 눈에 들어왔습니다. 처음엔 두려움이요 둘째는 일거리로만 여겼는데 이제 드디어 그가 보인 것이지요.

"할아버지 때 강제이주 되신 거지요?" 했더니 드디어 우리말이 터졌습니다.

"할아버지는 아직 거기 있어요. 여긴 아버지랑 있어요."

나는 그의 얼굴이 스르르 풀리는 것을 봤고 마찬가지로 나 또한 일이 아니라 사람으로서 그를 보기 시작했습니다. 우리는 이제 통한 거지요. 1937년 블라디보스토크 일대의 18만 명이 넘는 조선인들이 시베리아 열차에 짐승처럼 실려 중앙아시아에 강제로 이주된(버려진) 역사가 있습니다. 그 역사가 실제 삶이 되어 제 눈앞에 나타난 것입니다. 그 고통의 강제이주 이후 후손들은 여전히 고통의 삶 속에 남아 있을 텐데, 멀리멀리 홀씨처럼 여기까지 날아왔군요. 『까레이스키, 끝없는 방랑』은 그 이야기를 다룬 책입니다.

연해주는 230여 년 동안 발해가 다스리던 땅이다. 한인들은 주인 없는 땅 연해주에 계절 농사를 지으러 왔다. 1900년대에 이르러 일제의 한반도 침략이 시작되자 망명가나 독립운동을 위한 독립투사들까지 가세하여 두만강을 넘어 연해주로 들어왔다. 1905년 을사조약 이후 연해주는 러시아 한인 민족운동의 주요 지역이 되었다. 한일합방 이후에는 일본의 식민 통치로 고통을 당하던 한인들이 살아남기 위해 고향을 등지고 두만강을 건너 연해주로 모여들었다. 1917년 러시아에서는 레닌에 의해 볼셰비키 혁명이 일어났다. 1918년 일본이 연해주를 점령했다. 연해주에 있는 한인들은 연해주마저 일본의 손아귀에 들어가자 독립군을 만들어 항일운동을 했다.

1919년 한반도에서 3·1만세운동이 일어나고. 10여 일 후 블라디보스토크에 이 소식이 전해지자 연해주의 한인들도 만세시위를 벌였다. 이로 인해 연해주에서 일본의 한인 탄압은 더 거세졌고 1920년 4월 일본군이 신한촌을 습격하여 한인 수백여 명이 희생되었다. 이것이 4월 참변이다.

1922년 일본과 러시아 간의 마지막 혈투가 벌어져 일본은 연해주에서 물러났다. 그 후 레닌은 러시아를 비롯한 주변 국가들을 통합해 소비에트 사회주의공화국을 탄생시켰다. 소련은 1937년 가을 블라디보스토크에서 18여만 명이나 되는 까레이스키들을 강제이주 열차에 태웠다. 까레이스키들은 무려 40여 일 동안 눈보라 치는 시베리아 벌판을 달려 중앙아시아에 도착했고, 내던져지듯 버려졌다. 그들은 버려진 땅이나 다름없는 황무지에서 추위와 풍토병에 맞서야 했고, 죽어가는 친지들을 언 땅에 묻어야 하는 슬픔을 겪었다.

1991년 소련 연방이 해체되면서 중앙아시아의 우즈베키스탄, 카자흐스탄, 키르기스스탄 등 여러 위성국가가 앞다투어 독립했다. 독립국들은 소련 연방 정책으로 인해 잃었던 자민족의 언어와 역사를 되찾고자 민족 정체성을 확립하기 시작했다. 그 과정에서 타민족에 대한 차별과 배척이 심해졌고, 더 이상 안심하고 살 수 없게 되었다. 까레이스키처럼 스탈린에 의해 강제이주를 당했던 독일인, 유대인, 폴란드인, 그리스인들은 정착 지원금까지 받으며 자신들의 모국으로 돌아갔다. 그러나 까레이스키

들은 남과 북으로 갈린 모국 어디에도 돌아갈 수 없는 안타까운 처지가 되어버렸다.■

제 앞에 앉은 그에게 묻고 싶어졌습니다. 할아버지의 나라에 돌아온 느낌이 어떠냐고. 수월치 않았겠지요. 『까레이스키, 끝없는 방랑』에는 공수병 얘기가 나옵니다. 40여 일을 달려 허허벌판 눈 세상에 버려졌을 때 여주인공의 오빠가 늑대에 물려 죽습니다. 병명을 공수병으로 추정하도록 포석을 깔았지요. 아마도 동물에 물려 죽었다는 얘기가 있으면서 공수병이 의심되고, 지은이도 그리 생각했는지 모르겠습니다. 다만 저는 직업이 직업인지라 공수병이라 불릴 만큼 물을 보기만 해도 극도의 흥분과 공포를 나타내는 것, 침을 많이 흘리는 것, 연하곤란 같은 유명한 증상들이 묘사되지 않아 오히려 물린 상처의 세균 감염으로 인한 패혈증이 더 그럴듯하다고 생각했습니다. 쓸데없는 트집 잡기죠. 사실 저도 공수병 환자를 본 적은 없습니다. 동물에게서는 2010년까지 해마다 10여 건이 발생하고 사람에게서 발병한 것은 2004년이 마지막이었습니다. 강원도, 경기도 지역을 중심으로 백신 사업을 널리 한 결과입니다.

책을 읽으며 눈물을 찔끔거리다 엉엉 우는 저를 보더니 둘째가 묻습니다.

"엄마, 방랑이 뭐야?"

■ 문영숙, 『까레이스키, 끝없는 방랑』, 푸른책들, 2012.

"집 없이 떠도는 거지."

"왜 울어?"

"너무 슬퍼서."

"다른 방에 가서 울어. 나 숙제해야 해."

"……(나쁜 놈!)"

장질부사와 3등 인간
: 「제3병동」과 장티푸스

———

젊은 남자가 뒷목이 당기고 열이 심하게 난다며 병원에 왔습니다. 외래로 왔는데 1차로 응급실에서 쫓겨난 모양새였습니다. 워낙 젊어서 그런지 아프다고 하는데 아파 보이지 않았습니다. 응급실에서 시행한 단순 검사에서는 이상 소견이 없었습니다. 안 그래도 '(다 큰 어른이) 열 좀 난다고 응급실에 오냐'고 응급실 의사한테 한번 혼난 바 있어 자기가 얼마나 아프고 열이 얼마나 심한지 보여주기 위해 해열제도 안 먹고 참고 왔노라고 하더군요. 체온은 섭씨 39도가 넘었고, 덜덜덜 떠는데 열은 속일 수가 없는지라 마음속으로 입원을 시킬 것인지 하루이틀 더 기다려볼 것인지 가늠해야 했습니다. 진찰을 마치니 이제 해열제를 먹어도 되냐고 묻습니다. 저는 물 한 잔을 건네주었지요. 열이 일주일째라는 말에 입원을 결정하고 응급실에서 쫓겨나지 않을 방법을 상의하기 시작했는데, 제가 준 입원장이 효험은 좀 있겠으나 그래도 절대 웃지 말 것이며 열이 떨어져도 편안한 얼굴을 하지 말고 고통스러운 표정을 계속하고 있으라고 했더니 자기도 그쯤은 벌써 터득했노라고, 이게 벌써 몇 번째 응급실행인지 모르겠다고 투정합니다.

환자의 연기 때문인지 입원장의 효험 때문인지 그는 무사히 입원했습니다. 우리는 일찍 나온 검사 결과 몇 가지를 바탕으로 서로 병명을 추측하느라 머리가 아팠습니다. 암, 바이러스 감염증, 장열, 간염, 수막염까지 참으로 다양했는데, 입원 하루 만에 혈액에서 균이 자란다는 보고가 올라왔습니다. 결국은 장티푸스균이 확인되었고, 누구는 자기가 맞혔다고 웃고, 누구는 헛짚었다며 실망하는데, 그 사이에서 저는 정답자가 아니지만 그나마 결과가 일찍 나온 데에 감사했습니다.

장열(장티푸스, 장질부사)로 사망한 사례를 경험하지 않은 저는 이 병으로 죽는 것을 상상하기 어렵습니다. 김정한의 소설 「제3병동」에는 장질부사로 인해 장 천공이 생겨 사망하는 환자 이야기가 나옵니다. 장 천공은 창자벽에 구멍이 생기는 것으로 장열 합병증입니다. 소설의 환자는 늘밭골에 사는 오롱댁, 본명은 '심작은둘'입니다. 의사가 보기에 환자는 때를 놓쳤기 때문에 장 천공으로 복막염을 일으킬 가능성이 충분하나 결핵도 중증이거니와 환자는 노령인 데다 혈압 등 기타 건강

상태가 필요한 수술을 견뎌낼 형편이 결코 못 됩니다. 이 과정에서 잘 곳 없는 딸이 병원에서 같이 생활하더니 딸마저 장질부사에 걸리지요. 이들이 입원하고 있는 병동이 전염병 환자들만 머무는 제3병동이고, 이 병동은 현대식 고층건물 뒤편 그늘에 세면소와 소독실과 시체 안치소가 가까운, 다 무너져가는 귀신 곡소리가 날 법한 곳이며, 따라서 그 속에 있는 환자들 또한 3등 인간으로 3등 인생을 살다가 별 치료도 못 받고 죽어가는 곳입니다. 의사가 하는 일이란 같은 침대를 쓰지 말라는데 꼭 같이 자는 딸에 대한 야단이요, 쉬라는데 움직이는 환자에 대한 질타뿐인데, 그나마 그는 자기 주머니를 털 줄 아는 사람입니다.

1960년대의 전염병동은 그랬을 겁니다. 기막힌 이야기들이 마치 지나가는 남의 땅에서 일어난 것이거나 아득한 시절의 일 같습니다. 세상에서 버려져 있는 것에 차마 묵묵할 도리가 없어 글을 쓴다는 작가는 전염병이 사망 원인이지만 그 죽음이 전염병 때문만은 아닌 이유를 담담히 보여주고 있습니다.

제 환자는 다행히 별다른 합병증 없이 순탄한 경로로 열이 내렸습니다. 감염관리실은 장티푸스균을 발견하자마자 즉시 보고했고, 보고받은 보건소 직원은 환자 주변인들의 변을 채취했으며, 질병관리본부에서는 유행 사례 여부를 판단했습니다. 그리고 앞으로 이 환자가 보균자가 될 것인지를 살피기 위해 잊지 않고 변 검사를 통해 추적해볼 것입니다. 환자를 감염시킨 근원 보균자를 찾는 것이 그들의 임무겠지만, 그러기엔 장티푸스의 잠복기가 참으로 깁니다. 누구를 대상으로 어디까지 배양 검사를 해야 할지 판단하기가 쉽지 않겠지요.

장티푸스균 입장에서 한번 생각해볼까요. 대략 한 달 전 아무개의 장에서 탈출하여 자연계에 노출되었는데 마침 비가 내리는 통에 지하수나 고장 난 상수도 공급 지역 물길에 접근할 수 있었겠지요. 그날 마침 야채를 씻는 함지박에 담겨서 주름진 이파리 사이에 동지들과 함께 묻어 있다가 드디어 섭씨 36.5도를 넘는 따뜻한 포유류의 장에 도달했습니다. 선조대부터 대대로 이곳이 좋다고 정해놓은 회장回腸(소장의 마지막 부분)에서 자신과 궁합이 맞는 큰포식세포 속에 들어앉아 새끼를 치고 새끼들을 일부는 핏속으로 일부는 변으로 두루두루 뿌렸겠지요. 그런데 그만 일주일 만에 열 때문에 꼬리를 잡혀 그대가 끊길 위험에 처했다고 봅니다. 그러나 누가 알겠습니까? 증상 없이 그저 밖으로 배출할 뿐인 만성 보균자가 여전히 들키지 않고 그 역할을 충실히 하고 있을지. 아마도 균이 바라는 것은 그것일 테지요.

이 소설을 과학의 시선으로 읽자면 눈에 들어오는 대목이 있습니다. 정말 장질부사는 함께 자면 옮는 병인지, 정말 같은 숟가락으로 밥을 먹으면 옮는지, 혈압이 정말 58~88mmHg이었을지, 열이 정말 41도 3부까지 오를 수 있을지 말입니다. 이 것을 학생들에게 한번 물어봐야겠다 싶습니다. 장열은 균에 오염된 음식이나 물이 가장 중요한 전파 경로입니다. 글 속 모녀는 이것들을 공유했을 가능성이 충분히 높겠지요. 아내의 사망 소식을 듣고서야 찾아올 수 있었던 남편, 그의 오열이 마음 아픕니다.

몸살을 치르는 봄
: 『몸살』

40대 후반의 청각장애인 농부가 이른 아침 논일을 마치고 귀가하다가 저혈당으로 쓰러져 의식을 잃은 채 발견되었고 우리에게는 열이 난다며 봐달라는 연락이 왔습니다. 저혈당인 채로 있었던 시간이 너무 길어서 그의 의식은 돌아오기 어려웠습니다. 매년 봄 한 번씩 쓰러져 병원 신세를 지더니 이번엔 의식을 못 찾는다며 동생이 안타까워했습니다. 상상할 수 있는 일이었습니다. 때로는 몸살이었을 것이고 때로는 저혈당이었을 겁니다. 농부에게 봄은 일이 너무 많아서 일요일도 휴일도 없이 매달려야 하는 계절이니까요. 때를 놓치면 안 되는 것이 농사인지라 제 아버지께서도 언제 일어나셨는지 알 수 없게 한 차례 논일을 마치고 나서야 아침을 드셨습니다. 여름엔 더해서 해 뜨고 나서는 일하기 어렵고 새벽일이 거의 전부였지요.

아마 이 농부도 여느 농부처럼 새벽같이 일을 나갔을 테고 일하다보면 조금만 더, 이것만 마치고 하다가 식사 시간이 늦어지기 일쑤였을 겁니다. 그래서 일 많은 봄이면 앓고 있던 당뇨 때문에 저혈당으로 쓰러지기 쉬웠지요. 식사가 혈당에 얼마나 중요한지, 일을 늦추더라도 약을 먹었으면 잘 맞춰서 식사하라고, 식사를 제때 못 하면 혈당이 떨어진다고 누가 속 시원히 들리지 않는 귀에 대고 설명이나 해줬을지 모르겠습니다.

『몸살』이란 책을 보니 그도 봄에 쉼 없이 일하다가 몸살을 앓습니다. 엿새 동안 뜬모를 하다가 몸살을 앓는군요. 뜬모란 이앙기로 심은 모가 물에 뜨거나 빈곳이 있을 때 다시 심어주고 새롭게 모를 추가하는 '모 땜빵질'입니다. 벼가 앓는 몸살 때문에 사람이 몸살을 앓는 것입니다.

어떤 모종이든 땅에 옮겨 심으면, 그 땅에 적응하느라 어려움을 겪기 마련이다. 사람의 보살핌 속에 자라다 흙으로 나가 혼자 힘으로 자리를 잡으려니 힘이 들 수밖에 없다. 모를 논에 내면, 처음 며칠 동안 잎이 누렇게 변하거나 시들시들해진다. 이를 보고 모가 몸살을 한다고 말한다. 첫날 모내기를 했던 논의 모는 매우 심하게 몸살을 앓고 있다. 잎이 누렇게 변할 뿐만 아니라 말라 죽기까지 한다. 주위 논들을 둘러보아도 몸살이 그렇게 심하진 않았다. 모를 잘못 키웠나보다. 여리게 자란 모들은 몸살을 심하게 앓는다고 한다. 그래서 모는 강하게 키워야 한단다. 그런데 보살핌이 지나치면 모는 여려지고, 보살핌이 모자라면 죽고 만다. 모를 강하게 키우는 손길은 지나치지도 모자라지도 않는 중용에서 나오겠지만 그것은 참 어려운 일이다. 열병처럼 앓는 몸살을 이 비가 식혀줄지 모르겠다. 모가 몸살을 이겨내기를.

엿새 동안 혹사당한 허리는 끊어질 듯했다. 지칠 대로 지친 몸에는 오한이 일었다. 논에 갓 내놓은 모가 앓았던 심한 몸살이 나에게로 온 듯했다. 다음날도 뜬모를 해야 하는데…… 나는 몸살을 앓을 여유조차 없는 형편이었다.

양파를 캐는데 목이 따끔거렸다. 원래 기관지가 약한 탓에 피곤하면 목에서부터 신호가 오곤 한다. 조금 지나니 오한이 들고 몸이 떨리기 시작했다. 나중에는 온몸이 쑤시고 손가락 하나 움직이기 힘들었다. 양파를 캐던 호미를 손에서 놓아야 했다. 올해 첫 수확이었는데 중도에 포기하고 말았다. 그날 밤부터 이틀 동안 누워 꼼짝도 못하고 잠만 잤다. 하지만 목은 더 아팠고 열도 떨어지지 않았다. 웬만해서는 가고 싶지 않은 게 병원이었지만, 할 수 없어 천근만근인 몸을 끌고 병원을 찾았다. 의사는 안쓰러운 표정을 지으며 '급성 편도선염'이라 진단했다. 매년 이어지는 몸살이다. 작년에도 재작년에도 꼭 이맘때면 몸살이 왔다. 그때마다 쉬면서 일하자고 다짐했지만, 다시 농사철이 되돌아오면 그 다짐은 흔적도 없이 사라지곤 한다. 내년에도 또 그럴까?■

벼가 앓는 몸살도 낯익고 그가 앓은 몸살도 제게는 낯익습니다. 한승오 씨도, 청각장애인도 봄마다 몹시 힘들었나봅니다. 다 늦게 이제 와서야 우리 아버지도 그러셨을까 생각하게 되더군요.

제가 아는 대다수의 아버지처럼 부친도 살가운 분은 아니었습니다. 어린 시절 하기 싫은 모든 일은 아버지에게서 비롯되었지요. 아침 면도 해드리기. 세숫비누와 거품 낼 솔과 물을 방 안으로 들여서 넓은 구역만 아버지가 대강 면도해놓으면 영화야~ 하고 부르셨고 코밑과 미처 제거되지 않은 수염을 꼼꼼히 쓱쓱 긁어내는 것은 제 몫이었습니다. 아버지는 쓱 일어나 나가시면 그만이지만 뒷정리를 해야 하는 저는 정말 품이 많이 들었습니다. 아버지 구두를 닦는 것도 제 일이었지요. 빛나게 닦아야 한다는 걸 알고 있었지만 흙 털고 구두약만 바르고는 모른 척했으며 더 자라서는 구두약은커녕 물로 흙만 털고 말았습니다. 그 때문에 아버지 구두는 일찌감치 갈라지

■ 한승오, 『몸살: 한승오의 농사일기』, 강, 2007.

고 헌것이 되었습니다. 그러나 이 모든 것을 차치하고 가장 하기 싫었던 일은 아버지가 저녁을 드시고 자리를 깔면 잠드실 때까지 다리를 주물러야 했던 것입니다. 곤하게 자리를 깔면 주무시는 줄 알고 손을 뗐는데 그러면 아버지는 아직도 잠들지 않았음을 발을 흔듦으로써 표시하셨고 저는 손만 대고 있거나 주무르는 시늉만 함으로써 태업을 했습니다. 혹은 최대한 시간을 끌어서 늦게 시작하는 꾀를 부려, 큰 반항은 못 하고 소극적인 반항 정도나 해봤습니다. 삼종지도를 물으시거나 삼강오륜을 받아쓰게 하시고는 학교에서 뭘 배웠냐고, 그것 하나 제대로 못 쓰느냐며 한심스러워하셨기에 아버지는 늘 제 인생의 질곡에 다름 아니었지요.

도시로 유학 오면서 그런 부친의 곁을 떠났고, 교과서에 나오던 주자청의 「아버지의 뒷모습」이라는 작품을 통해 어쩌면 간혹 버스 타러 나오는 저를 배웅하고 돌아서는 아버지의 뒷모습도 그러했으리라 짐작했지만 거기까지가 제가 해볼 수 있었던 아버지에 대한 이해의 한계였습니다. 저는 가까운 자식이었지만 그 삶에 대해서는 알 기회가 없이 둥지에서 키워져 밖으로 나온 병아리에 불과했습니다.

부친이 돌아가신 지 15년이 넘었고 저는 우연히 손에 들어온 『몸살』을 통해서야 드디어 아버지의 일상을 그나마 이해하게 되었습니다. 한승오는 국문학을 전공하고 출판 일을 하다가 농사를 시작하는 초보 농사꾼입니다. 그가 쓴 두 해 치 일기가 『몸살』의 내용이고 그가 자신의 몸과 경운기만으로 짓는 농사는 늘 제가 봐오던 일이었습니다. 볍씨를 골라내고, 벼를 띄우고, 못자리를 내고, 로타리를 하고, 모내기를 하는 일. 모를 심고 때우고 매일 물꼬를 돌아보고 풀을 없애는 일. 벼를 베고 탈곡하고 말리는 일. 늘 그렇게 돌아가던 부친의 모습이 거기에 있었으며, 땅과 물과 볕을 따라 힘겹게 짓는 농사가 아버지의 삶과 함께 제게 들어왔습니다. 돌아가신 지 오래인데 이제야 말입니다.

한 줌의 온기
:『개인적인 체험』과 장애아

아이는 숨을 잘 쉬고 발그레한 몸을 갓난아이답게 잘 버둥거리고 있었습니다. 아주 작은 미숙아로 태어나 세상이 아직 그에게 벅찰 때 뇌수막염이 생겨서 고생은 했지만 잘 이겨내고 있는 참이지요. 이 아이의 앞날은 어떠할 것인가. 뇌라는 것이 주는 오묘함 앞에서 과도한 절망도 무모한 낙관도 하지 않고 내 아이임이 틀림없으니 생명이 주어지는 대로 키워보겠노라는 결정을 할 수 있을지 생각해봤습니다. 문득 오에 겐자부로의 책이 생각나더군요. 스물일곱 살의 학원 강사인 버드에게 첫아이가 태어났습니다.

"샴쌍둥이 같은 건가요?" 하고 버드는 주눅 든 소리로 물었다. "아니, 그냥 머리가 둘 달린 것처럼 보일 뿐이에요.

겐부츠, 볼래요?"(⋯) 뇌 헤르니아, 하고 버드는 생각해보려 했지만 무엇 하나 구체적인 이미지를 떠올릴 수 없었다. "그런, 뇌 헤르니아의 갓난아이가 정상적으로 자랄 희망이 있는 건가요?" 하고 버드는 망연히, 수습되지 못한 기분 그대로 물었다. "정상적으로 자랄 희망!" 하고 원장은 느닷없이 거칠게 소리를 높여 분개한 듯이 말했다. "뇌 헤르니아라니까요. 두개골을 잘라내고 빠져나온 뇌를 밀어넣는다고 해봤자 식물인간이라도 된다면 정말 운이 좋은 거라고요. 정상적으로 자란다니 도대체 무슨 소리를 하는 거지?" 원장은 비상식적인 버드에게 질렸다는 듯이 양옆의 젊은 의사들에게 고개를 흔들어 보였다. "그러면 금세 죽어버리는 건가요?" 하고 버드는 말했다(38~39).

"난 산부인과 의사지만 뇌 헤르니아인 신생아를 만날 수 있었던 건 행운이고, 해부에도 참관할 작정입니다. 물론 당신은 해부에 찬성하시는 거죠? 지금 단계에서 이런 것까지 솔직하게 이야기하는 게 불쾌하실지 모르지만 말에요. 그런 축적들이 의학의 진보를 돕는 거잖아요? 당신 아이를 해부함으로써 다른 뇌 헤르니아 아기를 구할 힘이 될지도 모르거든요! 게다가 좀더 솔직히 말하자면 이 아기를 위해서도 당신들 부부를 위해서도 이 애는 빨리 죽는 편이 좋을 것 같아요. 이런 아기들에 대해 이상한 낙관

주의를 지닌 사람들도 있지만 저는 역시 이런 경우는 빨리 죽을수록 행복한 거라고 생각해요."(46)

"자넨, 이 아기가 수술을 받고 회복되기를, 글쎄, 어쨌든 일단 회복되기를 바라고 있는 게 아닌가?" (…) "수술을 한대도 정상적인 아이로 자랄 가능성이 희박하다고 한다면……" 하고 하소연했다. 버드는 지금 자신이 비열함으로 가는 내리막길의 첫걸음을 내디뎠다는 것을, 비열함이라는 눈덩이가 최초의 일회전을 행했다는 사실을 느꼈다. 그는 쏜살같이 비열함의 언덕을 내리구를 것이고 그의 비열함이라는 눈덩이는 순식간에 불어날 것이 분명하다. 그 절대적인 불가피성의 예감에 버드는 다시 한번 몸서리쳤다. 하지만 그동안에도 그의, 열을 머금어 번질거리는 눈은 의사에게 탄원을 계속하고 있는 것이다. "직접 손을 써서 아기를 죽여버리는 건 못 해요" 하고 의사는 버드의 눈을 혐오의 빛을 띠고 거만하게 마주 보며 말했다. (…) "아기의 분유량을 조절해보죠. 분유 대신 설탕물을 줄 수도 있겠죠. 그렇게 한동안 상태를 보다가, 그래도 아기가 쇠약해지지 않는다면 아무래도 수술을 하는 수밖에 없겠지."(130~132)

"수술을 하면 정상적으로 자랄 가망이 있는 걸까요?" 하고 버드는 건성으로 말했다. "그건, 아직 확실한 건 아무엇도 말씀드릴 수 없어요" 하고 부원장은 솔직하게 말했다. (…) "정상적으로 자랄 가능성과 그렇지 않을 가능성은 어느 쪽이 클까요?" "그것도 수술을 해보지 않고는 확실히 뭐라 말할 수 없죠." (…) "저는 수술을 거절하고 싶습니다." 그 순간 모든 의사가 버드를 지켜보며 침을 삼키는 듯했다(232).

"수술로 아기의 생명을 구한다고 한들, 그래서 뭐가 되지? 버드. 그는 식물인간이 될 뿐이라고 하잖아? 넌 자신을 불행하게 만들 뿐 아니라 이 세상에게도 전혀 무의미한 존재 하나를 살아남게 만드는 거야. 그것이 아기를 위하는 길이라도 된다는 거야? 버드."(271)▪

소설 속의 아이는 아마도 작가 자신의 체험이 녹아들어 있는 작가의 아이겠습니다. 저는 신생아 중환자실의 아이를 쳐다봅니다. 아마 이 아이 부모의 마음에도 버드가 겪고 버드가 들었던 말이 수도 없이 반복되었겠지요. 도움 없이 살아갈 수 없을 때 짊어져야 할 부담, 그렇게 사는 것이 의미가 있는가에 대한 질문, 어디서부터 어디까지가 살아도 되는 의미 있는 목숨인가의 문제. 아이는 어른들의 혼란을 아는지 모르는지 발그레한 작은 몸으로 열심히 버둥거리며 부모와 세상을 향해 한 줌의 온기를 보내고 있었습니다.

▪ 오에 겐자부로, 『개인적인 체험』, 서은혜 옮김, 을유문화사, 2009. Excerpts from KOJINTEKI NA TAIKEN, Copyright ©1964 Oe Kenzaburo

젊은이의 병앓이
:「병상록」「병에게」

─────

마음이 쓰이지 않는 죽음이 있겠는가마는 젊은 사람의 병앓이는 머리털이 쭈뼛 서는 긴장을 더하기 마련입니다. 누군가의 약력을 볼 때 그 사람이 언제 태어나 언제 돌아갔는가를 보는 것은 삼십대까지는 해보지 않은 일인데 지금은 들추어봅니다. 그리고 이제는 '내가 너만 할 땐 말이지'로 시작하는 말에 주저를 느끼며 '누구는 그 나이에 무엇을 이루었다'는 말을 들을까봐 두려워하는 졸卒이 되었습니다. 인생은 그런 것입니다. 수많은 죽음을 앞두고 이제는 그 사람과 주변 사람들의 마음을 헤아리는 것이 일상인데도 젊은이의 죽음은 여전히 아립니다. 그는 무슨 생각을 하고 있을까, 그의 아픔은 얼마만할까, 예상하고 있기나 할까? 서른일곱에 돌아간 김관식金冠植(1934~1970) 시인의 시를 읽습니다.

병상록病床綠

병명도 모르는 채 시름시름 앓으며

몸져누운 지 이제 10년.

고속도로는 뚫려도 내가 살길은 없는 것이냐.

간肝, 심心, 비脾, 폐肺, 신腎……

오장五臟이 어디 한 군데 성한 데 없이

생물학 교실의 골격 표본처럼

뼈만 앙상한 이 극한 상황에서……

어두운 밤 턴넬을 지나는

디젤의 엔진 소리

나는 또 숨이 가쁘다 열이 오른다

기침이 난다.

머리맡을 뒤져도 물 한 모금 없다.

하는 수 없이 일어나 등잔불에 불을 붙인다.

방안 하나 가득 찬 철모르는 어린것들.

제멋대로 그저 아무렇게나 가로세로 드러누워

고단한 숨결은 한창 얼크러졌는데

문득 둘째의 등록금과 발가락 나온 운동화가 어른거린다.

내가 막상 가는 날은 너희들 누구에게 손을 벌리랴.

가여운 내 아들딸들아,

가난함에 행여 주눅 들지 말라.
사람은 우환憂患에서 살고 안락安樂에서 죽는 것.
백금 도가니에 넣어 단련할수록 훌륭한 보검이 된다.
아하, 새벽은 아직 멀었나보다.

지금까지 건강했는데 왜 갑자기 이런 일이 생겼냐고 묻는 분에게 때로는 교과서에 나오는 병인을 설명해야 할 때도 있고, 뭔가 잘못 먹거나 잘못 행동한 것을 설명해야 할 때도 있고, 그저 알 수 없노라고 말해야 할 때도 있습니다. 우환에서 살고 안락에서 죽는 인간으로서 생로병사, 순환의 고리에서 벗어날 수 없으며, 그러므로 병이 오거든 누구든 당연지사를 겪는다며 흐뭇하게 받아들여야 합니다. 마흔아홉에 생을 마친 조지훈(1920~1968) 시인처럼. 그러나 그게 어디 쉽겠습니까? 다만 까맣게 잊고 지내다가 찾아오거든 이럴 줄 알았노라고 차나 한잔 마시며 인생을 다시 생각해보는 수밖에요.

병病에게

어딜 가서 까맣게 소식을 끊고 지내다가도
내가 오래 시달리던 일손을 떼고 마악 안도의 숨을 돌리려고 할 때면 그때 자네는 어김없이 나를 찾아오네.

자네는 언제나 우울한 방문객
어두운 음계音階를 밟으며 불길한 그림자를 이끌고 오지만
자네는 나의 오랜 친구이기에 나는 자네를
잊어버리고 있었던 그동안을 뉘우치게 되네

자네는 나에게 휴식을 권하고 생生의 외경畏敬을 가르치네
그러나 자네가 내 귀에 속삭이는 것은 마냥 허무
나는 지그시 눈을 감고, 자네의
그 나즉하고 무거운 음성을 듣는 것이 더없이 흐뭇하네

내 뜨거운 이마를 짚어주는 자네의 손은 내 손보다 뜨
겁네
자네 여윈 이마의 주름살은 내 이마보다도 눈물겨웁네
나는 자네에게서 젊은 날의 초췌한 내 모습을 보고 좀더
성실하게 성실하게 하던
그날의 메아리를 듣는 것일세

생에의 집착과 미련은 없어도 이 생은 그지없이 아름답고
지옥의 형벌이야 있다손 치더라도

죽는 것 그다지 두렵지 않노라면
자네는 몹시 화를 내었지

자네는 나의 정다운 벗, 그리고 내가 공경하는 친구
자네가 무슨 말을 해도 나는 노하지 않네
그렇지만 자네는 좀 이상한 성밀세
언짢은 표정이나 서운한 말, 뜻이 서로 맞지 않을 때는
자네는 몇 날 몇 달을 쉬지 않고 나를 설복하려 들다가도
내가 가슴을 헤치고 자네에게 경도傾倒하면
그때사 자네는 나를 뿌리치고 떠나가네
잘 가게 이 친구
생각 내키거든 언제든지 찾아주게나
차를 끓여 마시며 우리 다시 인생을 얘기해보세그려.

나도 준이 형님처럼

저도 준이 형님처럼 되고 싶은 시절이 있었습니다. 이 산천의 풀과 나무와 뿌리가 약이 되고, 우리가 배우지 않는 방법으로 이 땅에서 오랜 세월 사람의 병을 다루고 낫게 했다는 사실이 신기했고, 그것이 알고 싶었습니다. 할 수 있다면 저도 좀 해보고 싶었습니다. 그래서 저는 한창 수업에만 몰두해도 모자랄 시간에 홍제동 낡은 건물에서 모 약사회가 연 동의학 강의를 듣고, 이런저런 것을 독학했는데, 독학은 시험을 치르지 않기에 내 안에 뿌리 내리지 못하고 그냥 몇 달 만에 흩어져버렸습니다.

그래도 제 친구들은 이 덜떨어진 어중이의 공부를 존중해 다친 발에 피가 나는데 어쩌면 좋겠냐고 물었고, 저는 지금은 여름이니 지천에 널린 쑥을 짓이겨 바르면 지혈에 효과가 있을 거라고 읊조렸습니다. 한번은 감기로 토하는 조카에게 뭘 먹이면 되겠냐는 언니의 말에 매실액에다가 꿀, 인삼과 섞어 마시도록 했는데, 어린 조카가 견디지 못하고 게워내는 바람에 그럼 그냥 굶겨보라고 했던 것입니다.

제 공부는 결국 수지침에까지 이르렀는데 그 많은 혈을 공부하고, 보하고 사하는 법까지 강의를 들은 뒤 두 손에 가느다란 침이 들리는 순간, 당연히 누군가에게 찔러봐야겠다는 결심을 했습니다. 차마 나 스스로를 찌르지는 못하겠고 당시 절친했던 김을 불러냈는데 그에게 무엇을 어떻게 설명했는지는 기억도 나지 않습니다. 다만 이 혈은 무슨 병에 효험이 있고 해로울 건 없으니 나의 첫 시술을 받아보겠냐고 물었으며, 김은 어쨌거나 한 손을 제 앞에 내밀었던 것입니다. 그 혈의 이름은 '합곡合谷'.

그러나 그 순간 갑자기 의대 강의를 듣는 학생으로서 정신이 들었던지 저는 만지작거리던 침을 친구의 손에 찔러도 될지 주저하게 되었습니다. 알코올 솜이 없었던 것이지요.

"얘, 이거 소독 안 해도 될까?"

"그러게. 옛날에는 알코올 솜이 없었을 텐데."

그 순간 엄마가 이불 꿰매면서 바늘을 머리에 대고 긁적이던 장면과 한의사가 침을 들고 있는 장면이 모호하게 엇갈리며 떠올랐습니다.

"머리에 몇 번 긁고 하면 되지 않을까?" 했더니 김은
"그래, 마찰력이 생길 테니 괜찮겠다" 했던 것입니다.

과학 시간에 배운 용어를 찾아 합리화에 성공한 우리는 서
로 흐뭇해하면서, 그는 손을 내밀고 저는 두세 번 머릿기름을
바른 뒤 신중하게 손바닥뼈 사이 두툼한 살에 침을 밀어넣었
습니다. 누구 손이 더 떨렸는지는 모르겠습니다. 우리는 엎드
려 그 가는 바늘이 이뤄내는 진동을 우주로 느꼈습니다. 제
방황은 길었고 휴학까지도 고려했지만 나중에 해도 늦지 않는
다는 가족들의 교묘한 꼬임에 넘어가 저는 다시 양의의 세계
로 돌아왔고, 그 후로 헤어나지 못하고 있습니다.

이은성의 『소설 동의보감』은 1990년 발간 당시 베스트셀러
였고 저에게도 한동안 감동을 주었는데, 강의실에서 들을 수
없는 '의醫'에 대한 선인들의 생각을 얻어듣는 재미가 컸습니
다. 감동의 백미는 스승 유의태가 자진하면서 준이 형님에게
남긴 유서의 찬란함에 있고, 정의의 카타르시스는 스승의 이
름을 모욕하는 데 준이 형님이 분연히 떨쳐 일어나 반론하는
장면에 있지요. 내 손목은 잘라도 되나 스승은 모욕하지 말라
는……

이은성은 의에 대해 이렇게 말했습니다.

의醫는 아무 그릇에나 담을 수 있는 것이 아니다. 그 그

릇은 심성의 맑기와 크기를 말한다. 의를 담는 그릇은 셋이다. 하나는 인품人稟이요 둘은 천품天稟이요 셋은 신품神稟이다. 인품은 고을의 환자를 고치는 그릇이며 천품은 세상 사방의 환자를 고치는 그릇이요 신품은 만병을 바라보는 그릇이다. 그 인품의 격이란 고을마다 깔린 작은 의원을 이르며 천품의 격은 죽었다고 본 사람을 살려놓기도 하는 기량으로 여긴다. 그러나 신품의 격은 인간들에게 농사를 가르치고 제약의 근원을 구분한 전설 속의 신농씨와 한족의 초대 군신이라는 황제 그리고 단군고기에 등장하는 환웅에게만 있을 뿐. 이에 인간이 최고로 다다를 수 있는 의원의 격으로 신품과 천품 사이에 선품仙稟을 둔다. 그리고 그 선품에 꼽히는 건 아득한 중국의 편작과 창공 그리고 화타이니, 그러면 조선의 역사에서 선품의 격을 지닌 이는 누구인가?

심병審病의 술術에는 네 가지가 있다. 신神은 병을 짚는데 바라보기만 해도 아는 경지로서 그 바라본다 함은 병자의 오색五色, 즉 코, 눈, 이마, 뺨, 피부색을 보아 절로 아는 것. 성聲은 듣고 아는 경지로서 오음五音을 듣고 숨은 병을 분별하는 재주이며, 공工은 일일이 병자의 용태와 괴로운 것을 물어서 아는 경지요, 교巧는 맥을 짚고 미심쩍은 곳을 만져보아 병을 찾아내는 경지다. 그러나

이 지식은 연륜과 훈련으로 누구나 도달할 수 있는 것이
로되 설사 그것들을 차례로 거치고 이르렀다 할지라도
정작 병자의 아픈 데를 함께 아파하는 마음이 없다면 그
는 흔하디흔한 의원일 뿐이다. 병들어 아파하고 앓는 이
들의 땀 젖은 돈으로 제 일신의 편안함을 구하지 않는
의醫.▪

　의사는 조선시대에 중인 계급이었습니다. 학창 시절 그게
참 궁금했지요. 제가 보기에 아픈 사람을 구완한다는 것은 꽤
쓸모 있고 괜찮은데, 왜 조선의 유학자들은 의원을 중인 정도
로만 취급했던 것일까? 어느 날 그 의문에 대한 답이 신문에
실려 날아왔는데 베풀되 대가를 바라기 때문이랍니다. 아, 조
상님들은 참 엄격도 하셨지요.

▪　이은성, 『소설 동의보감』, 창비, 2001.

2부

책으로
떠나는
감염병
오디세이

부처님 손바닥 위
: 『굿모닝 버마』와 인플루엔자

기 들릴Guy Delisle은 유럽에서 활동하는 만화가이자 애니메이션 감독입니다. 그의 책 『굿모닝 버마』는 그가 국경없는의사회에서 일하는 아내 나데주를 따라 미얀마에 머물 때의 경험을 만화로 그린 것입니다. 2005년 그가 미얀마에 머물 때 동남아에 H5N1 조류 인플루엔자가 돌았고 마침 그 경험이 나옵니다.

그는 세계보건기구WHO 직원과 조류독감에 대해 이야기를 나누고는 얼마나 무서웠던지 두 달 동안 공포에 사로잡혀 지냅니다. 그 직원은 H5N1 바이러스가 변이를 거듭하는 종류라 미얀마까지 덮치는 건 시간문제이고, 미얀마는 검열이 강한 국가이니 외부에서는 이곳의 실태를 파악할 수 없으며, 독감이 시작되면 외국인 신분이라도 출국이 금지되고 격리될 것이며 뭔가를 하기엔 너무 늦을 것이라고, 유엔은 이미 전 직원을 위해 '타미플루'를 확보해뒀다고 이야기합니다. 그 직원은 "제가 당신이라면 사태가 심각해지기 전에 백신을 구하겠어요"라고 충고하지요. 들릴의 머리에 비상등이 켜집니다. '타미플루! 최대한 빨리 타미플루를 구해야 해!' 곧바로 아내에게 말합니다. "국경없는의사회는 직원들을 위해 '타미플루'를 확보해뒀대? 아니지? 당장 파리에 편지를 써서 최대한 빨리 보내달라고 해." 그는 비관합니다. 독감이 곧 우리를 덮칠 거야, 덮칠 거라고! 다시 정신을 차린 그는 질병의 진행 상황을 확인하기 위해 매일 인터넷을 검색하고, 홍콩에 가는 친구들을 통해 백신을 구하려고도 합니다. 하지만 그곳도 백신은 동이 난 상태입니다. 텔레비전은 공포에 불을 지릅니다. 4000만 명의 목숨을 앗아간 20세기 초의 스페인 독감보다 심각할 것이라는 둥 못 하는 말이 없지요. 마침내 국경없는의사회는 아시아 전체 직원들을 위해 백신을 보내옵니다. 그는 환호성을 질렀고요. 그런 그를 보던 아내가 차갑게 한마디 던집니다. "효과가 있다는 증거는 없어. 순전히 가정일 뿐이지. 그건 원래 계절독감용 백신이야. 백신을 독점 공급하는 제약 회사가 불안감을 조성한 건 아닌지 생각해봐야 해. 마스크를 사용하는 게 훨씬 나을 거야."■ 그 와중에 받은 것이 H5N1을 치료할 백신이 아니라 겨울에 일상적으로 처방하는 계절독감용 백신이네요. 그랬을 겁니다. 있어야 보내지요.

■   기 들릴, 『굿모닝 버마』, 소민영 옮김, 서해문집, 2010.

제가 감염내과 의사가 된다고 하니 '감염병을 돌보다 네가 병에 걸리면 어떻게 하냐'며 주변 사람들이 걱정했습니다. 겉으로는 '그럴 병이 뭐 별로 없노라' 했지만 내심 확인차 4000쪽이 넘는 영문 교과서를 처음부터 끝까지 넘겨가며(읽는다기보다는 눈으로 훑어서), 내가 걸릴 우려는 없는지, 백신은 있는지, 치료약은 있는지를 심각하게 검토하고, 백신이 있다면 어떤 값을 치르더라도 맞을 생각을 했지요. 그 지난한 페이지 넘기기에서 제가 배운 것은 세상엔 백신이 별로 없다는 것이었고, 있는 백신은 거의 다 맞거나 제게는 별로 필요가 없거나 나이가 들어서야 고려해볼 필요가 있거나 하다는 것이었습니다. 치료하는 의사한테 직접 오는 감염병도 흔치 않아 보였습니다, 적어도 그때까지는. 하나 건진 것이 있다면 여고 시절 수두 앓는 친구와 그렇게 놀았는데도 그 친구가 워낙 철저히 가려서 그랬는지 저는 끝내 수두를 앓지 않았고, 검사해보니 항체도 없었던 것입니다. 아마 저는 늙어서도 대상포진은 앓지 않을 것입니다.

그러고는 감염내과 의사라고 뭐 달리 걱정할 건 없노라 여기고 10여 년을 지냈는데 제가 굴린 잔머리가 얼마나 하룻강아지 범 무서운 줄 모르는 것이었던지, 2002년 사스가 오고 2005년 조류인플루엔자가 뜨는 바람에 신종 감염병의 첨병으로 백신도 없을뿐더러 약은 있을락 말락 한 상황을 남보다 먼저 맞아야 하는 처지라는 것을 알게 되었습니다. 약 없는 사스에 지정의사가 되라는 문서를 받았을 때는 불현듯 과거 그 완벽해 보였던 검토에서 실은 신종 감염병이 빠져 있었음을 깨달았고, 제가 수천 쪽의 책장을 넘겼어도 결국은 부처님 손바닥 위였음을 한탄할 수밖에 없었지요. 운명은 늘 생각의 범위를 넘어섭니다.

기 들릴처럼 저도 H5N1 같은 고병원성 조류인플루엔자를 읽고 공부한 날은 걱정을 많이 합니다. 2003년부터 2012년 말까지 610건의 H5N1 조류인플루엔자가 사람에게서 발병했고 이 중 60퍼센트가 사망했습니다(WHO). 사망률이 높지요. 물론 증상이 심하지 않은 환자는 병원에 오지 않으니 실제보다 사망률이 높게 나왔을 수도 있습니다. 제한적이지만 때로는 맨투맨 전파를 의심하기도 합니다. 2012년엔 돌연변이 다섯 개면 포유류 사이에서, 어쩌면 사람에게서 사람으로 전파시킬 수 있다는 실험 결과도 발표됐지요. 용감한 실험실 사람들! 백신도 걱정이고 해서 남몰래 약을 사둘까 생각한 적이 있습니다. 약을 사두더라도 언제 발생할지 모르니 유효 기간 또한 셈해봐야 합니다. 무엇이 남는 장사인가? 그러다가 지난번처럼 부처님 손바닥 위일 거라고, 뛰어봤자 벼룩이고, 달아나봤자 병원 안임을, 의사 노릇을 그만두지 않는 한 벗어날 수 없으므로 두 손 들고 항복, 오면 부딪히리라 생각했습니다. 그러고는 겪지요.

2015년의 메르스를. 약도 없고 백신도 없이 무작정 앞에 서서 모두를 보호하고 스스로를 보호해야 했던 일. 감염내과 의사는 부처님 손바닥에도 여러 번 올라갑니다.

중동에서 온 그 바이러스 때문에
: 『태양 속의 사람들』과 열사병

중동은 멉니다.

중동은 얼마나 먼 곳일까요?

우리가 이름을 들어본 그곳 태생의 작가가 있기나 했던가요?

처음 저 먼 곳의 사람이 쓴 낯선 문장을 접했을 때 얼마나 깜
짝 놀랐던지요.

팔레스타인, 이스라엘 정도만 들어봤으려나. 레바논, 베이루트,
시리아, 다마스커스, 요르단, 암만, 사우디아라비아, 시리아, 이
라크. 무엇이 도시이고 무엇이 나라 이름인지, 둥근 지구 어디
에 이들 이름을 붙여야 하는지. 바그다드, 바스라, 쿠웨이트,
이란, 그곳에 사람이 살기나 하는 것인지. 바레인, 카타르, 도
하, 강을 건너야 하는 것인지요? 아부다비, 예루살렘, 할렐루
야, 알 수가 없습니다.

하물며 작품은 얼마나 더 멀고 생소하겠습니까. 아랍어로 쓰인 좋은 작품이 있어야겠고 다른 언어로 번역이 되어야겠지요. 한국엔 이 먼 나라의 언어를 직접 번역해서 둥글둥글 굴러가게 읽히도록 하는 사람이 있을까요? 어쩌다 어렵사리 번역이 되면 가산 카나파니니 무리드 바르구티니 하는 이 낯선 저자들의 책을 살 사람이 있기나 한 것일까요?

제가 아는 그 먼 나라의 책은 '가산 카나파니'라는 팔레스타인 인민해방전선의 대변인이자 이 기관의 주간지인 『알하나프』의 편집인이며 아랍 세계의 으뜸가는 소설가인 동시에 팔레스타인의 최고 산문작가였다는 이의 단편 몇 편이 전부입니다. 그는 1936년에 태어나 1972년 7월 부비트랩이 설치된 그의 차가 폭발하면서 생을 마감했습니다. 제가 아는 책은 『태양 속의 사람들』*입니다. 저는 이 책을 섭씨 35도가 넘는 열대야가 이어지는 8월에 읽어야겠다고 지난겨울부터 마음에 담아두고 있었지요. 그런데 지난 석 달 동안 읽기도 쓰기도 어려웠습니다. 중동에서 온 그 바이러스 때문에.

"이봐요. 아불 하이주란. 나는 이 놀이의 분위기가 마음에 안 드는데요. 당신은 알 수 있겠지요? 이런 더위 속에서 누가 닫힌 물탱크에 앉아 있을 수 있겠어요?"
"침소봉대하지 말라고요. 이게 처음은 아니오. 무슨 일

■ 창작과비평사, 1982.

이 일어날 것인지 알고 하는 소리요? 당신들은 국경에서 부터 탱크에 5분 동안 들어가 있다가 국경을 지나 50미터 가서 기어 나올 거요. 우리는 쿠웨이트 국경의 무틀라에서 또 5분간 그 연기를 되풀이할 거요. 그러고 나면 당신들은 쿠웨이트에 있게 되는 거요."

"탱크 안에 물이 있나요?"

"물론 없어. 자네 무슨 생각을 하고 있는 거야? 내가 밀입국군인가 수영 선생인가? 이봐. 친구, 탱크는 여섯 달 동안 물 구경을 못 했어."

물탱크에 들어가 국경을 넘는 데 처음엔 7분이 걸렸고 그다음엔 21분이 걸렸습니다. 국경 사무원의 시시껄렁한 농담에 걸려 버려진 시간이었죠. 살 수 있었을까요? 뜨겁게 익혀졌을 것입니다. 바로 열사병이지요.

중동은 생각만큼 그렇게 먼 곳이 아닌가봅니다.

우리나라에서는 중동 건설의 혜택을 받은 이가 대통령이 되고 임기를 다 채우고 내려갔으며, 다시 중동에 그 무엇을 뿌려서 '영광이여 다시 한번'을 외치려던 사람도 자주 그곳을 다녀왔습니다. 어느 병원은 사우디아라비아에 병원을 지었고 누구는 운영을 하며 어느 의사는 중동에 취직을 합니다.

메르스는 우리에게 많은 상처를 남겼습니다. 앞장서야 했던 감염 의사들은 상처뿐인 영광으로 씁쓸할 따름입니다. 수익이 많이 나지 않을 텐데 병원은 그런 의사를 고용할 수 있을지, 취직하기 어려운 학생들이 이런 위험해 보이는 일을 하는 내과를 선택할지. 불확실한 미래에 투자할 만큼 우리가 그런 철학과 체계와 전망을 가지고나 있을지……. 너와 나, 우리 모두 말입니다.

병동에서 메르스 환자가 발견되는 악몽에 잠들지 못했던 밤이 길었습니다. 이제는 어른이라는 것을 누가 가르쳐주지 않아도, 이렇게 저렇게 하라는 지시 사항이 없어도, 막막해도, 스스로 생각하고 결정해 한발 내디뎌야 한다는 것을 저는 현실에서 알게 되었습니다. 아부 카이스와 앗사드와 마르완이 사막을 건너는 빈 물탱크에 들어가 십중팔구 죽음에 이를 것임을 감지하고서도 그 길을 선택할 수밖에 없었음을 이해합니다. 제가 그 상황이라면 저도 마찬가지의 판단을 했겠죠. 자력갱생만이 병원의 살길인 나라라면 우리도 무모한 결정을 하게 될 것입니다. 저는 우리 의료가 각자도생해야 하는 상황에 처하지 않고 합리적이며 예측 가능한 공생의 실마리를 찾길 바랍니다. 그것이 어디 높은 자들만의 일이겠습니까.

온몸에 울긋불긋 옴이

: 「옴」

병원에 옴 환자가 오면 소란스럽습니다. 집에 있다면야 한 가족이 치료받으면 그만이지만 병원에 있으면 의료진에게 옮기고 또 의료진은 다른 환자에게 옮길 수 있어 그야말로 야단법석이지요. 우리나라에서 옴은 1980년대 초반까지 매우 흔한 피부병이었다가 이후 급격히 감소했는데 2000년대 중반 이후 다시 빠르게 늘고 있습니다. 감염 의사야말로 웬 날벼락이냐 싶습니다. 평소 보지 못하던 병을 갑작스레 본 것도 당황스러운데 원내에 확산되지 않도록 관리도 해야 합니다. 만진 사람을 찾아내서 치료약을 싹 바르도록 하지요. 제 환자가 옴이어서 진찰하느라 여기저기 뒤적거렸던 저도 접촉자로서 치료를 받아야 했습니다. 린단 로션을 바르고 하룻밤 자고 나면 옷을 다 갈아입어야 하지요. 접촉자인데 치료를 안 하면 옴 확진을 받지 않았더라도 괜히 가려운 것만 같아 혹시 옴이 아닐까 하는 걱정에 마음 씀씀이만 늘어납니다. 접촉자로 연락받으면 반드시 시키는 대로 잘 바르시길 바랍니다.

옴 이야기를 했더니 이런저런 선배들께서 군대에서 참 많이 보았노라고 했습니다. 1970~1980년대의 옴은 대부분 군대가 진원지였고 그래서 젊은 사람들에게 많이 발병했지요. 최근에는 60대 이후 연령층에서 많이 발병하고 있습니다. 왜일까요? 옴은 전쟁, 기아 등으로 인한 열악한 생활 환경이 주요 원인이지만 우리나라를 비롯해 중진국이나 선진국에서는 노인 요양 시설의 증가가 주요 원인입니다. 집단생활을 하는 이 중 한 사람에게서 시작된 것이 치료되지 않고 계속 옆 사람에게 확산되기 때문이지요. 경험이 없는 의료진이라면 옴을 진단하기가 쉽지 않습니다. 최근 자료를 보면 증상이 나타나서 진단되는 데까지 한 달 이상 걸린다고 하니 그 기간이 매우 깁니다. 한동안 감소했던 질병이라 치료 경험이 있는 의사가 적기 때문입니다. 요양원이나 요양병원에서 온 피부가 발긋발긋한 환자는 일단 옴으로 여기고 장갑 끼고 진찰하여 빨리 피부과 의사에게 보여야 합니다. 나중에 옴으로 진단되면 예방투약을 해야 하는 접촉자가 부지기수로 늘어나지요.

저 역시 2000년대 들어서 새로이 보게 된 감염 질환이 옴이었는데, 역사적으로는 아주 오래전부터 전 세계에 걸쳐 문제를 일으켜왔습니다. 베트남의 호찌민 선생이 이런 시를 남겼나봅니다. 김남주 선생의 번역입니다.

마치 비단옷을 걸친 것처럼
온몸에 울긋불긋
가야금이라도 뜯는 것처럼
아침부터 저녁까지 긁적긁적
비단옷을 걸치면
감옥이라도 모두 귀빈들이요
가야금을 뜯는 감옥 친구는
모두 그 소리를 이해한다네 ■
滿身紅綠如穿錦
成日撈搔似鼓琴
穿錦囚中都貴客
鼓琴難友盡知音

달리 풀어도 됩니다. 저는 이렇게 풀었습니다.

홍록이 가득 찬 몸 비단을 꿴 듯
가야금 타듯 긁어 하루를 채우네
비단 걸치면 죄수도 귀빈이요

■   호찌민 외, 「옴」, 『은박지에 새긴 사랑』, 김남주 옮김, 푸른숲, 1995, 82쪽.

　감옥 안에서 득득 긁어대는 이들이 다 옴이었나봅니다. 긁는 모양새가 가야금을 뜯는 듯했을 것이요, 득득 긁고 나니 피부는 울긋불긋 홍록이었을 것입니다. '울긋불긋 비단을 걸친 듯하니 죄수도 귀빈이야', 이런 말을 죄수들도 알아듣는다는 내용이지요. 강건한 호찌민 선생은 아래와 같은 시도 남겼습니다. 쉰이 되어가는 친구들이 이제 늙었다며 한숨인데 같이 읽고 심기일전하자는 뜻으로 붙여봅니다.

　사람들은 쉰 살도 안 돼서
　나이 들었다고 입버릇처럼 말한다
　나는 올해 예순세 살이지만
　이렇게 건강하다
　자신이 시원스런 태도를 취하고 있으면
　몸은 상쾌한 것
　무슨 일을 하든지
　안정된 일을 하면
　어느 세월인들 길다고 할 것인가▪

▪ 「사람들은 쉰 살도 안 돼서」, 앞의 책, 147쪽.

동정, 분리, 혐오, 도망
: 『푸른 알약』과 에이즈

———

바쁠 때는 팽팽한 긴장감 때문에 이러다 머리가 터지지나 않을까 걱정됩니다. 스케줄은 빡빡하고 늘 그렇듯이 모두 중요한 일이며, 다 내가 하지 않으면 안 될 일이고, 이것도 저것도 잘 해내야 하는 상황이 무더기로 다가올 때면 그렇습니다. 지금은 일의 순서를 알게 되었고, 사람이 잘못되는 것만 아니면 세상 무너지는 큰일은 아니라고 생각하여 괴로운 순간들을 조리고 두드려 인절미처럼 말랑한 사람이 되어가고 있지만, 그래도 맡은 바 책임과 물리적인 시간의 한계, 일의 분량은 감당하기 어려울 때가 있습니다. 이런 와중에 학생들이 실습까지 나오면 두 가지 마음이 번갈아 들어 때로는 기쁨이 때로는 부담백배가 승리하면서 제 하루를 흔들어놓습니다.

모년 모일 선택 실습을 나온 본과 4학년 학생 둘과 '저도 할

래요' 하면서 따라온 학생 한 명은 그렇게 기쁨이기도 하고 부담이기도 한 채로 제게 왔다가 결국엔 감사로 남았습니다. 그들은 의사 국가고시를 앞둔 의대생으로서 여름방학 즈음 선택실습을 나온 것인데, 무엇을 추가로 더 가르쳐야 할지 알 수 없기도 하고 정작 우리에게 필요한 것은 이미 실습과 강의실에서 다 배웠으므로 더 이상 배울 게 없어 보이기도 해서 딴짓을 하기로 했는데, 우리는 읽고 싶은 책 목록을 써보기로 했습니다. 그중 한 친구가 써놓고 간 목록에 『푸른 알약』이라는 만화책이 있었지요.

『푸른 알약』은 사람면역결핍바이러스HIV에 감염된 엄마한테서 출생한 아들이 뱃속에서 감염되고, 감염된 아들이 복용하는 항바이러스제가 푸른색이어서 붙여진 이름입니다. 저는 이 약을 잘 압니다. 제가 당시 처방했던 한 성인은 하루에 복용하는 이 알약의 개수가 열 알이나 되어서 먹기 힘들었을 텐데 그래도 잘 복용해주었지요. 부작용 탓에 2007년 이후로는 사용하지 않습니다. 지금은 치료약이 적게는 한 알, 많게는 다섯 알로 끝낼 수 있고 점점 더 많은 약이 개발되고 있습니다. 아직까지는 진단 후 치료를 시작하면 평생토록 약을 유지해야 하는데 이 방법이 환자에게 가장 이롭습니다. 이것이 힘든 점인데 인내와 성실이 바이러스에 맞서 싸우는 셈입니다.

책은 잔잔합니다. 책의 저자인 만화가 남자가 우연히 한 여자를 만났고 6년 뒤에 재회했는데 그사이 여자는 결혼을 했고 아들을 두었습니다. 여자는 에이즈 바이러스에 감염되어 있었고 그 때문에 아들도 감염되었습니다. 사실 출산 전 진단되었더라면 이런 일은 아마 없었겠지요. 아무 처치도 하지 않고 출산했을 경우 25~30퍼센트의 수직감염률을 보이지만 예방약을 복용하면 1퍼센트 이하로 줄일 수 있습니다. 무슨 사연이 있었겠지 하고 짐작해봅니다. 여자는 자신이 아들을 감염시킨 데 대해 죄책감을 가지고 있었고 자신을 불결한 질병덩어리로 여겨 스스로 격리시키고 있었지요. 남자는 여자를 사랑하는데 에이즈 바이러스 때문에 자유롭게 사랑하지 못하는 데서 시련을 겪습니다. 본인은 감염자가 아니므로 걸릴지 모른다는 두려움, 미래에 대한 불안, 사소하게는 칼에 손을 베었는데 그 손으로 정액을 만져서, 관계 중에 콘돔이 터져서 어찌할 줄 모르는 상황 등등. 다섯 살 아이는 늘 항바이러스제를 복용하고 있습니다.

저는 이제 막 사랑하기 시작한 남자에게 여자가 자신이 에이즈 환자라고 밝히는 장면에서 남자의 마음을 표현한 세 컷이 좋았습니다.

순간, 온갖 극단적인 감정들이 내 머리와 가슴속으로 마구 몰려들었다. 열정, 동정, 욕망, 분리, 소유, 혐오, 슬

품, 형벌, 거부, 도망, 악용.[■]

세상은 정지되었을 것이고 머릿속에서는 온갖 감정이 뒤엉켜 왔다 갔다 했을 것입니다. 에이즈라는 병은 이해와 경멸이라는 두 극단에서 줄타기하기 마련입니다. 남자의 마음은 이렇겠죠. 사랑하므로 열정과 욕망이 있고 소유하고 싶지만 병에 대한 통념으로 혐오의 마음도 있습니다. 이렇게 된 것에 대한 동정의 마음과 어떤 이유로 이런 병에 걸렸을까에 대한 형벌이라는 무의식도 작용하고요. 이런 운명에 빠진 여자를 바라보며 병과 그녀 자체를 분리해서 생각하기도 하지만, 그냥 이쯤에서 끝내고 도망가고 싶기도 합니다. 심지어 이 약점을 악용해 자신한테 유리하게 관계를 이끌고 갈 마음이 들기도 합니다.

기대하던 자녀와 함께 오는 부모, 남편이 가져온 결과에 놀란 부인, 부친의 진단을 들은 자녀들은 이런 몰아치는 감정의 소용돌이를 겪으며 제게 왔을 것입니다. 2014년 말 전체 누적 감염자 수 약 9615명, 이 중 모친으로부터 감염된 수직감염자 수 9명, 1년 동안 새로 진단되는 사람 약 1200명.

학생들이 남기고 간 책 목록은 일더미에 깔려 질식 직전인 저로 하여금 우리가 같이 얽혔던 며칠을 기억하게 하고 그 며칠의 인연은 긴 잔향이 되어 저를 깨우며 기운을 북돋아주었습니다. 하고 싶었지만 못 했던 일, 알고 싶은 것들, 갖고 싶은

■ 프레데릭 페테르스, 『푸른 알약』, 유영 옮김, 세미콜론, 2001.

시간, 꿈. 그런 것들이, 목적하지 않았지만 저절로 담겨 조용히 실습 나온 학생들의 소망을 대변했는데, 시험 뒤로 미뤄두었던 그 소망이 이제는 어찌 되었는지 궁금합니다. A는 그 긴 소설 목록을 하나는 해치웠는지, 삶에 대한 고민과 읽고 싶은 미술책들을 펼쳐는 봤는지 모르겠네요. B는 여행과 요리와 신에 대한 관심을 여전히 가지고 있는지, C는 꿈꾸는 고급 독자로서 병원 탈출을 마음먹지나 않았는지도 궁금하고요. 추측건대 읽고 싶은 책 가운데 채 몇 권도 읽을 시간이 나지 않았을 겁니다. 어쩌면 저와 함께 목록을 작성하던 그 시간이 꿈속의 일처럼 느껴질지도요.

죽음은 누구에게나 필연이지요
: 『데카메론』과 페스트

『데카메론』은 데카, 즉 열(10)을 뜻하는 것이어서 10명의 남녀가 10일 동안 한 편씩 돌아가며 이야기한 것을 모아놓은 책입니다. 즉 100편의 이야기입니다. 제 생각엔 데카르트의 '데카'가 연상되어 아마도 어려운 철학책이 아닐까 하는 선입견을 갖게 되는 것도 같습니다. 전혀 무관하겠지만 남의 나라 책 제목을 듣는 입장에선 그렇습니다.

　하지만 펼쳐보면 내용은 보카치오가 살던 시절에 히트 쳤을 만한 야담집입니다. 하이틴이 읽으면 하이틴 로맨스이고, 30대 여성들이 전자책으로 구매하는 것이 포르노그래피라고 한다면 이 책은 그 시절 여성들 사이에서 그만한 노릇을 했을 거라고 생각됩니다. 지금처럼 홀라당 벗는 것이 흔한 시대 상황에서 본다면 그분들의 묘사는 교과서 수준이고 이렇게 간접적으로 표현해도 될 것 다 되는구나, 참 신부님 같은 준수한 분이 할 말은 다 한다고 느끼게 됩니다. 즉 750년 전 저 멀리 이탈리아에서 살던 사람들의 생활을 간접화법을 통해 즐겁게 감상할 수 있습니다.

둘째 날 일곱 번째 이야기는 아름다운 바빌로니아 공주가 시집가려다 풍랑을 만나고 일이 꼬여 4년 동안 아홉 명의 남자와 지내다가 결국엔 부친에게 돌아가 첫 약혼남에게 숫처녀처럼 출가하는 이야기입니다. 이 이야기를 다 들은 부인들은 한숨을 푹 쉬지요. 보카치오 선생은 말합니다.

"무슨 까닭으로 한숨을 쉬었는지 모릅니다. 아마 가엾게 생각했다기보다, 그렇게 여러 번 결혼한 것을 부럽게 생각하고 한숨지은 것이 아닐까요? 그러나 지금은 그런 것을 언급하지 않기로 해둡시다."∎

보카치오 선생, 날카롭기도 하지요?

둘째 날 열 번째 이야기는 돈 많은 판사가 젊고 아름다운 부인을 얻은 뒤의 내용을 다룹니다. 그 판사는 체력보다는 지혜가 뛰어났는데, 아마도 이 사나이는 자기가 사무실에서 발휘하는 능력 정도면 아내도 만족시킬 거라 생각했던 모양입니다. 더욱이 그는 부자였으므로 별로 문제 될 게 없다고 여기고는 젊고 아름다운 여자를 아내로 맞이했지요. 그가 남에게 그러듯 자신에게 충고할 줄 알았더라면 젊고 아름다운 아내를 맞

■ 조반니 보카치오, 『데카메론』, 박상진 옮김, 민음사, 2012

이하는 일은 피했어야 마땅합니다. 판사는 첫날밤을 겨우 때우고는 부인에게 아동용 달력을 얻어다줍니다. 그 달력에는 연중 성도 축일이 아닌 날이 거의 없을 정도로 가득 기록되어 있었으며 그 축일을 지키기 위해서는 남녀가 정을 통하는 일은 피해야 합니다. 계절이 시작될 때마다 단식이 있고 사도와 1000명에 이르는 성인이 돌아가신 기일 전야의 금기가 있습니다. 그 외에도 금요일과 토요일이 있고, 주일과 사순절이 있으며 또 달이 차고 기울 때마저 남녀는 떨어져 있어야 합니다. 그 밖에도 남자는 이런저런 예절을 주워섬기며 우리 서로 정숙해야 한다고 가르쳤답니다. 저희 집도 이 달력을 씁니다.

온갖 운명의 장난으로 고생하던 사람이 결국에는 뜻밖의 행복을 맞는 이야기, 무척 바라던 것을 손에 넣었거나 혹은 잃어버린 것을 되찾는 이야기, 사랑이 불행하게 끝나는 이야기, 행복으로 끝나는 이야기, 재치로 위기를 모면하는 이야기, 사람을 골려먹는 이야기, 사랑 또는 다른 이유로 남에게 너그러움을 베푼 이야기, 어떤 날은 그냥 하고 싶은 이야기, 이런 것들이 『데카메론』에 쭉 펼쳐집니다. 보카치오 선생은 훌륭한 경구와 함께 이런 이야기를 술술 풀어놓습니다. 부인들에게 위로거리가 될 것이라면서요. 돈을 좋아하고 하는 행동마다 거짓이며 부인들 뒤꽁무니나 쫓아다니는 것으로 묘사된 수도자들에게는 눈엣가시였겠지만 말입니다.

보카치오 선생이 이 이야기를 풀어놓는 계기로 삼은 것이 다름 아닌 흑사병, 즉 페스트입니다. 책을 시작하기 전에 왜 일곱 명의 귀족 부인과 남자 셋이 모였느냐를 말하거든요. 1348년 이탈리아에는 흑사병이 유행해서 인구의 거의 절반이 사망했답니다. 그때를 회상하지요. 그의 말로는 당시 유행했던 흑사병으로 인해 사타구니와 겨드랑이에 사과만 하거나 달걀만 한 가래톳이 생겼고 세상 사람들은 이것을 흑사병의 종기라고 불렀답니다. 그런데 종기는 사타구니와 겨드랑이에서 시작해 순식간에 전신으로 퍼졌고 증세는 점점 더 심해져 팔, 다리, 허리는 말할 것도 없고 온몸에서 검은 괴사가 발견되었는데 이 검은 괴사는 죽음의 전조였다는군요. 그래서 흑사병黑死病입니다. 검은 괴사가 나타난 환자는 치명적인 상태에 접어든 것이며, 빠르고 느린 차이는 있지만 그 증세가 발현된 이후 대부분의 사람은 사흘 안에 쓰러지고 말았답니다.

이 병이 돌 때 사람들이 보여준 생활 방식이 몇 가지 있었답니다. 어떤 이들은 걸리는 족족 사람이 죽어나가는 것을 눈앞에서 목격하게 되는지라 '신의 벌'로 여겼고, 이를 피하는 방법은 자신의 생활을 절제하고 지나침을 억제하는 것이라며 비슷한 생각을 가진 사람끼리 모여 문을 걸어 잠그고 들어앉아 세상의 방탕을 멀리한 채 지냈습니다. 이와는 반대로 어떤 이들은 어쨌든 죽을 것이므로 닥치는 대로 욕망을 채우며 가능한 한 향락을 누리고 술을 마음껏 마시며 사치스러운 생활을 하면서 사는 것이 가장 확실하다고 생각했답니다. 모여서 이야기를 하던 이들은 전자에 해당되겠지요.

지금도 이 병은 없어지지 않았습니다. 원인은 예르시니아 페스티스 균이고 WHO에 2010~2015년 3248건이 보고되었으며 이 중 584명이 사망했다고 합니다. 야생 설치류에서 유행하며 설치류에 있던 감염된 벼룩이 사람을 물면 감염됩니다. 감염된 사람이 증세가 심해지면서 폐렴 증상을 나타내면 환자에게서 배출되는 비말에 주변 사람 또한 감염되고 치료받지 않으면 사망합니다. 지금은 항생제 치료가 가능하지만 호흡기로 전파시킬 수 있다는 점 때문에 전쟁에 공격용으로 이용될 우려가 있어 요주의 균입니다.

페스트가 돌면 저는 어떤 방식을 택할까 생각해봅니다. 알베르 카뮈는 『페스트』라는 책에서 이 병을 겪는 의사의 생각과 판단을 보여주지요. 저도 마찬가지일 겁니다. 그렇지만 사실 우리는 이미 그런 상황에 살고 있는 것 아닐까요? 페스트가 돌지 않더라도 시간을 빨리 돌려보면 우린 모두 그런 상황에서 삽니다. 죽음은 누구에게나 필연이거든요.

성홍열과 홍역 사이
:「형제」

아들 형제를 두는 것은 목매달 일이라는데 저 또한 아들만 둘입니다. 저는 늘 딸이었으므로 남자아이들의 마음을 잘 헤아리지 못하는데, 두 아들이 노는 모양새를 보니 칼만 안 들었다 뿐이지 폭력이 난무하는 세상임을 알겠더군요. 형 물건에 손대면 목이 댕강 날아가는 일인 양 손으로 목 치는 시늉을 하고, 형이 남모르게 자기 허벅지를 누르고 팔을 꼬집고 손을 비트는 일이 얼마나 잦은지 미주알고주알 일러바치니 말입니다. 그래도 제가 심각한 표정을 지으며 엄마 아빠가 이 세상에 없으면 힘든 일이 있을 때 형한테 의지하고 상의하라고 했더니 형하고는 상의 안 한다는 답을 대뜸 합니다.

"형이 아니면 누구하고 상의할 건데?"

"부인." (세상에!)

"그다음은?"

"친구." (세상에나!)

"그럼 형은?"

"몰라."

"부인하고 상의하는 건 어떻게 알았어?"

"TV 보니까 그러던데? 영광이하고 재인이하고 친구야."

다니는 학원을 쉬게 해줬더니 TV 보고 세상살이를 배운 것 같습니다. 「영광의 재인」이라는 드라마를 좋아하더군요. 가족의 개념이 부모와 자녀만으로 좁혀진 세상에 사는데 둘이 각각 가정을 이루고 나면 정말 상의할 일도 적고 너는 너 나는 나 그렇게 되는 것일까요? 지금은 이렇게 치고받고 지내는데.

중국 근대 문학의 아버지라고 할 루쉰의 작품에 「형제」라는 단편이 있습니다. 남들이 정말 우애 있는 형제라고 칭찬하는데 이 중 동생이 아프지요. 자식이 셋인 동생의 얼굴에 발진이 있고 열이 심합니다. 중국인 의사는 '홍반사'라 하고 우리 병명으로는 성홍열인데 이 병에 걸리면 죽을 가능성이 높습니다. 형은 갑자기 걱정되기 시작했지요. 동생이 죽으면 자기 형편에 동생 자식들까지는 먹여 살리기 힘든데, 그러면 어느 한두 놈만 가르쳐야 하는데, 제일 똑똑하기로 치자면 자기 아들인데, 자기 아들만 학교에 보내면 사람들이 손가락질할 텐데……. 그는 식은땀을 죽죽 흘리며 이도 저도 못 하고 남들에게 우애 있는 형제라고 받던 칭찬이 제 자식만 가르친다는 손가락질로 변하는 순간을 상상하며 어찌할 바를 모릅니다. 다행히 왕진 온 서양인 의사가 홍역이라고 하는 바람에 상황은 지옥에서 천국으로 바뀝니다. 홍역이라면 앓다가 나을 것이고, 누구를 가르칠 것인가 하는 걱정은 이제 안 해도 됩니다. 성홍열과 홍역 사이에서 시험에 든 게지요.

성홍열인지 홍역인지 맞혀보라는 이야기인데 루쉰은 의학을 공부한 적이 있으니 이 두 병을 고른 것입니다. 2001년에 홍역 3만 명 발생이라는 대사건이 없었더라면 저도 홍역을 모르고 지나갔을 테지만 행인지 불행인지 그때 실컷 봤습니다. 교과서에 기술된 대로 홍역으로 오는 환자는 눈이 충혈conjunctivitis돼 있고 기침cough이 심하고 콧물coryza이 주르륵 나고 몸에 발진이 있더군요. 실제로 보기 전에는 안다고 말하기 어려운데 한번 보면 또 금방 그거구나 싶습니다. 환자를 본 사람과 직접 보지 않고 책으로만 아는 사람의 차이, 진료에서는 그걸 좀체 극복하기가 어렵습니다.

성홍열은 목이 좀더 심하게 아프고 염증도 심한 편입니다. 항생제가 없던 시절의 성홍열 사망률이 25퍼센트였다고 하니 걱정할 만했지요. 반면 홍역의 사망률은 0.1퍼센트 안팎입니다.

정약용 선생은 아들에게 이런 편지를 남겼습니다. 두 아들에게 주는 가훈입니다.

효孝와 제悌는 인仁을 행하는 근본이 된다. 그러나 부모를 사랑하고 그 형제끼리 우애하는 사람쯤이야 세상에 많이 있어 그렇게 치켜세울 만한 행실이 될 수 없다. 큰아버지나 작은아버지가 형제의 아들을 자기 아들처럼 여기고, 형제의 아들들이 큰아버지나 작은아버지를 자기 아버지처럼 여기고, 사촌 형제끼리 서로 사랑하기를 친형제처럼 해서 집에 온 손님이 열흘 넘도록 묵으면서도 끝내 누가 누구의 아버지이고 누가 누구의 아들인지를 알아차리지 못하도록 해야만 겨우 집안의 기상을 떨칠 수 있다.▪

우리 집 두 아들에게 이런 글을 읽어주면 뭐라고 할까요? 읽어줄 수조차 없겠지요. 에에~ 할 겁니다. 형의 스타크래프트 비밀번호를 캐내는 것이 오늘의 해야 할 일이고, 게임 시간을 서로 감시하여 1분 1초도 나보다 더 하게 해서는 안 되는 막중한 과업을 수행하는 데 방해가 될 뿐이니까요. 오호 애재라.

▪   정약용, 『유배지에서 보낸 편지』, 박석무 편역, 창비, 2009.

사악한 병원균
:「양파에 바치는 송가」

부엌일을 하다보면 많이 울게 됩니다. 양파를 썰 때는 아니 울 수가 없지요. 양파는 요긴합니다. 아무 요리에나 넣어도 별 특색 없이 덤덤하게 씹히는 맛이 좋습니다. 쓸 만한 푸른 이파리 는 없고 한 주머니 사다둔 양파만 있는 부엌에서도 장보러 가 지 않고 견딜 수 있는 것은 김치찌개에 양파 넣고 돼지고기를 조금만 썰어 넣어도 먹을 만하기 때문입니다. 식초, 간장, 설탕 에 넣고 10여 분 있다가 절임으로 먹어도 되며 95세 장수 할머 니가 소개해준 대로 고추장, 매실 양념에 소금 넣어 버무려 먹 어도 상큼합니다. 썰 때 눈물만 나지 않는다면야 나무랄 데 없 는 채소이지요. 동그랗게 배부른 양파를 보고 파블로 네루다 는 시를 쓰지 않을 수 없었나봅니다. 그의 시 「양파에 바치는 송가」는 양파는 양파일 뿐이라고 여기는 우리 같은 사람들을

■ 「네루다 시선」, 김현균 옮김, 지만지, 2010.

놀라게 하지요.

양파

반짝이는 목 긴 유리병.

한 잎 한 잎

너의 아름다움이 자랐다.

수정 비늘들이 너를 살찌웠고

어두운 땅의 비밀 속에서

이슬을 먹고 동그랗게 너의 배가 불렀다.

(…)

가난한 사람들의 별이여,

고운 종이에

싸인

대모 요정이여,

넌 별의 씨앗처럼

영원하고, 옹골차고, 순결하게

바다에서 모습을 드러낸다.

부엌에서 칼이

널 자를 때

고통 없는

마지막 눈물이 솟아난다.

넌 우리를 괴롭히지 않고도 우리를 울게 했다.

(…)

세상의 모든 것이 시였던 사람이 어느 날 '얼마나 살까'라는 의문을 가지고 여러 사람을 만났나봅니다. 그중에는 의사도 있었지요.

그런데 사람은 얼마나 살까?

천 일을 살까, 아니면 하루?

한 주. 아니면 여러 세기?

사람이 죽는 데는 얼마나 걸릴까?

'영원히'라는 건 무슨 뜻일까?

난 이 문제의 해답을
찾기 위해 골몰했다.

현명한 사제들을 찾아내
미사가 끝난 뒤에 기다렸고
그들이 하느님과 악마를 방문하러
나갈 때 지켜보았다.

그들은 내 질문에 따분해했다.
그들 역시 많은 걸 알지 못했고,
그들은 그저 관리자에 불과했다.

의사들은 진찰과
진찰 사이에
양손에 메스를 들고
항생제에 찌든 모습으로
매일매일 더 분주하게 나를 맞았다.
그들의 말로 미루어보건대
문제는 이랬다.
결코 병원균은 그렇게 많이 죽지 않았다.
병원균이 몇 톤씩 죽어 넘어졌지만,
남은 소수의 병원균이
사악해졌다.
(…)

사람은 얼마나 사느냐고, 영원히 사는 게 무어냐고 의사에게 물었더니 의사는 항생제와 세균 얘기를 했나봅니다. 저처럼 그 사람도 다른 주제에는 꿀 먹은 벙어리가 되고 병이나 병원 얘기가 나와야 겨우 몇 마디 할 줄 아는 숙맥인가 싶네요. 삶에 대한 질문에 '요즘 항생제를 쓰는데도 세균들이 얼마나 내성을 잘 만드는지 치료가 끝이 없어'라면서 병원 얘기를 했겠습니다. 매우 분주해하면서. 무슨 항생제를 얘기하든 내성으로 끝맺는 저의 항생제 역사를 시인은 '언제나 무수히 쓰러지지만 남는 균이 있고 그 균은 더욱 사악하다'고 풀었습니다. 정말 사악합니다. 우리에겐 이제 남아 있는 무기가 모자랍니다. 아니 거의 없습니다.

난 세상을 떠돈 뒤에
더 늙어서 집으로 돌아갔다.

난 누구에게도 아무것도 묻지 않는다.

그러나 난 갈수록 아는 게 적어진다.

저는 정말 아는 게 적어지고 있습니다. 사실 얼마나 알고 있었는지도 모르겠습니다.

피를 파는 이야기

: 『허삼관 매혈기』와 헌혈

저도 뭐 그렇게 오래전에 여고를 다닌 건 아닌데, 1970년대의 유산이던 교련 사열을 비교적 늦게까지, 열심히, 유익하게(?) 시행한 학교를 졸업했습니다. 한 달에 한 번 전교생이 흰색 상의에, 보라색 체육복 바지에 구급낭을 메고, '우로 봐' 하면 일제히 고개를 돌려 교장 선생님이 계신 연단을 향해 거수경례를 했습니다. 그런 뒤 운동장을 한 바퀴 돌고 반별로 자리에 서면 교장 선생님의 훈화가 시작되었지요. 아주 멋진 사열을 위해 교련 시간에 한 반이 중대가 되어 우향우, 좌향좌, 뒤로 돌아, 앞으로 가를 연습했는데, 저는 쑥스럽게도 교련 선생님이 구령을 시켜본 아이들 중 소리가 가장 크다고 하여 대대장이 되었습니다. 어쨌거나 구급낭에 항상 넣어 다녀야 했던 압박 붕대를 이용한 붕대법이 반드시 통과해야 할 교련시험에 들어 있어서 우리는 서로 어깨, 발목, 손목에 압박 붕대를 빨리, 곱게, 나란히 감도록 연습했습니다. 몇 년 뒤 인턴이 되어 그걸 써먹을 줄은 정말 몰랐지요. 지금도 저는 엉성하게 감은 붕대를 보면 풀어서 다시 감고 싶어집니다. 그때 같이 대대장을 하느라 만난 백이라는 친구가 있는데 참 걸걸하고 말이 느리며 소년처럼 생긴 그 친구가 하루는 저에게 스무고개를 하자는 것이었습니다.

"영화야, 이건 사랑이 필요해."

"그래?"

"둘이서 하는 거야."

"잘 모르겠는데. (어…… 왜 그게 생각나지?)"

"한 명은 누워야 해."

"(어…… 그럼 그건데) 꼭 한 명은 누워야 하니?"

"음, 한 명은 반드시 누워야 하지."

"(그거구만.) 꼭 둘이어야 하나?"

"아니, 몇 명이 함께 해도 돼."

"어렵네(안 될 것도 없지만). 하고 나서는 괜찮아?"

"좀 어지럽긴 하지."

답은 헌혈이었고 저는 다른 두 명이 하는 엉뚱한 걸 상상하다가 낄낄거리는 백의 웃음으로 한 방 먹었으며, 헌혈차를 볼 때마다 그 스무고개를 저 혼자 주고받게 되었습니다.

'허삼관'은 주인공 이름이고 '매혈기'라 함은 피를 팔았다는 뜻입니다. 매혈기라고까지 했으니 도대체 이 사람은 피를 몇 번이나 판 것일까요? 허삼관은 부모를 잃고 삼촌 밑에서 자란 가난한 사람으로서 누에고치 나르는 일로 겨우 먹고삽니다. 따라서 피를 팔아 받는 돈은 농사짓는 사람이 반년간 땅을 파도 벌기 어려운 액수라서, 인생에 큰돈이 필요할 때마다 번번이 피를 팝니다. 처음엔 '젊어서 피를 안 팔아본 사람은 몸이 성한 것이 아니니 여자를 얻을 수 없다'는 말에 팔고, 두 번째는 아들이 사고 쳐서, 세 번째는 자라 대가리 노릇한 분풀이에 다른 여자랑 한번 하느라고 팔고, 나중에는 가뭄에 식구들 국수 먹이느라 팔고, 나이 오십이 되어서는 아들의 상관들을 접대하는 데 술 먹이고 선물 사느라 팔고(몸은 상해도 감정은 상하면 안 된다나), 나중에는 아예 연달아 팔아야만 하는 상황에 처하는데, 큰아들이 간염으로 죽게 생겨서 병원비를 마련하느라 팝니다. 이때 사나흘 간격으로 다섯 번이나 팔 때는 쇼크로 쓰러져 400씨씨를 뽑고 700씨씨를 다시 수혈받는, 밑지는 일까지 겪습니다. 그에게는 위기를 넘길 만한 대안이 자기 피밖에 없는, 엄밀히 말하면 비극적인 상황인데 그는 비극적이지 않아 보입니다. '중국식'인지 '위화식'인지 달리 표현하기 어려운 넉살로 그는 저를 어이없게 하고, 체면과 경우를 중시하는 한국식 어법으로는 상상하기 어려운 솔직함으로 뒤통수를 칩니다.

다행히 『허삼관 매혈기』▪에서는 오염된 주사기를 사용한 매

▪ 위화, 최용만 옮김, 푸른숲, 1996.

혈로 한동네가 사람면역결핍바이러스HIV에 걸리는 오싹 소름 돋는 일은 일어나지 않았습니다. 다만 간염으로 입원한 큰아들을 위해 피를 연달아 세 번이나 뽑고 한기가 심하게 들어 떠는 장면이 나옵니다. 몸의 온기가 다 나가서 그렇다는군요. 이것을 본 주변 사람들은 병도 없는 이가 사시나무 떨듯 떠니 학질이라 하고, 학질이면 병원에 가봐야 소용없다고 말하며, 이불을 덮고도 한기가 안 가셨다면 그건 분명 학질이라는 이야기들을 합니다. 학질! 곧 말라리아가 얼마나 덜덜 떨리는지 중국 인민들은 다 아는가봅니다.

우리나라에도 매혈의 역사가 있습니다. 간혹 소설이나 회고글에 서울대병원 앞에 줄 서서 피를 팔았다는 이야기가 나오는데, 알아보니 국내에서도 한국전쟁 때 시작된 수혈에서 처음에는 모두 매혈로 피를 조달했고, 1958년 대한적십자사가 혈액사업을 시작하면서는 헌혈이 이뤄졌지만 다른 곳에서는 모두 매혈이었다고 합니다. 1970년대엔 매혈 후 사망하는 사건이 발생해 문제적 사안이 되었고, 1981년 국가혈액사업이 대한적십자사로 위탁되면서 수혈용 혈액에 대한 매혈이 사라졌다는군요. 그래도 혈장헌혈에 대해서는 매혈이 있다가 1990년대에 모 기업의 채장처(혈장을 채취하는 곳)가 사라지면서 현재는 혈장헌혈을 포함한 모든 헌혈이 자발적인 무상헌혈로 이뤄진다고 합니다.

저도 한때는 젓가락처럼 가느다란 시절이 있어서 체중 미달이나 빈혈로 헌혈을 거부당한 적이 있습니다. 그러나 세월은 유수와 같아서 결국엔 중년의 기품으로 합격하여 헌혈을 했는데, 지금은 약 먹느라 자격 미달입니다. 친구 백의 말이 백 번 옳습니다. 사랑이 필요한 사람 둘이서 하는 일이지요. 마음이 답답하고 뭔가 필요할 때면 허삼관처럼 피를 뽑고 잠시 사랑의 흥분을 느껴보는 것도 좋겠습니다. 혹시 병원에 계시다면 헌혈실도 가까우니 더더욱.

음산한 콧소리
: 『이것이 인간인가』와 디프테리아·장티푸스

톨스토이의 『사람은 무엇으로 사는가』라는 작품은 제목만 스쳐가도 한번 들춰보고 싶어집니다. 정말 사람은 무엇으로 사는가? 밥으로 살고, 빵으로 살고, 아마 좀더 고상한 대답으로는 사랑으로 산다일 텐데, 톨스토이는 정말 뭐라고 생각해서 글로 남들에게 '사람은 이것으로 사오'라고 답하는 것일까? 여러 번 읽고도 번번이 책을 들춰보면서 '아, 그것으로 산다는 것이었지' 하고 고개를 끄덕이게 됩니다.

'사람은 무엇으로 사는가' 이 제목만큼이나 프리모 레비의 책 『이것이 인간인가』라는 제목 역시 의미심장합니다. 이미 제목에서 '이것은 인간이 아니다'라고 말하고 있기 때문이지요. 저는 인간이 아니라는 게 무엇인지 궁금해서 이 책을 샀습니다. 그러고는 오랫동안 이 책이 주는 인간에 대한 깊은 성찰에

멍해졌지요. 멍해졌다는 것은 무엇인가요? 내 능력으로는 도저히 누군가에게 그 충격을 설명하기 어렵다는 뜻입니다. 가슴이 쿵 하고, 머리가 붕 하고 뜨며, 이런 일이 있었구나, 인간이 그럴 수도 있구나 하는 느낌을 가지면서도 왜 그 내용이 내 정신을 울리는지 말로 다 하기 어렵습니다.

프리모 레비는 1919년 이탈리아 출생으로 유대인이자 화학자였습니다. 1943년 12월에 체포되어 독일 아우슈비츠에 보내졌고 가스실로 이송되는 '선발' 과정에서 비껴나 1945년 1월 소련군 진군으로 아우슈비츠에서 독일군이 퇴각할 때까지 강제 노역을 했지요. 그리고 당시의 경험을 증언으로 남기는 작품을 썼습니다. 그 첫 작품이 이 책입니다. 그는 체포되어 이탈리아에서 폴란드의 아우슈비츠로 가는 폐쇄된 기차간에서 자신의 배설물과 함께 구타, 추위, 갈증을 견디며 그 깊은 절망에서 인간이 견딜 수 있는 이유를 이렇게 설명하고 있습니다.

누구나 인생을 얼마쯤 살다보면 완벽한 행복이란 실현 불가능하다는 것을 깨닫게 된다. 하지만 그것과 정반대되는 측면을 깊이 생각해보는 사람은 드물다. 즉 완벽한 불행도 있을 수 없다는 사실 말이다. 이 양극단(즉 완벽한 행복과 완벽한 불행)의 실현에 걸림돌이 되는 인생의 순간들은 서로 똑같은 본성을 가지고 있다. 그것들은 모든 영원불멸의 것들과 대립하는 우리의 인간적 조건에 기인한다. 미래에 대한 우리의 늘 모자란 인식도 그중 하나다. 그것은 어떤 때에는 희망이라 불리고 어떤 때에는 불확실한 내일이라 불린다. 모든 기쁨과 고통에 한계를 지우는 죽음의 필연성도 그중 하나다. 어쩔 수 없는 물질적 근심들도. 이것들이 지속적인 모든 행복을 오염시키듯. 이것들은 또 우리를 압도하는 불행으로부터 끊임없이 우리의 관심을 돌려놓음으로써 우리의 의식을 파편화하고 그만큼 삶을 견딜 만한 것으로 만들어준다. 여행 중에 그리고 그 후에도, 끝도 없는 절망의 나락에서 우리를 건져낸 것은 바로 이런 불편함, 구타, 추위, 갈증이었다. 살려는 의지나 의식적인 체념 같은 것이 아니었다. 그런 것을 가질 수 있는 사람은 소수였고 우리는 평범한 인류의 표본에 불과했기 때문이다.■

저는 이 책의 거의 끝부분에서 제가 익숙하게 들어오던 질병 몇 가지를 발견했습니다. 이질, 발진티푸스, 성홍열, 디프테리아, 결핵. 밀집된 수용소였고 모두 영양 상태가 좋지 않았으며 때는 1940년대로, 당시엔 항생제로 술폰아마이드 정도만 쓰였습니다. 프리모 레비는 1945년 1월 소련군이 아우슈비츠 근처까지 왔을 때 성홍열에 걸리는데 이 때문에 감염병동으로

■ 프리모 레비, 『이것이 인간인가』, 이현경 옮김, 돌베개, 2007

옮겨집니다. 그는 정신이 돌아오자 병동에 있는 환자들을 하나둘 살펴보기 시작합니다.

세르펠레도 보주 출신 농부로 스무 살이었다. 그는 상태가 좋아 보였지만 하루하루 목소리가 음산한 콧소리로 변해가면서 디프테리아에 걸린 사람이 살아남는 경우가 아주 드물다는 사실을 우리에게 상기시켜주었다. (…) 그는 병세가 날로 악화되었다. 점점 더 콧소리가 심해지는 것 외에도 음식물을 전혀 삼키지 못했다. 뭔가 목에 걸린 듯. 약간의 음식만 삼켜도 목이 막히려고 했다. 나는 앞쪽 막사에 환자로 남아 있는 헝가리인 의사를 찾아갔다. 그는 디프테리아라는 말을 듣자 내게서 몇 발짝 물러섰고. 나에게 나가라고 명령했다.▪

디프테리아! 우리나라 소아 예방접종표를 보여주면서 늘 설명하고, 그런 병일 것이라고 상상은 하지만 한 번도 본 적은 없습니다. 저는 20세기 말에 의사가 되었기 때문이지요. 과거 기록으로는 보고된 것만 해도 1960년대엔 한 해 1000건 정도였고 1970년대엔 수백 건이었다가 급감하여 1985년에 2건이 보고된 이후로는 사례가 없습니다. 예방접종이 1950년대 말부터 도입되었는데 그 덕분이겠지요. 1977년 11월 8일 자 『매일경제』

▪ 프리모 레비, 앞의 책.

에는 디프테리아주의보에 대한 기사도 있습니다. "보사부는 8일 최근 환절기를 맞아 1종 전염병인 디프테리아가 크게 번질 우려가 있다고 지적, 전국에 디프테리아주의보를 내리고 특히 10세 이하의 어린이들은 디프테리아 예방에 주의할 것을 당부했다." 전남대에서 1970년부터 1975년까지 본 증례 51건을 정리한 자료를 살피니 합병증으로 심근염, 목부종(황소 목), 후두 마비, 횡격막 마비가 있었고 전체 환자 중 9명(17.6퍼센트)이 사망했다고 합니다. 프리모 레비의 설명처럼 하얀 막이 생기는 인후염으로 목이 심하게 붓고 후두부까지 부어서 콧소리가 나며 목의 림프절이 부어서 황소 목처럼 될 것이고 후두 마비가 와서 삼킬 수 없다가 결국엔 질식해서 숨지는 경과입니다. 독소 때문이지요.

작가는 그리 오래지 않은 시절에 문명국가에서 비상식적인 학살이 그리 악해 보이지 않는 사람들에 의해 의도적으로 일어났다는 사실을 기억하라고 합니다. 그것이 과연 먼 나라에서 일어난 남의 일이었고 앞으로는 그런 일이 없을 것이라 믿느냐고, 당신 주변엔 그런 일이 과연 없느냐고 물어보면서 말입니다.

메말라 스러지다
: 『인생의 베일』과 콜레라

「페인티드 베일」(2006)은 아름다운 영화입니다. 무슨 영화일지 제목을 해석해봐야 소용없습니다. '색깔 있는 베일'이라니 무슨 의미인가? 알 수가 없지요. 퍼시 비시 셸리의 시에서 따온 단어라고 합니다. 어느 책은 오색의 베일, 어느 시인은 채색한 베일이라고 해석했지만 영화 「다이하드」를 '죽기도 어렵다(!)'로 해석해야 할지, '단단하게 죽어라(?)'로 해야 할지 고민해봤자 끝내 모르는 것처럼 명확한 개념이 잡히지 않는 외국산 단어입니다. 영어를 쓰는 이는 듣기만 해도 알겠지요? 그러나 영화를 소개하는 포스터를 보니 아름다운 데다 멜로 영화임이 확실합니다.

산이 높고 골이 깊은 중국의 시골이 첫 장면으로 나오는 게 인상적입니다. 거기에 아름다운 여자와 좀 멋있어 보이는 남자

가 있습니다. 남자의 직업은 의사입니다. 그리고 콜레라가 등
장하지요. 주인공 남자는 상하이에서 일하는 세균학자인데
'infectious disease specialist(감염병 의사)'라고 자신을 소개합
니다. 제 직업이 영어로 하면 바로 그겁니다. 그는 영국에 갔다
가 아름다운 키티를 만나 첫눈에 반해 결혼하는데 반면 키티
는 남자 주인공 월터를 사랑해서라기보다 그냥 얼떨결에 결혼
합니다. 스물다섯 살의 키티는 자기보다 못생긴 열여덟 살 동
생이 좋은 혼처를 구해 결혼할 때, 그 동생보다 먼저 결혼하기
위해 월터를 선택한 것이지요. 그러고는 상하이로 도망치는 겁
니다. 남자는 아름다운 키티를 사랑하지만 여자는 상하이 생
활을 지겨워하면서 유머러스하고 여자를 다룰 줄 아는(?) 외교
관 유부남과 바람을 피웁니다. 게다가 이내 들키지요. 여자는
유부남이 자신을 사랑해 아내와 이혼할 거라고 생각했지만 천
만의 말씀. 무참히 거절당하고 남편과 함께 콜레라가 창궐하
는 메이탄푸에 가게 됩니다, 억지로. 월터가 불륜을 목격하고
는 콜레라 유행 지역에 자원해 키티를 데려가는 것입니다. 왜?
벌을 주려는 거지요. 이게 고통의 시작입니다.

영화는 이혼하지 않고 콜레라 지역으로 들어간 월터가 콜
레라와 싸우는 장면들로 시작되고 남자는 멋진 감염 의사 노
릇을 합니다. 저한테만 멋져 보이는 건지 모르지만 정말 그럴
듯합니다. 처음엔 교과서대로 오염된 우물을 폐쇄하여 엉뚱하

게 강물을 긷게 하는 문화적 실수를 범하기도 하지만 곧 지역 권력가를 설득하고 물 문제를 해결하고자 고군분투하지요. 우물을 살피고 강물도 따라가보고(현장 방문과 역학조사), 물을 떠다가 현미경으로도 보고(실험), 환자도 보고(진료), 조수도 가르치고(교육), 밤늦게까지 책도 읽고(연구), 부인과의 사이는 안 좋고, 잠은 엎드려 자고, 감염 의사로서 완벽합니다. 제 친구들이 다 그러거든요. 그러다가 결국엔 대나무를 쪼개 잇고 산에서 물을 끌어오는 데 성공합니다. 안전한 상수를 공급하라! 원칙입니다. 아름답습니다.

영화는 어쨌거나 콜레라와 싸우다 콜레라로 죽는 남편을 통해 한 여인이 남편의 사랑을 깨닫는다는 데서 끝납니다. 그리고 그 증거로 영국에서 다시 만난 불륜의 상대에게 한 방 먹이는 장면을 보여주지요. 3주 정도 런던에 머물 것이라는 남자의 작업성 멘트에 그건 알 바 아니라는 듯 키티는 굿바이를 하고 돌아섭니다. 남편이 죽고 나서 낳은 아이의 이름이 월터입니다. 유혹하는 남자에게 사랑은 그런 유혹에 두 번은 넘어가지 않는다는 걸 보여주는 것 같습니다. 이런 결말을 보면 대다수의 여자는 마음이 편해집니다. 해피엔딩. 결국은 사랑이 여인을 감동시켰고 여인은 성장했으며, 사랑이 바람에게 한 방 먹였고 그래서 개운하며 아름답게 남는 영화로 여기는 것이지요. 그러나 원작은 좀 다릅니다.

원작[*]의 배경은 홍콩인데, 남편이 죽고 영국으로 돌아가기 위해 홍콩에 온 여인은 불륜관계의 남자를 다시 만나고 몇 마디 작업에 그냥 또 휙 넘어갑니다. 저항이 불가능합니다. 아이고, 어리석은 여인이여! 읽는 여자가 다 괴롭습니다. 그러나 사랑은 위대하다는 결론을 내리고 싶은 교과서가 아닌 다음에야 인간이 얼마나 나약한지, 인간은 두세 달 만에 결코 변할 수 없음을 작가는 꿰뚫고 있었던 거죠. 정말 영화처럼 5년이라는 시간이 흘러 여인이 서서히 변화하고 독립적인 인간으로 성장해 다시 만났다면 그 남자에게 시원하게 한 방 먹였을 수도 있겠지만 그렇게 빨리는 이뤄질 수 없다라는 얘길 하고 싶었나보다, 라고 저는 풀이해봅니다. 꿈보다 해몽이지요.

의사였던 서머싯 몸은 책에서는 콜레라를 거의 묘사하지 않았습니다. 오히려 영화감독이나 작가가 1920년대의 중국과 콜레라 유행 그리고 죽어가는 사람들에 대해 훨씬 더 현실감 있는 상상력을 발휘했죠. 하루에 많게는 20리터까지 설사를 하다가 2~3일 만에 탈수로 죽어가는 병. 월터의 마지막 얼굴은 온몸의 물이 빠져나가면서 겪는 고통과 퀭한 눈으로 상징되는, 교과서에서 보는 콜레라 환자의 얼굴 그 자체였습니다. 콜레라는 여전히 즉시 신고하는 1군 법정감염병이지만 2001년 소규모 유행이 지나가고는 접하기 힘들었습니다. 외국에서 들어오는 간헐적 보고가 있을 따름이었지요. 제가 본 환례도 외

■ 서머싯 몸, 『인생의 베일』, 황소연 옮김, 민음사, 2007

123

국에서 감염되어온 것이었지요. 그렇지만 2016년 해수 오염에 의한 국내 콜레라 환자 발생으로 주의해야 할 수인성 감염병의 본모습을 보여주었습니다. 홍수 피해를 입은 재난지역 또는 난민수용소에서는 여전히 맹위를 떨치는 현재진행형 전염병입니다. 적절한 수액 치료로 사망률을 1퍼센트 미만까지 줄일 수 있지만 그런 치료조차 할 수 없는 곳, 인간의 생존 조건인 물이 안전하지 않은 곳에서는 언제나 가장 짧은 시간 안에 생명을 앗아가지요. 오래전에 알려졌고 지금도 어떤 곳에서는 생명을 위협하지만 이제 우리에겐 조금 멀게 느껴지는 감염병 콜레라. 저는 영화 한 편을 보면서 잠시 그 병을 떠올려봤습니다.

내가 좋아하는 남자
:『삼국지』와 이질·독감

———

몇 달 전의 일입니다. 전에 교수였던 모씨가 대통령 선거에 나온다니 명절날 부엌일을 같이 하는 형님과 저는 그를 우리만의 도마에 올렸습니다. 그런데 평소 다른 남자를 도마에 올릴 때와는 다르게 형님의 칼날은 전혀 날카롭지 않았지요. 깨끗하고 이미지 좋은 그 남자가 더러운 정치판에서 저격수가 겨누는 총에 맞고, 기자들의 흠잡기와 주머니 털기와 뒷조사에 탈이 나고 형편없이 무너져 내리거나 상처받을 것이 마음 아프셨는지, 출마하지 않고 그냥 좋은 이미지로 남기를 바란다고 하셨습니다. 어떻게 생각하냐고 저에게도 의견을 물어오시기에, 이왕 도마에 올렸으니 비늘 정도라도 벗겨야 하는데, 형님의 기대치가 애처로워 제게는 달리 좋아하는 남자가 있고 그 남자는 그 더러운 정치라는 걸 했노라고 말했습니다.

저는 실로 오랫동안 영화의 어느 구석 또는 책의 어느 구석에서 만들어졌는지 알 수 없는 환상 때문에 이 남자를 참 좋아합니다. 제가 좋아하는 이유는 별로 특별하지 않습니다.

첫째, 그는 매우 잘생겼습니다. 키가 8척이나 되고 용모가 훌륭했답니다. (용모가 되더라도 대다수는 키에서 탈락합니다. 8척=184센티미터!)

그의 또 다른 매력은 뛰어난 인재였다는 점입니다. 반면 그의 아내는 굉장히 못생겼다고 전해집니다. 사실이 그랬다면 그의 '위대함'이 두드러지기에 충분합니다. 제 선친께서는 이렇게 말씀하신 적이 있습니다. "그가 못생긴 부인을 얻은 것은 매우 똑똑한 행동이었다. 그러지 않았다면 그는 공무에 마음을 다 쏟을 수가 없었을 것이다." 중일전쟁 시기에 충칭의 어떤 열혈 친구가 공개 강연을 부탁했을 때, 그는 자기 부인이 '세 가지 마음을 갖게 하는 자태'에 대해 말한 적이 있습니다. 보고 있을 때는 싫은 마음이 들지만, 집에 두면 안심이 되고, 그리워할 때는 어쩐지 슬픈 마음이 들게 하는 것이 그녀의 용모였지요. 사실 부인의 외모가 그렇게 '봐주기 힘든 정도'는 아니었습니다. '봐줄 수 없다'라는 소문의 근원에는 장인어른 황승언 어르신 자신의 편지 한 통이 있지요. 황 어르신은 편지에서 그에게 이렇게 말했습니다. "내게 딸이 하나 있는데, 생긴 것은 비록 봐주기 힘들지만, 자네를 도와 집 안을 청소하고 밥을 하는 등 궂은일은 해줄 수 있을 것이네."■

둘째는 그가 글을 아주 잘 쓰는 사람이라는 겁니다. (상당수는 여기서 또 떨어져나가지요.) 그의 글은 짧고 절제되어 있지만 사람의 마음을 움직입니다. 행간에 묻어둔 마음을 느끼면 가슴이 울렁거리지요. 그는 전쟁터에 나가기 전에 이렇게 썼습니다.

"원컨대 폐하께서는 신에게 역적을 토벌하고 한실을 부흥시킬 일을 명하시고, 만일 이루지 못하거든 신의 죄를 다스리시어 선제의 영전에 고하소서. 또한 한실을 다시 일으키는 데 있어 충언이 올라오지 않거든 곽유지, 비의, 동윤의 허물을 책망하시어 그 태만함을 세상에 드러내소서. 폐하께서도 마땅히 스스로 헤아리시어 옳은 방도를 취하시고, 신하들의 바른말을 잘 살펴 들으시어 선제께서 남기신 뜻을 좇으소서."■■

■   리둥팡, 『삼국지 교양강의』, 돌베개, 2010.
■ ■ 리둥팡, 앞의 책.

셋째는 그가 충성스럽고 용기 있는 사람일 뿐 아니라 지략을 겸비한 뛰어난 사람이었다는 것이죠. (약간 명이 여기서 다시 탈락합니다.) 게다가 의리의 사나이입니다. 그의 능력에 대해서는 전설적인 얘기들이 전해오는데 특히 그가 인간관계에서 매우 진실한 사람이었다는 것은 잘 알려져 있습니다.

진수는 상소문에서 그에 대해 다음과 같이 썼습니다. "어려서부터 무리 가운데 빼어난 인재였고, 패자가 될 영웅의 그릇이었습니다. 키가 8척이나 되고 용모가 매우 훌륭했습니다." 영광스럽게도 그는 세 번이나 유비의 방문을 받았으며 손권의 깊은 존경도 받았습니다. 유비가 죽은 뒤 후주가 제위를 잇자 그는 군무와 정사를 총람하고 "법령을 세우며 제도를 실행하고 군대를 재정비했습니다. 기계를 발명하고 개선해 모든 사물의 쓰임새를 극대화했고 엄정하고 분명한 교육을 실시했습니다. 상벌 체계를 명확히 하여 악은 반드시 벌하고 선은 반드시 상을 주었습니다." 그리하여 "관리들은 부정을 일삼는 법이 없었으며 사람들은 서로를 믿고 스스로 행동을 삼갔기 때문에 길에 물건이 떨어져도 가져가는 사람이 없었고, 힘 있는 자가 약한 자를 괴롭히지 않았습니다".■

■ 리둥팡, 앞의 책.

세 번이나 찾아온 것에 대해 뭐 그리 대단하냐고, 목숨을 바치면서 신의를 지킬 만한 일인지 잘 모르겠다고 생각할 수 있습니다만, 자기에게 세 번이나 찾아오면서 일을 같이 해보자고 한 사람이 있었는지 곰곰이 생각해보시기 바랍니다.

물론 그에게도 단점은 있었습니다. 제가 보니 일을 너무 열심히, 잠 안 자고 하는 일벌레입니다. 그리하여 '가장 자주 보이는 비판이 그가 책임을 분담하고 인재를 키우는 일에 소홀했고 그래서 모든 일을 스스로 해낼 수밖에 없었으며 그 일을 계승할 사람이 없었다' 정도입니다. 물론 변명의 여지는 있지요.

> 안타깝게도 그 자신이 매우 지친 상태였습니다. 모든 일을 몸소 처리하고 위장도 좋지 않아 소화불량이었기 때문에 먹는 것이 적었지요. 그의 병은 갈수록 심해져 8월에는 불행히도 세상을 뜨고 맙니다. 그의 나이 54세의 일입니다.▪

그는 정말 1700년이 넘는 세월 동안 중국인이 가장 사랑하는 인물 중 한 명입니다. 어찌 사랑하지 않을 수 있겠습니까? 좋은 정치는 만인을 편안하게 하지요.

이 시대 사람들도 동경할 만한 구석이 있습니다. 지식인

▪ 리둥팡, 앞의 책.

들의 말에 따르면, 전국시대에 사는 것이 명청 시기의 압제에 시달리는 것보다 훨씬 편안했다고 합니다. 일반 백성은 후한시대보다 삼국시대에 훨씬 더 잘 살았습니다. 조정에서는 더 이상 환관과 외척이 전권을 휘두르는 일이 없었지요. 세 나라의 크고 작은 관리들은 절대다수가 청렴했습니다. 길에 물건이 떨어져도 주위가는 사람이 없을 정도로 그는 서촉을 잘 다스렸지요.▪

알다시피 그는 제갈량입니다. 좋은 사람이자 정치인이지요. 저는 좋은 정치인을 기다립니다. 그럴 때가 오겠지요? 혹시 압니까, 남양에서 밭 갈고 책 읽던 제갈량처럼 그 정치인이 우리 병원 한구석에서 유비를 기다리고 있을지.

참, 감염병은 어찌 되었을까요? 유비는 이질로 죽습니다. 직업 정신에 투철하다면 이게 세균성 이질인지 아메바성 이질인지 감별해야 하지만 자신이 없군요.

유비는 건안 26년(황초 2, 221) 4월 병오일에 제위에 오르며, 이듬해 윤6월에 이질에 걸리고 합병증까지 앓아 치료가 힘들어졌습니다.
조조의 군대가 적벽에서 손권과 유비 군대를 만나 예기치 못한 패배를 당한 원인은 이들 군대가 이미 여러 날

▪ 리둥팡, 앞의 책.

을 행군한 끝에 완전히 지쳐 있었다는 것입니다. 환자와
돌림병도 숱했지요. 어떤 환자와 어떤 돌림병이었을까
요? 사료에는 나와 있지 않습니다.
아마도 소화불량과 악성독감이었을 겁니다.■

그랬을 겁니다. 겨울에 싸웠거든요.

■ 리둥팡. 앞의 책.

내가 앓고 싶은(?) 감염병

:『무서록』과 말라리아

─────

이태준의 『문장강화文章講話』를 읽은 것은 대학에 들어와서입니다. 어느 날 갑자기 문장력을 강화强化하자는 뜻을 세우고, 문장력을 키우는 데 좋다는 듯한 제목이 붙은 『문장강화』를 집어든 것이지요. 그 책 이후로 내 문장력은 강화되었는가? 그렇지는 않은 것 같고, 다만 잘된 문장을 접하면서 우리 문학의 아름다움을 조금 맛봤다고 할 수 있습니다. 이렇게 좋은 문구가 있구나. 이런 문장은 내가 봐도 좋구나 하고요.

그러다가 『무서록無序錄』을 구입하게 되었습니다. 그냥 서평이 너무 좋아서 샀던 것이지요. 틈틈이 읽었습니다. 저는 에세이를 별로 즐겨 읽지 않았는데, 구석구석에서 우리나라 근대의 냄새를 맡는 재미가 있더군요. 간행 연도가 1941년이니 그의 나이 38세의 일입니다. 저는 고전 읽기나 이제는 접근이 어려운 한자로 된 한문학 이야기, 책에서나 읽던 문인들이 친구로 나오는 수필을 읽으면서 바로 70여 년 전 멀지 않은 과거에 살았던 한 문인의 내면세계를 엿보는 즐거움을 알게 되었습니다. 거기에 이런 글이 있습니다.

하 생활이 단조로운 때는 앓기라도 좀 했으면 하는 때가 있다. 감기 같은 것은 가끔 앓으나 병다운 맛이 적고 또 누구나 걸리는 속환俗患인 데다, 지저분한 병이기도 하다. 병이라도 좀 앓았으면 싶을 때마다 내가 생각한 것은 학질이었다. 벌써 8, 9년 전 동경에 있을 때 나는 2, 3년 동안 여러 질의 학질을 앓아보았는데 나의 체험으로는 어느 병보다도 통쾌스러운, 일종의 스포츠미를 가진 것이기 때문이다. 갑자기 떨리기 시작할 때의 그 아슬아슬함이란 적이 풀 패스가 되고 우리 피취가 투 스트라이크 스리 볼인 경우다. 그때 따스한 자리를 만나 이불을 푹 덮는 맛이란 어느 어버이의 품이 그리도 아늑하고 편안하고 또 그렇게도 다른 욕망이 눈곱만치도 없게 해줄 것인가! 그리다가도 그 소낙비 같은 변조와 정열! 더구나 그 열이 또한 급행열차와 같이 지나가버린 뒤의 밤중의 적막. 연정처럼 비등沸騰하고 연정처럼 냉각하고 고독한 것이 '미스 말라리아'다! 그의 스피드, 그 스피드로 냉각

지대와 염열지대의 비행飛行. 그리고 나중의 빈 그라운드와도 같은 적막. 이것은 병을 앓았으되 한 연정과. 한 스포츠를 게임하고 난 것과도 흡사하다.

그런데 이런 말라리아는 다시 오지 않았고 시원치 않은 감기나 가끔 앓다가 이번에 어디서 아주 몰취미 극極한 상인常人들이 욕으로나 주고받고 하는 따위에 걸려 5. 60일을 누워 있었다는 사실은 좀 불명예의 하나다. 가가呵呵.

'병病'이라는 제목으로 쓴 글입니다. 저는 범우사판의 글을 그대로 옮겨 적었습니다. 철자가 현대 표기에 맞지 않더라도 탓할 일은 아닙니다. 이 글을 읽으니 의대생 시절 혈액내과 교수님이 급성 백혈병을 너무 무섭게만 보지 말라면서 해준 말씀이 기억나더군요. 다른 어떤 병보다 완치율이 높다고, 혹 암을 고르게 된다면 백혈병을 고르는 게 그나마 나을지도 모른다고 하셨지요. 저희는 그때 깜짝 놀랐습니다. 백혈병을 고르라니. 암의 예후를 생각해보기에 좋은 질문이었습니다. 그런 놀랄 만한 질문이 남아 이제는 제가 감염내과 의사가 되어 여러 감염병을 보면서, 혹 내가 어떤 감염병 하나를 골라야 한다면 무엇을 고를까 생각합니다. 이와 비슷한 생각을 70년 전의 문인이 했던 것이지요. 그는 명석하게 말라리아를 고르고 있습니다. 좋은 선택입니다.

　여인석 선생님의 「학질에서 말라리아로」*라는 논문을 보니 학질은 고려시대부터 언급되었다는데 '학을 뗀다'라는 표현의 근거이기도 하답니다. 개항기 선교사들이 대한제국에서 가장 흔한 병을 학질로 여길 정도로 흔했다는군요. 1960년대에 세계보건기구의 말라리아 팀이 한국에 꾸려져 박멸 사업이 진행되면서 급격히 감소했으며, 1978년 이후 거의 보고가 없어 한때는 없어진 것으로 생각했습니다. 그러다가 1993년 휴전선 근무 장병에게서 첫 사례가 보고되고 2000년까지 매해 약 3000~4000명이 말라리아에 걸렸으며 이후에는 다시 1000명 내외로 감소 추세입니다. 모기 매개 감염병입니다. 초기에는 환자 대부분이 현역 군인이었지만 현재는 민간인이 절반 이상으로 증가했습니다. 유행 지역에 토착화한 것으로 생각됩니다. 이런 말라리아는 하루걸러 열이 나는데 어르신들은 '하루거리'라고 하면 쉽게 아십니다.

　환자들이 열을 설명할 때는 그 증상이 너무 극적이어서 저도 놀랍니다. 열이 안 날 때는 아무렇지도 않은데 한번 나면 너무 떤다는 것이죠. 사시나무가 떠는 것을 본 적은 없지만, 30분에서 두 시간 정도 사시나무 떨듯 떨고 섭씨 39도 이상의 열이 나는 데다, 두통이 심하고 구토하기도 합니다. 이후 땀이 나면서 체온이 급격히 정상이 되고 지치며 졸려 잠이 들지요. 그

■　『의사학』 제20권 1호, 2011.

러고는 언제 아팠냐는 듯이 멀쩡한 하루가 시작되고 그러다가 48시간 주기로 또 오한, 열, 발한을 되풀이하는 것입니다. 약이 없던 시절에는 이렇게 열로 2~3년 동안 대여섯 차례 앓다가 증상이 사라졌습니다. 이것이 이태준이 말한 '여러 질의 학질'입니다.

이태준은 그걸 기억하고 하 생활이 단조로울 때는 그거라도 앓고 싶다고 하는 것입니다. 미스 말라리아! 불같은 열의 고통은 있으나 언젠가는 떨어질 것을 알고 있으며 그 해열과 진정이 말할 수 없이 아늑하다는 사실. 이런 극적인 점을 이태준은 연정戀情의 감정으로 표현한 것입니다. 연정은 불같이 일고 차갑기 그지없게 식기도 하니까요. 20대의 연정이 그러할 것이고 남편과 처자를 두고 바람을 피울 때의 감정이 그러할 것 같습니다. 그것이 말라리아를 앓던 시기의 열과 비슷하다고 느꼈으니 그는 말라리아도 문인으로서 앓았던 것일까요?

저는 하 생활이 단조롭다는 말을 이해하지 못하는 현대에 살고 있습니다. 제가 병을 앓고 싶을 때는 학회 발표가 눈앞에 있는데 준비가 전혀 안 되어 있거나, 강의를 해야 하는데 정말 자신이 없거나, 일이 너무 많아서 퇴근이 한없이 늦어질 때입니다. 그럴 때는 병을 사칭하여 쉬고 싶고, 도망가고 싶습니다. 말라리아라도 걸렸으면 싶은데 그러면 저는 진단만 하고 약은 감춰놓은 후, 계속 병을 칭하여 몇 날 며칠이고 집에서 쉴 것입니다. '아직도 열이 나요' 하면서. 제가 이런 얘기를 하니 말라리아 박사가 그럽니다. "열 한번 나면 죽을 것같이 아파서 견디기 어려울걸?"

바닥까지 고통을 맛봤는데 이까짓 몸뚱이야
: 『낙타 샹즈』와 임질

후배는 어쩌다 그곳에 갔다는데 끝에 고름이 나온다고 쩔쩔매며 제게 도움을 청해왔습니다. 가여운 후배는 '감염'자가 붙은 누나를 찾아온 것인데 누나는 그런 병을 교과서로 읽어보기만 한 아직은 미숙한 내과 의사라는 걸 후배는 몰랐지요. 겨우 비뇨기과로 보냈는데, 그 녀석 다시 또 그곳에 갈 생각을 했는지 모르겠습니다. 이제는 제게 오면 잘해줄 수 있는데. 세월이 흘러 병은 또렷해지는 반면 그 후배가 A였는지 B였는지 아니면 C였는지는 혼란스럽습니다. 그 녀석이 들으면 좋아하겠지요? 잊어주길 바라는 기억일 테니. 선후배가 누나로 통하는 시절이 제게도 있었습니다.

겪은 이는 결코 잊을 수 없는 경험으로, 라오서의 소설 『낙타 샹즈』에 임질이 나옵니다. '낙타'는 별명이고 이름이 '샹즈'

인 그는 인력거꾼입니다. 인력거꾼에도 급이 있습니다. 젊고 힘이 넘치며 발걸음이 날랜 젊은이들이 일급으로 가장 좋은 인력거를 끌고, 이들보다 나이 먹고 힘은 부치지만 가정이 있어 하루를 맹탕으로 보낼 수는 없고 아직은 속도에서 품위를 유지는 하는 이들이 있습니다. 다음은 마흔 넘어 근육이 쇠잔해 땀을 닦을 때마다 절로 한숨이 나는 이들입니다. 이들은 아침부터 새벽까지 달려 겨우 사납금을 채우거나 하루 생활비를 벌지요. 하지만 이들이 최하급은 아닙니다. 오랜 시간 해오던 가락이 있는 이들보다 못하기는 해도 인력거를 끌리라고는 생각도 못 하다가 어쩔 수 없이 채를 잡은 사람들이 마지막입니다. 인력거 중에서도 낡은 것을 끌고 연신 손님에게 죄송하다고 굽신거려야 하는 이들이야말로 최하급에 속한 인력거꾼입니다.

샹즈는 훤칠한 키에 좋은 체격을 가졌고 나는 듯이 달리며 사뿐히 멈출 줄 아는, 인력거 끄는 일을 자신이 세상에서 가장 잘할 수 있는 유일한 일로 여기는 총각입니다. 그의 밑천은 몸뚱이. 전세 인력거가 아니라 자신의 인력거를 가지고 살겠다는 희망에 모든 것을 걸었습니다. 고생을 두려워하지 않고 다른 인력거꾼처럼 나쁜 습관에 물들지도 않았지요. 담배도 술도 멀리했고 하찮은 음식과 차를 마셨으며 매음굴에도 가지 않았습니다. 그는 지옥에 굴러떨어져도 착한 귀신이 될 것 같은 사람이었습니다. 그러나 라오서 선생 말대로 희망은 대부분 허사가 되는 법이니 샹즈도 예외가 아니었지요. 스스로 거부할 수 없는 힘에 굴복한 샹즈는 어느 날부터 소변을 보기가 어려워집니다. 임질에 걸린 것이지요.

다음 날 저녁, 그는 이불 보따리를 끌고 회사로 돌아왔다. 언제나 가장 두렵고, 가장 수치스럽게 생각했던 일을 그는 킥킥거리며 사람들에게 털어놓았다. 오줌이 잘 안 나와!

모두 앞 다퉈 그에게 무슨 약을 사야 하고, 어떤 의사를 찾아가는 게 좋은지 일러주었다. 아무도 흉보지 않았고, 모두 그를 동정하며 해결 방법을 생각해주었다. 게다가 얼굴을 붉히며 신바람이 나서 자신의 경험을 털어놓기까지 했다. 몇몇 젊은 사람은 돈을 써가며 이런 병을 얻었고, 공짜로 하다가 병에 걸린 중년 인력거꾼도 있었다. 전세 인력거를 몰던 사람들 역시 경우는 좀 다르지만 엇비슷한 경험이 있었다. 또한 직접 경험하지 않은 전세 인력거꾼들도 주인에 관한 다른 이야기들을 매우 재미난 듯 늘어놓았다. 샹즈가 이런 병에 걸리자 사람들은 마음의 문을 열고 그와 친근하게 이야기를 나누었다. 샹즈도 수치스럽다는 생각은 모두 잊어버렸다. 하지만 그렇다고 이런 일을 영광으로 생각하지는 않았다. 그냥 담담하게 마치 감기에 걸리거나 더위를 먹은 것 정도로 병을 이겨 내고 있었다.■

샹즈는 약을 사는 데 10원이나 썼지만 무슨 약을 샀는지는 알 길이 없습니다. 추측건대 항생제는 아니었을 겁니다. 항생제라면 단박에 좋아지기 때문입니다. 소설엔 샹즈가 상당 기간 (아마도 몇 달간) 앓은 것으로 나옵니다. 임질은 치료받지 않아도 몇 주가 지나면 서서히 좋아집니다. 물론 파종성 감염으로 진행되기도 하는데 이때 관절 침범이 많지요. 앓고 나서 관절이 아픈 반응성 관절염도 있는데 관절 통증이 도진다니, 샹즈는 아마도 이 경우가 아니었을까 싶습니다. 어쨌든 요즘 세상에 그 급격한 요도염을 그냥 견디는 남자는 흔치 않습니다. 절 절거리며 병원으로 직행하지요.

약과 비방祕方이라는 걸 쓰는 데 10원이 더 나갔다. 하지만 완벽하게 병이 낫진 않았다. 대충 좋아진 것 같으면 약을 끊어버렸다. 날씨가 흐리거나 환절기에 다시 관절 통증이 도지면 약을 먹고 버틸 만하면 내버려두었다. 밑바닥까지 고통을 맛보았는데 이까짓 몸뚱이가 대수겠는가? 화통하게 생각하자. 파리는 똥더미 위에서도 즐겁게

■　라오서老舍, 『낙타 샹즈祥子』, 심규호·유소영 옮김, 황소자리, 2008.

사는데 이렇게 큰 인간이 돼가지고 걱정은!"■

국내 임균감염증은 점차 감소 추세로, 2001년 약 2만 건에서 2011년 2000건으로 보고가 줄었지만, 이는 표본 감시일 뿐 심사평가원 청구 건으로는 연간 약 2만 건이라고 합니다. 남자(남편)의 일을 여자(아내)가 모를 뿐이지요. 감염 의사로서 임균은 항생제 내성률 변화가 극적이어서 치료제의 시대 변화가 아주 명확합니다. 그야말로 치료제의 역사가 항생제 내성의 역사인데, 설파제, 페니실린에서 시작해 테트라사이클린, 플루오로퀴놀론, 세팔로스포린으로 사용 항생제가 내성 발현과 함께 변해왔습니다. 내성 변화를 인지하지 못하고 아직도 임질에 플루오로퀴놀론을 사용하고 있다면 치료가 실패할 것임이 확실하지요. 항균력이 우수한 제3세대 세팔로스포린에 대해서도 감수성 정도가 낮아지는 경향이니 조심해야 하는 상황입니다.

샹즈는 혼자 몸으로 세상을 살았습니다. 10전씩 1000일을 모아서 100원이나 하는 인력거를 샀고, 불운이 오고, 또 불운만큼의 행운도 있었지요. 그러나 그의 결말은 나락이었습니다. 왜 농부처럼 튼튼한 몸으로 성실하게 산 샹즈가 나락에 떨어졌을까요? 살아가는 데 필수적인 관계의 끈을 놓쳐버린 탓이 아닌가, 저는 곰곰이 생각합니다.

■ 라오서, 앞의 책.

142

분홍 벚꽃
: 「전라도 길─소록도 가는 길」과 한센병

저는 감염내과 의사로 제가 강의하는 대다수의 감염병을 가까이서 겪고 치료하지만 나병만은 본 적도 치료한 적도 없으면서 학생들 강의는 그럴듯하게, 마치 본 것처럼, 뇌와 손이 따로인 채로 열심히, 해마다 하고 있습니다. 마음이 괴롭기도 하지만 그 병이 드물어져서 그런 것이니 어쩔 수 없습니다. 그래서 강의 맨 마지막에 덧붙이지요. 제가 강의는 마치 다 아는 것처럼 했지만 사실은 나병 환자를 한 번도 본 적이 없어요 하면 학생들은 와~ 하는데, 그들의 해석은 그럼 이 병은 시험에 거의 안 나오겠네입니다. 고백하는 선생은 힘들지만 자기네에겐 좋은 일인 거죠. 감염내과 의사인 제가 보기 어려우면 자기네는 오죽할까라고 생각하는 겁니다.

그렇지만 우리는 성경에서 예수의 기적을 읽거나, 「벤허」라는 영화를 보면서 동굴에 모여 사는 무서운 사람들을 보거나, 드라마의 한 부분에서 거적때기를 쓰고 몰려다니는 사람들을 돌로 쫓는 장면을 통해 머릿속에 막연한 공포와 천형의 이미지를 가지고 있습니다. 저 또한 다르지 않습니다. 중고등학교 어느 시점에 이런 시를 읽은 적이 있을 겁니다.

가도 가도 붉은 황토길
숨 막히는 더위뿐이더라.

낯선 친구 만나면
우리들 문둥이끼리 반갑다.

천안 삼거리를 지나도
쑤세미 같은 해는 서산에 남는데

가도 가도 붉은 황토길
숨 막히는 더위. 속으로 절름거리며
가는 길.

신을 벗으면
버드나무 밑에서 지까다비를 벗으면

발가락이 또 한 개 없다.

앞으로 남은 두 개의 발가락이 잘릴 때까지
가도 가도 천리 길 전라도 길.

시인 한하운이 1949년에 발표한 「전라도 길—소록도 가는
길」입니다. 시인이 나병을 앓고 있었으니 이런 작품을 씁니다.
나균이 신경을 침범하여 감각을 잃는데 상처로 이렇게 발가락,
손가락을 잃습니다. 이건 매우 심한 상태일 테고 초기에는 피
부반점이 생기는데 그 빛깔은 분홍색입니다. 어떤 분홍색일까
요? 이청준 선생의 『당신들의 천국』▪을 읽다보면 아름다운 소
록도에 봄이 오고 분홍색 벚꽃이 구름처럼 섬을 뒤덮는데 이
꽃을 보러 온 육지 사람들에게는 그 분홍빛 벚꽃이 아름다움
이지만, 분홍빛 반점이 병의 징후이고 흔적인 환자들에겐 벚꽃
이 절망의 빛깔이며 누구나 분홍색을 저주했다는 구절이 나
옵니다. 정말로 그러하지요. 환자들 피부 반점의 색은 곱고 풍
성하게 자태를 뽐내고 있는 벚꽃의 분홍빛과 같습니다.

지금은 나병이라 부르지 않고 발견자인 한센을 기념하여
'한센병'을 공식 명칭으로 사용합니다.

2015년 한센인은 1만843명으로 집계되었습니다. 진단되고
등록된 후 아직 생존하고 계신 분들입니다. 정착촌에 3500명,

▪ 문학과지성사, 1996.

보호시설에 1000명 정도가 있고 나머지는 재가 환자인데 80퍼센트가 60대 이상입니다. 다들 국가 지원으로 치료를 받으신 상태이고 새로 진단되는 신규 환자는 한 해 10명 내외입니다. 신규 감염이 적고 고령으로 돌아가시는 노인이 많으므로 결국 점차 감소할 것입니다. 한센병이 의심스럽다면 바로 한센병이라 진단하지 말고 6개월 후 다시 진찰하거나 다른 전문가에게 의뢰하는 것이 윤리적 책임을 다하는 것이라고 질병관리본부는 성실히 충고하고 있습니다. 한센병 진단은 여전히 환자 본인에게 엄청난 충격을 안기기 때문입니다.

이 병이 어떤 경로로 전파되는지에 대해서는 설이 분분합니다. 사람들이 생각하는 것처럼 옆에 가고 만지기만 해도 걸리는 병이 아닌 것은 확실하며 코의 비말이나 감염된 토양과의 접촉 등이 제시되고 있습니다. 치료제가 개발된 것은 1950년대에 답손이 처음이었고 이후에 리팜핀과 클로파지민의 효과가 알려져 1980년대부터는 이 세 가지 약제를 이용하여 치료합니다.

때로 한센병에 대해 강의를 하지만 마음 한구석에는 잘 모르면서 아는 척한다는 찜찜함이 남아 있습니다. 뭔가가 빠져 있다는 생각이 드는 겁니다. 그것이 무엇일까? 아마도 교과서에서만 봤을 뿐 머지않은 과거에 실재했던 소록도와 환자들의 고통스러운 역사는 구체적으로 실감하지 못한 점일 겁니다. 오늘 이청준의 『당신들의 천국』을 읽으면서 현실이었던, 그것도 죽고 싶을 만큼 고통스러운 현실이었던 환자들과 그 고통을 해결해보고자 했던 한 의사의 이야기를 문자로나마 전해 들으면서 소록도 한번 가지 않고서는 이 강의도 이제 그만두는 게 낫겠다는 생각을 합니다.

얼굴이 얽고 애꾸눈이 되고
: 『위험한 관계』와 천연두

여고 시절에 달콤쌉싸름한 편지를 써본 기억이 없다면 아쉬운 일일 겁니다. 다행히 저는 중국 문학인지, 소설인지를 줄줄 얘기해주시던 한문 선생님이 계셔서 몹시 바빴습니다. 선생님은 그 많은 여학생의 메모며 쪽지며 편지며 선물을 다 어찌 처리하셨나 모르겠습니다. 하늘같은 선생님한테 원산폭격을 당하면서도 이것이 현실은 아니겠지, 선생님의 진심은 아닐 거야, 라며 우리는 오랫동안 선생님을 좋아했지요. 제 실력은 아마 그때 일취월장했을 겁니다. 그렇지만 라클로 선생의 서간소설을 맞아서는 우리의 편지라는 것이 얼마나 사소한지, 연애편지의 대가는 달리 있었다는 것을 알게 됩니다. 저도 흉내를 좀 내보려 합니다.

[첫 번째 편지] 발몽 자작이 투르벨 부인에게

늘 바라보던 당신을 가까이서 다시 만날 수 있게 되다니요. 내 소망을 그리도 외면하던 하늘이 그날만은 태양도 달도 물리치고 저를 위해 어둠만을 남겨두었군요. 늘 고독 속에 함께하던 거친 바람은 여전히 그날도 저와 함께였지만 날카롭게 겨누던 바람 끝을 나를 위해 썼습니다. 아, 당신의 손가락 몇 개가 내 팔에 그 무게를 얹었을 때 저는 이 별의 모든 것이 저를 위해 돌고 저를 위해 그 무게중심을 옮겨오는 줄 알았습니다. 그 손가락 몇 마디로 당신의 맥박을 느끼고 그 온기가 나의 온몸을 뛰게 하며 내 심장을 덮혀 저는 그 순간 포말로 부서졌습니다. 이러한 제가 어떻게 당신과 제가 함께한 그 밤의 순간을 잊을 수 있겠습니까? 잊어달라 하시기 전에 저의 생명을 달라 하십시오. 그것이 제게는 더 쉬운 일입니다.

[두 번째 편지] 발몽 자작이 투르벨 부인에게

당신이 지나가는 것을 보았습니다. 제게 눈길 한번 주지 않더군요. 하늘은 빛났으며 웅성거리는 자동차와 저잣거리의 모든 소리가 한꺼번에 잦아들고 당신의 또각거리는 발자국 소리만이 내 머릿속을 울렸습니다. 늘 보이던 웃음도 거두고 주머니 깊숙이 손을 찌르고 무슨 생각을 하며 고개를 숙였습니까? 당신이 저를 느끼고 있다는 것을 제가 알고 있다는 것을 당신

또한 아시겠지요? 당신의 뒤를 쫓는 저의 모든 것을 거부할 만큼 당신이 모질지 않다는 것을 당신의 뒷모습은 말하고 있었습니다. 당신의 주저와 외면이 저를 고통스럽게 합니다. 그러나 내 영혼이 당신의 영혼에 닿았다는 그것만으로 오늘의 나는 당신이 주는 이 고통을 달콤하게 여깁니다. 이 고통으로 내 영혼의 피가 흘러 당신께 닿을 수 있다면 그것만으로도 저는 견딜 수 있습니다. 당신이 주는 고통마저 없다면 제 삶은 아무 의미가 없습니다. 부디 이 편지를 물리치지 마십시오.

[세 번째 편지] 투르벨 부인이 발몽 자작에게

자작님은 몇 번이나 돌려보냈음에도 이렇게 또 제게 무거운 짐을 지우시는군요. 정숙한 법원장 부인으로서 제가 지켜야 할 것이 얼마나 많은지 자작님은 짐작도 하지 못하십니다. 다른 사람들이 저더러 뭐라 하겠습니까? 그들이 보내는 시선은 제 눈을 찌르고 가슴과 영혼을 무너뜨립니다. 그들이 뱉는 독설에 저는 넘어져 일어날 수 없습니다. 자작님은 제가 명예를 잃고 나락 속에서 날아오는 돌멩이에 묻히기를 원하십니까?

[네 번째 편지] 발몽 자작이 투르벨 부인에게

당신이 보내는 거절의 날카로운 가시는 제게 장미입니다.
당신이 보내는 무심한 눈빛의 서늘함은 가을 저녁 바람입니다.

당신은 문을 닫고 저는 그 문 앞에 엎드려 당신의 발밑에 밟히기를 바랍니다.

그러나 당신은 제 두 눈의 눈물을 원하십니다.

당신은 제 부름에 답이 없으십니다.

저는 늦도록 당신 창문의 불빛을 올려다보며

당신의 시선이 저에게 향하기를 소망합니다.

불 꺼진 창 앞에 저는 이슬로 맺힙니다.

그 이슬로 당신의 발목을 적실 수 있기를.

그 이슬로 당신의 입술을 축일 수 있기를.

[다섯 번째 편지] 투르벨 부인이 발몽 자작에게

아름답다 하시는 당신의 말이 저는 거짓이라 믿습니다.

기억해주시는 하나하나 애틋하나 저는 의미 없는 일이라 생각합니다.

당신이 기억하는 스무 살,

당신이 기억하는 오솔길,

당신이 기억하는 웃음,

당신이 기억하는 그 모든 것,

제게는 망각의 늪에 의미 없이 누워 있는 것들입니다.

아, 그러나 실은 이 모든 것이 거짓입니다.

그래도 당신은 제게서 멀리 계셔야 합니다.

당신은 제게서 마음을 구하지 마십시오.

당신은 거기서, 나는 여기서. 그것이 우리의 운명입니다.

『위험한 관계』는 쇼데를로 드 라클로의 서간소설입니다. 연애심리 소설이지요. 편지로 진행되는 사건이니 사람 심리를 오죽 깊게 파고들었겠습니까? 발몽은 정숙한 투르벨 부인을 유혹하지요. 그렇게 저항하던 부인도 발몽의 접근이 진심인 줄 알고 그를 허락합니다. 사실 발몽은 메르테유 후작 부인한테 자기 실력을 보인 것입니다. 발몽은 결투 끝에 죽고 후작 부인도 나쁜 결말을 맞는데, 작가는 미인이었던 후작 부인이 천연두를 앓게 합니다. 권선징악으로 마무리하기엔 그럴듯하지요.

작품에서 메르테유 후작 부인은 밤늦게까지 고열에 시달립니다. 악성 천연두가 온몸에 퍼진 거죠. 한 등장인물은 말합니다. "그 종말은 너무 비참해서 부인을 끔찍하게 증오하는 적들까지도 당연히 분격하면서 다른 한편으론 동정을 금치 못하고 있습니다." 종말은 죽음이 아니었습니다. 후작 부인은 완쾌하긴 했으나 얼굴이 끔찍하게 변했으며, 게다가 애꾸눈이 되고 말았다고 합니다. 참으로 눈뜨고는 볼 수 없을 정도로 말이죠.

천연두를 앓고 애꾸눈이 된 그녀처럼, 천연두의 합병증으로는 실명이 대표적입니다. 각막염, 각막궤양 때문입니다. 저는 어린 시절 얼굴이 얽었던 동네 아저씨를 기억합니다. 그분의 곰

보 얼굴이 천연두 때문이었는지는 정확히 알지 못합니다. 한국 전쟁 기간에 천연두가 크게 퍼졌고 우리나라의 마지막 천연두 환자는 1960년입니다. WHO는 1980년 지구에서 자연 발생하는 천연두가 없어졌다고 공식 발표했습니다. 물론 미국과 러시아의 실험실에는 아직 바이러스가 보관되어 있다지요. 이 바이러스가 생물테러 무기로 사용될까봐 서로 걱정을 한답니다.

연애편지를 쓰기 전 라클로의 『위험한 관계』를 읽으면 도움이 될 것 같습니다. 위험한 관계를 흉내 내어 쓴 제 편지는 어떻습니까? 예전 같으면 금방 썼을 텐데 이번엔 쉽지 않더군요. 요즘 친구들은 연애편지를 쓰나 모르겠습니다. 사랑을 구하고 이루는 데 편지를 써보시기 바랍니다. 들키지 않게 전하시고요.

예순 살에 우리는
: 『나는 걷는다』와 아메바 이질

60세에

톨스토이는 도보여행을 했고 여섯째 아들 이반을 얻었다.
그는 59세에 『부활』을 구상하기 시작했다.

루쉰은 55세에 이미 폐결핵으로 사망했다.

고리키는 「끌림 쌈긴의 생애」 초고를 완성한 후 창작을 중
지하고 러시아 각지를 여행했다.

마거릿 미첼은 49세에 교통사고로 숨졌다.

마크 트웨인은 도산하고 빚 청산을 위해 세계일주 강연을
떠난다.

볼테르는 파리 귀환을 금지당하고 스위스에 있었다. 『캉디
드 혹은 낙관주의』는 65세에 출간되었다.

보리스 파스테르나크는 『닥터 지바고』를 집필하고 있었다.

빅토르 위고는 43세에 시작했던 『레미제라블』을 드디어 출간했다.

체호프는 43세에 결핵으로 이미 이 세상 사람이 아니었다.

카뮈는 47세에 교통사고로 사망한지라 60세를 맞이하지 못했다.

헤밍웨이는 2년 뒤 자살했다.

에밀 졸라는 드레퓌스 사건에서 사면되었다. 2년 전 드레퓌스 사건 때문에 영국으로 추방되었었다.

괴테는 59세에 『파우스트』 1부를 완성했고, 82세에 2부를 완성했다.

셰익스피어는 52세에 저세상으로 갔다.

조지 오웰은 47세에 결핵으로 돌아올 수 없는 강을 건넜다.

존 스타인벡은 『불만의 겨울』로 노벨문학상을 받았다.

토마스 만은 스위스 망명 중이었고 이듬해 히틀러에게 독일 국적을 박탈당했다.

도스토옙스키는 객혈로 60세에 이승을 하직했다.

카프카는 41세에 결핵으로 요양원에서 숨을 거두었다.

소월 선생은 서른둘에 벌써 돌아가셨다.

파블로 네루다는 시가 날 찾아왔다며 시를 썼다. 5년 뒤엔 공산당 대통령 후보가 되었다.

60세에 나는 살아 있을까?

베르나르 올리비에는 실크로드를 걷기로 합니다.

그래서 나온 책이 『나는 걷는다』입니다. 1년에 6개월씩 4년 동안 1만2000킬로미터를 걷는다는 계획입니다. 터키 이스탄불에서 이란의 테헤란을 거쳐 실크로드가 있었던 투르크메니스탄, 우즈베키스탄, 카자흐스탄, 키르기스스탄을 통과하고 중국 시안까지. 터키에서 중국까지…… 아무래도 기자였던 베르나르 올리비에는 정년한 뒤에 삶의 공허를 느꼈나봅니다. 60세에 1만2000킬로미터의 실크로드를 혼자서 걷기로 했으니까요. 너무 멀고 고통스럽게 여겨지는 여행인데 책에서는 화려하고 그럴듯한 사진 한 장 보여주지 않습니다. 긴 여행에 감염병은 없었을까요? 아무렴 첫 여행은 설사로 중단합니다. 이름하여 아메바 이질. 올리비에는 된통 걸려 제대로 앓습니다. 중증 아메바 이질이지요.

저녁식사와 아침식사가 장 속에서 미친 듯이 부글거리기 시작했다. 뱃속 전쟁을 잊기 위해 나는 정신을 집중하려고 노력했다. 그러나 배와 머리 사이의 투쟁은 불균등한 것이었다. 괴로워하는 창자의 활동이 어떤 생각보다도 우위에 있었다. 이처럼 격렬한 설사병을 앓은 적은 없었다.

열이 올라서 덧옷을 걸쳤다. 태양이 직선으로 내리쬐고 있는데도 나는 떨었다. 다리는 점점 더 힘을 잃었다. 원기를 회복하기 위해 빵을 한 조각 먹으려고 했지만, 빵냄새를 견딜 수 없었고 구토가 치밀었다. 나는 길을 떠나지 못하고 다시 좁은 길 위에 멈추었다. 이가 딱딱 부딪쳤다. 다리가 갑자기 몸을 지탱하지 못했다. 의식을 되찾았을 때 나는 무성한 풀 위에 얼굴을 대고 갓길에 누워 있었다.

이틀 동안 욕실에 들락거리는 일만 할 수 있었다. 뱃속에는 아무것도 없었지만 끊임없이 창자가 수축하면서 뒤틀렸다. 대변에도 피가 섞여 나왔다. 갈증을 해소하기 위해 수돗물을 마셨다. 십 분 후에 나는 내가 마신 물을 화장실 변기에 도로 게워냈다. 뱃속에서 불이 나는 것 같았다. 화장실에 갈 때마다 고통을 참을 수 없었다.

아메바 이질. 의사의 진단은 명확하고 결정적이었다.

두 번째 복용부터 약은 효과가 있었고 설사가 줄어들었다. 그제야 좀 쉴 수 있었다. 나는 침대에 누워서 마침내 아라라트산을 바라볼 수 있게 되었다.

배에는 아메바가 들끓고, 토하고 피와 점액을 배설하면서 나는 만신창이가 되었다. 그러니까 사흘도 채 안 되는 사이에 11킬로그램이 빠진 것이다.▪

▪ 베르나르 올리비에, 『나는 걷는다』, 고정아 옮김, 효형출판, 2000/2003.

의대생 시절엔 명쾌한 조직검사 소견이 황홀했습니다. 족보에 '분홍빛 병리 조직에서 플라스크 모양'이라고 나와 있는 궤양을 실제로 보고, 예쁘게 생긴 아메바도 보았지요. 면역 저하로 시달리던 환자가 오랫동안 설사를 하고 졸졸 혈변을 봤는데 대장내시경을 했더니 작은 궤양이 수두룩했습니다. 15년도 더 전의 일입니다. 그이는 만성감염이었습니다. 근래에는 보기 어렵지요.

'손님이 없는 집에는 천사도 찾아오지 않는다.' 라디오에서 간혹 들리는 광고 문구입니다. 아랍 속담이지요. 유목하며 살던 선조들이 전해준 지혜일 겁니다. 메카 순례도 해야 하고, 유목민이었으니 언제든 자신이 손님이 되고 때로는 주인이 되어야 하니까요. 손님을 접대할 수 있는 행운을 감사히 여기는 그들의 문화는 올리비에의 여행을 풍성하게 해줍니다. 그러나 사실 저한테는 이 속담이 마음 아픕니다. 한 번 두 번 밖에서 식사 대접을 했더니 이젠 친척들 발길이 뜸해졌습니다. 의사 노릇하기 힘든데 주말에라도 쉬어야지 하며 배려하시는 것이지요. 그러니 역시 천사도 오기 어려워합니다.

죽을 때의 후회
:「시황제의 임종」과 결핵성 수막염

라디오를 듣는데 '죽을 때 가장 후회하는 다섯 가지'를 소개합니다. 말기 암 환자들을 돌봤던 간호사가 쓴 내용이랍니다. 죽음을 앞두고 이전에 무엇을 하며 살았느냐에 관계없이 비슷한 후회들을 하더라는 것인데 내용이 그럴듯해 다섯 개를 듣고 외웠다가 남편에게 옮기는 순간 하나를 잊어버렸습니다. 다섯 중에 넷이니 노력한 보람은 있는데 그럴 때마다 의과대학 시험에서 다섯 개를 쓰라는 주관식에 서너 개 답만 쓰고, 열 개를 쓰라 하면 대여섯 개에서 멈춰 머리를 쥐어짜던 일이 떠올라 우습고 기분이 나빠졌습니다. 에이, 또 빼먹었군! 그 다섯 가지는 '내 뜻대로 살걸' '일만 하지 말걸' '친구들 좀 챙길걸' '도전 한번 해볼걸' '화 좀 덜 낼걸'입니다.

어쩌다 읽은 궈모뤄의 『역사소품』■에 「시황제의 임종」이라

■ 김승일 옮김. 범우사, 1994.

는 글이 있었습니다. 궈모뤄는 중국 역사에 나오는 몇 가지 일을 소재로 소설가다운 상상력을 덧붙여 글을 썼는데 공자가 스승에게 죽을 드리기 전에 먼저 맛본다며 제자 안회를 오해한 이야기, 맹자가 사랑하는 마누라를 못 떠나다가 부인 때문에 깨치는 이야기들이 재미있습니다. 진시황이 결핵성 수막염으로 죽으면서 후회하는 이야기도 그중 하나입니다.

시황제가 순유 중에 결핵성 수막염을 앓는 장면이 나오고 자신의 죽음을 예감하면서 여러 일을 후회하는 내용이지요. 궈모뤄 선생도 나이 스물여섯에 일본 규슈 제국대학 의학부에 입학했다니 병증에 대한 이야기를 쓸 수 있었을 것입니다.

머리의 아픔은 점점 심해져갔다. 구토하는 횟수도 점점 많아졌다. 열 또한 점점 높아져갔다. 그는 자기 스스로가 이번에는 도저히 살 수 없을 거라고 느끼기 시작했다. 지금까지 강한 의지로 버티고 있던 그도 지금은 소리 없는 눈물을 감추지 않았다. 그의 말라버린 양심에도 이런 눈물이 있었다는 것은 이상한 일이었다. 참회에 가까운 마음의 움직임이 죽을 것같이 아픈 골수 속을 왕래하기 시작했다. (…) 처음의 하루 이틀은 열이 높았으나 그래도 의식은 분명했다(1단계). 그러나 사흘째 되는 이른 아침에 의식이 조금씩 혼미해지기 시작했다(2단계). 이마의 열은 여전히 높아지고 있었다. 더구나 수레는 털털거려 조용히 잠을 청할 수가 없었다. 목도 점점 굳어져갔다. 이빨만 계속해서 갈고 있었다. 양 무릎은 구부러져서 곧장 펼 수가 없었다. 그는 조용히 늘어져 있을 때가 많았으나 별안간 헛소리를 내뱉기도 했다. 처음에는 가끔씩 경련을 일으키는 모습을 보였다. 그러나 닷새째가 되는 날은 마비 증세를 나타냈다(3단계). 몸의 경련도 이제는 없어진 듯했고, 헛소리도 거의 하지 않았다. 눈은 뚫어지게 한곳을 노려보고 있었다. 몸은 뻗은 그대로였다. 코를 통해 불규칙한 숨소리가 가늘게 들리는 것 외에는 마치 시체나 다름없었다.

그야말로 결핵성 수막염의 1-2-3단계 진행 소견입니다. 이런 과정 속에서 궈모뤄 선생은 시황제의 후회를 기술하고 있습니다. 그러지 않았을까 하는 작가의 상상력이겠으나 진짜 그의 아버지였던 여불위呂不韋를 죽게 한 일, 이사李斯의 꼬임에 빠져 분서갱유라는 천년만년 남을 어리석은 일을 한 것, 충의로운 장남을 멀리 추방한 것, 위대한 학자를 죽게 한 것 등이 비몽사몽간에 후회되는 일로 묘사됩니다. 후회 속에 장남에게 보위를 물려주려 하나 조서는 중간에 가짜로 꾸며져 큰아들은 죽으라는 조서를 그대로 믿고 아버지의 뜻에 따라 자결하

161

니, 모든 중국인이 애통해하는 순간입니다.

결핵성 수막염은 어려운 병입니다. 결핵균이 척수액 검사에서 금세 확인되는 것은 드물며 배양에서 나오는 데는 한 달 이상 걸리기 때문에 척수액 소견과 여러 정황을 살펴 감을 잡아야 합니다. 좀더 신식 검사법이 있긴 하지만 시원스레 예, 아니오를 대답해주진 못하지요. 결핵약을 쓴다고 그 순간부터 좋아지는 것도 아닙니다. 열이 오래가고 후유증도 남습니다. 사망률은 '모두 사망'에서 이제는 '20퍼센트 이하'로 감소했지만 신경학적 후유증이 적게는 10퍼센트, 많게는 80퍼센트까지 남습니다. 시황제 이후로 2000년도 더 지난 오늘이지만 신경과 의사는 때로 저를 붙잡고 이런 환자를 어찌할까 같이 고민하자고 괴롭히는 병입니다.

나는 죽는 순간이 오면 무엇을 후회할까? 일만 하다가 죽었다고 생각하면 아쉬울 것입니다. 내가 죽으면 누가 와줄까를 생각해보기도 합니다. 친구들을 잘 챙겨야 할 텐데, 몇이나 올까 계산도 해봅니다. 죽기 전에 한번 보고 싶은 사람도 있습니다. 봐야 후회가 없을 텐데 말이지요.

닥터 봉, 당신은 도대체 어느 대학을 나왔소?
:『닥터 노먼 베쑨』과 폐결핵

닥터 노먼 베쑨(1890~1939)은 캐나다의 흉부외과 의사입니다. 의대생이던 1914년 캐나다 육군에 자원입대해 제1차 세계대전에 참전했고 1915년 토론토대학 의학부를 졸업, 다시 영국군에 입대해 해군에서 외과 군의관으로 종사합니다. 1919년 제대하고는 1924년 미국 디트로이트에서 병원을 열어 큰 성공을 거둡니다. 그 후 부자 동네로 집을 옮기고 저명한 의사가 됩니다.

하지만 1926년 그의 정력과 박력이 완전히 사라지는 순간이 옵니다. 아침에 일어나면서 피곤기가 느껴지기 시작하지요. 기침이 나오더니 밤중에 자다가도 쿨럭거리며 두 뺨이 열병 환자처럼 붉어집니다. 오한으로 몸을 움츠리는 게 잦아지고, 체중은 23킬로그램이나 줄었습니다. 한밤중에 식은땀을 흘리며 깜짝 놀라 깨어나는 일이 다반사고, 이유는 모르겠지만 가슴이

벌렁벌렁거리며 오한으로 파자마가 축축해지는 가운데 몇 시간 동안 쿨럭대느라 잠을 이루지 못합니다. 그리고 어느 날 그의 손수건은 피로 물들었습니다. 턱에 댄 수건은 피 묻은 가래로 얼룩져 있고 말을 할 때는 숨이 가쁘며 목젖이 떨리는 가운데 그렁그렁한 소리를 냅니다. 증세가 뚜렷하군요. 결핵입니다.

1926년이면 결핵약이 없었습니다. 항결핵 효과가 있다고 알려진 스트렙토마이신이 쓰인 게 1946년이므로 이 시기는 창문이 커다랗고 햇빛이 잘 비치는 결핵요양소에서 마냥 치유되길 기대하던 때입니다. 이 잘나가던 외과 의사도 별 수 없이 인생을 요양소에서 마치게 되었던 것이지요. 그는 이혼부터 해 아내를 자유롭게 해주고 요양을 시작합니다.

이후 그가 결핵을 완치한 이야기는 항결핵제 개발 이전, 수술로 결핵을 치료하고자 했던 서양 의학의 역사 그 자체입니다. 삶을 포기하려던 시점에 그는 폐를 인공으로 짜부라뜨리는 인공기흉으로 결핵을 치료할 수 있다는 발표를 봅니다. 한쪽 폐에 국한된 폐결핵일 경우에 그렇겠지요. 이 인공기흉은 흉강에 바늘로 공기를 주입시켜 전염된 폐를 필요한 만큼 허탈시키는 것collapse, 즉 짜부라뜨리는 방법입니다. 그래서 감염된 폐를 휴면 상태로 만드는 것이지요. 매주 한 번 또는 매달 한 번 필요에 따라 공기를 주입시키고 폐는 그 상태로 수축된 채 남아 있게 됩니다. 짜부라져 공기가 유입되지 않으니 결핵균도 살기 어려웠을 겁니다. 이렇게 인공으로 기흉을 만드는 방법을 써서 그의 결핵은 완치되었습니다. 놀랍지요?

이후 그의 생은 어떻게 되었을까요? 결핵을 퇴치하기 위해 엄청난 일들을 합니다. 인공기흉술을 발달시키고 여러 수술 기구를 고안하며 사용했지요. 베쑨 기흉기, 베쑨 늑골 절단기, 늑골 견인기(이름이 멋집니다. 강철 인턴the Iron Intern!). 결핵 치료를 위한 흉곽성형술도 합니다. 폐를 허탈시키기 위해 늑골을 2~3개씩 잘라내는 수술이지요. 그가 했는지는 모르겠지만 역사에는 폐를 허탈시키기 위해 탁구공만 한 공을 흉강에 넣어서 결핵이 생긴 폐를 짜부라지게 하는 수술도 있었습니다. 그는 열정을 쏟아 엄청난 수술들을 시행하고 일과 성취, 명예, 성장과 안정 등 대부분의 것을 이루지요. 북미 대륙의 흉부외과 의사들이 모이는 자리에서 명사 대접을 받으면서 활동하게 되었답니다. 그런 그가 1939년 나이 마흔아홉에 중국을 방문했다가 손가락 상처에서 시작된 패혈증으로 죽습니다. 그의 이름은 중국 팔로군에게는 '백구은白求恩'이었습니다.

그는 결핵 퇴치를 위해 일하면서 이상한 일도 겪습니다. 그는 결핵이라는 질병이 늘 가난을 먹고 자란다는 사실을 알게 되었고 수술실에서는 효력을 발휘하는 자신의 모든 멋진 이론이 수술실 바깥의 일들 때문에 위력을 발휘하지 못한다는 것을 깨닫습니다. 환자 차트에 그들의 병명을 '폐결핵'이라고 써야 할지 '경제적 빈곤'이라고 써야 할지 생각해보게 되었고, 경제학과 병리학은 밀접한 관계가 있다고 느낍니다. 부유한 사람들은 스스로를 돌볼 수 있지만 가난한 사람들은 건강에 대한 자신들의 당연한 권리마저 잊고 산다고 판단하게 되지요. 그리하여 그는 새로운 길에 발을 들여놓습니다. 즉 사회주의를 배우게 됩니다.

그 뒤로는 1936년 파시스트 프랑코에 저항하는 스페인 내전에 의료지원단을 이끌고 가서 이동식 수혈은행을 만들었고, 1938년에는 중국 본토를 침략한 일본 제국주의에 대항하여 중국의료봉사단에 자원, 일본군에 포위되어 있는 해방구 진찰기 지역 의료 책임자가 되었으며, 후방까지 실어오기 전에 출혈로 죽는 병사들을 구하기 위해 최전선까지 의무대를 데리고 들어가 많은 병사의 목숨을 구했습니다.

대학 시절엔 그의 고민이 고민스러웠고, 교과서에서는 보기 어려웠던 그의 결핵이 신기했습니다. 세월이 조금 더 흐르니 오늘은 그가 의무대에 속해 있던 중국인 의사를 나무라는 장면이 눈에 들어옵니다. 저도 어느덧 선생이 되었기 때문입니다.

그는 전선의 의무대에 도착해서 진찰하다가 다리가 썩어가는 환자를 발견합니다. 부목으로 고정하지 않아 상처가 너덜너덜해지고 곪아 잘라내야 할 지경이 된 것이지요. 그가 거기 있던 담당 의사를 나무랍니다.

뼈가 송곳니처럼 살갗을 뚫고 나오지 않았소? 저 지경이 되도록 그대로 두었다니, 도대체 어찌된 일이오? 우리 의사들은 공부와 실습에 수년을 보냅니다. 그러다 때가 되어야 자기가 직접 환자를 다룰 수 있습니다. 생명을 다루는 일이기 때문에 그렇게 신중하게 움직이는 것입니다. 그런데 우리 의사들이 공부도 제대로 하지 않고 환자를 맡게 된다면 어떻게 되겠습니까? 그 대가는 누군가가 다리를 바치고 그 생명을 바치는 것입니다.■

그리고 어쩌다가 끝에 "닥터 봉, 당신은 도대체 어느 대학을 나왔소?"라는 말을 덧붙입니다. 가슴이 찌릿찌릿합니다. 가끔은 머릿속에서 궁금할 때도 있지만 꿀꺽 삼키고는 하지 않는 질문입니다. 그의 모습으로 판단하고 싶지 그의 출신 대학으로 판단하고 싶지는 않기 때문입니다. 그러나 학생들 앞에서는 말할 때가 있습니다. 네가 곧 학교이고 네가 곧 나의 얼굴이라고요. 서열화된 학벌사회에서 대다수의 사람은 어디 출신인지를 먼저 따질 테니까요. "닥터 봉, 당신은 도대체 어느 대학을 나왔소?" 우리의 노먼 베쑨 선생은 닥터 봉에게 깊은 사과를 하지 않을 수 없었습니다. 그리고 그의 마지막은 닥터 봉이 돌보았지요. 그는 훌륭한 외과의였습니다.

■ 테드 알렌·시드니 고든, 『닥터 노먼 베쑨』, 천희상 옮김, 실천문학사, 1991.

나를 살찌운 것들
: 만화책과 성홍열

『캔디』『베르사이유의 장미』『올훼스의 창』『유리가면』……

십대의 저는 이런 만화책을 보며 사랑과 정의를 배웠습니다. 캔디와 테리우스, 영원히 잊지 못할 겁니다. 돌아서는 캔디를 뒤에서 껴안는 테리의 모습이 그려진 페이지를 넋 놓고 쳐다봤고 지금도 그 장면은 눈앞에 그릴 수 있습니다. 고개 숙인 테리우스의 흐느낌도 알지요. 『베르사이유의 장미』를 읽으면서 오스칼의 매력에 빠지지 않을 수 있나요? 『올훼스의 창』은 어떻고? 남장 여자로 살아가는 주인공. 이제 그 이름은 잊었지만 끝이 나지 않는 만화책을 기다리다 지쳐서 이를 부드득 갈 수밖에 없었던 좌절을 기억합니다.* 마리 스테판드바이트, 잊히지도 않습니다. 그는 정말 이 작품의 원작자가 맞나? 끝을 안

■　14권까지 읽었는데 끝이 안 났고, 출판사가 바뀌고 판본이 중간에 끊기고 그랬습니다. 1980년대에 이 만화를 읽어본 독자들은 알 겁니다. 소설로도 세 권짜리가 있었는데 그건 내용이 조금 다릅니다.

내고 죽은 건가? 『유리가면』! 아, 오유경과 보라색 장미의 사람. 언제나 연극을 봐주러 오고 보라색 장미를 남겨놓은 유경이의 사랑. 아~ 아릿한 사랑의 감정이여. 이루어졌으면 좋겠는데 빙글빙글 돌고, 어려움에 빠졌는데 기적처럼 만나고, 그러다가 또 엇갈리고 슬픔과 기쁨과 사랑의 고통이 왔다가 가는 가슴 조이는 이야기들. 그 속에서도 조국과 혁명을 위해 일하는 우리의 주인공들. 그 이야기들이 사랑을 가르쳤습니다. 그런데 지금 생각하니 도대체 그런 만화책을 어디서 다 본 것인지, 기억도 안 납니다.

이런 만화책들보다는 못하지만 또 기억할 수 있는 것은 『키다리 아저씨』와 루이자 올콧의 『작은 아씨들』입니다. 언제나 도와주지만 기다란 그림자만 남기고 가는 후원자, 키다리 아저씨. 나중에 알게 되었지. 키다리 아저씨는 저비스! 작은 아씨들은 어땠는가? 글 쓰는 조를 좋아했지요. 그런 셋째 베스가 있다. 그런데 베스가 성홍열에 걸린다. 그러고는 죽는다. 아! 죽으면 안 되는데. 이 출판사 책을 보면 죽고, 저 출판사 책을 보면 낫고. 도대체 어떻게 된 거야? 그게 늘 불만이었답니다. 베스가 살기를 기다리는 해피엔딩의 수호자였던 저는 많이 갈등했지요. 성홍열이 뭔가? 어떻게 된 게 진짜 맞는 거냐? 조는 혼자 사는 거냐?

하이틴 소설도 보기는 좀 봤지요. 그렇지만 그리 많이 보진 않았습니다. 몇 권만 읽으면 다 뻔한 이야기, 이 정도면 나도 쓰겠다, 유치찬란. 실제로 내 짝 영심이는 소설을 썼습니다. 키 큰 60번대의 여학생이었던 저는 교실 맨 뒤에서 삐쩍 마른 목이 긴 영심이의 하이틴 소설을 읽어주는 첫 번째 독자였습니다. 영심이는 정말 열심히 소설을 썼는데, 편당 대학 노트로 10장도 넘게 써내려갔지요. 길게 쓰는 그 능력은 저를 감탄시켰는데, 샘이 났던 걸까요? 이미 노련한 만화가들의 작품에 익숙해서였는지 영심이의 작품에는 감동하지 않았던 것 같습니다. 아마도 좀더 자극적인 작품을 원했나봅니다. 영심이는 그런 작품을 쓸 수 없었을 테지요. 그렇다면 무협지는? 거긴 제 영역이 아니었습니다. 오빠를 둔 친구가 그렇게 재미있다고 하건만, 바람 날리는 이야기는 제 심장을 움직이지 못했습니다.

중학교 1학년 때 약간 야한, 아니 중1 여학생이 보기엔 좀 핑크빛인 소설을 보다가 들켰습니다. 선생님은 판서를 하고 계셨고 저는 그 신기하고 야릇한 이야기를 책상 밑에 숨겨놓고 봤습니다. 어디서 그 책을 구했을까? 반의 누군가가 가져온 것이었을까? 그런 건 기억에서 사라졌고 어쨌든 저는 선생님께 불려가서 '그런 책을 본 게 문제가 아니라 수업 시간에 본 게 문제'라는 선생님의 솔직하지 못한 야단을 맞고 돌아왔습니다. 그 야한 책의 느낌은 아직도 머릿속에 있지요. 하지만 사랑 이야기는 잊어버렸습니다.

제가 읽은 만화책이 전부 일본 만화책을 우리말로 옮긴 것임은 나중에야 알았지요. 그나마 우리의 명작 『북해의 별』 『불의 검』 『아르미안의 네 딸들』이 있어서 다행이었고 저는 신촌 로터리의 담배 연기 가득한 곳에서 가끔은 어린 시절의 주인공들을 떠올리며 이들 작품으로 정서를 순화시켰습니다. 그러던 어느 날 저는 의대생이 된 보람을 찾았는데 'scarlet fever'를 우리말로 옮기다가 그게 '성홍열'이라는 것을 알게 되었고, 그래도 무슨 병인지 감을 잡지 못하다가 감염내과 의사가 되면서 현실로 알게 되었습니다. 『작은 아씨들』에 이런 이야기가 나옵니다. 베스는 아이보개를 했는데 돌보던 아이가 성홍열로 죽고 베스도 이 병에 걸립니다.

처음에는 머리가 아프고 목이 아프다가 지금 나처럼 기분이 좋지 않게 된대. 벨라도나를 먹었더니 기분이 좀 나아졌어.

성홍열은 A군 사슬알균Streptococcus pyogenes에 의한 세균성 인후염으로 피부 발진이 동반되는 게 특징이고 근접 접촉이나 비말飛沫(날아 흩어지거나 튀어오르는 물방울)로 전파되는데 고열, 두통, 인후통, 발진이 있고 혀가 딸기처럼 빨개집니다. 심하지 않으면 일주일쯤 앓다가 열이 떨어지고 낫는데 피부가 살짝 벗겨지는 게 특징이지요. 우리나라는 3군 법정감염병으로 신고하도록 되어 있는데 환자 대다수가 2~10세 아이들입니다. 루이자 올콧이 활동하던 시기엔 항생제가 없었으니 진통제로 벨라도나를 먹은 뒤 실컷 앓으면 면역을 얻었을 것입니다. 소녀들이 좋아하는 책『빨강머리 앤』에도 길버트가 이 병을 앓는 장면이 나오지요. 그땐 그런 일이 일상이었던가봅니다.

큰아이가 코밑수염이 거뭇거뭇할 때 집에서 제일 늦게 불을 껐습니다. 화장실이 궁금하여 일어나 발소리가 나면 그 아이 방에서는 후다닥 뭔가를 덮고 정리하고 불이 꺼지는 기척이 났지요.『사춘기와 성』이라는 학습만화를 유달리 제목이 안 보이게 표지를 싸고 벽 뒤에 숨기고 그러기에, 엄마에게 들키길 바라지 않는 걸 보는가보다 했습니다. 뭐냐! 궁금하긴 하지만 점잖게 바라봅니다. 부디 수업 시간엔 보지 말거라.

맞선
: 『이 인간이 정말』과 O157 대장균

우울한 이야기는 별로 쓰고 싶지 않습니다. 그렇지만 병원에 있다보니 즐거운 이야기는 큰 수고 없이 환자가 좋아져서 나갔다는 내용이고, 슬픈 이야기는 뭘 해도 되지 않았다는 내용이니 다들 고만고만할 뿐입니다. 맛있는 음식을 먹으면서 두런두런 이야기를 하다가도 '그런데 그 사람 병명이 뭐지?' 하고 뇌 기저에 깔린 걱정거리를 꺼내보는 게 습관이지요. 저런, 새가슴들 이야기입니다. 특히 내과에 많이 모여 있지요.

저는 특별히 잘 보는 병이 없는 감염병 전문가입니다. 한두 가지 병이나 한두 신체 장기에 국한되어 있어야 시간이 흐르면서 도가 틀 텐데 세균 수는 무한하고 곰팡이도 두루두루 자리를 차지하며, 몰라도 됐던 바이러스가 해해연년 늘어나면서 바이러스도 잘 아는 것처럼 보여야 합니다. 말이 전문이지 전

대미문의 고답지대를 헤매야 하는, 저수입 고비용의 의사라고 할 수 있지요. 그런 데다 간혹 소설 속에서 저보다 더 잘 알고 저보다 더 쉽게 설명하는 감염병 관련 글을 읽게 되면 아, 지나온 세월이 허망할 따름입니다. 예를 들면 성석제의 『이 인간이 정말』*에 나오는 이런 대목이지요.

"흔히들 호주나 미국에서는 소를 보여줄 때 초원에 느긋하게 앉아서 되새김질하는 사진을 보여주죠. 틀린 건 아니에요. 그런데 방목만 해서는 사람들이 원하는 돈을 벌지 못해요. 미국에서는 소가 송아지를 낳으면 젖을 먹이다가 초원에 방목을 해요. 미국은 땅이 넓고 초원이 많으니까요. 그렇게 해서 육 개월쯤 키운 뒤에는 조금 더 좁은 공간에서 방목하면서 곡물 사료를 먹이기 시작하죠. 십이 개월이 지나면 좁은 축사에 가둬요. 그때부터 칼로리가 높은 옥수수를 위주로 한 사료를 집중 투입하죠. 아까도 말했지만 원래 풀을 먹도록 진화한 소에게 곡물을 먹이면 소화를 제대로 시킬 수가 없겠죠. 설사를 좍좍 해대고 병에 걸리는데 이걸 또 약으로 잡아요. 그러니까 소를 빨리 살찌워서 팔아먹으려고 곡물을 먹이기 시작하면서 생긴 대표적인 병균이 O157이라는 변형 대장균이죠. 이 균이 사람의 몸에 들어오면 급성신부

■ 문학동네, 2013.

전증의 원인이 되는 용혈요독증후군이라는 게 나타나고 발작, 졸도, 뇌손상, 실명 같은 질환을 유발한다는 거예요. 워낙 결과가 치명적이고 전파가 빨라서 문제가 심각하죠. 그런데 O157이 전파된 경로가 쇠고기를 통해서만은 아니었어요. 시금치, 양상추 같은 채소도 오염이 됐어요. 이유가 뭐냐. 소 배설물 때문이죠. 원래 가축 배설물은 옛날부터 경작지를 비옥하게 하는 거름이 됐던 거예요. 가축을 키우는 것과 마찬가지로 도축할 때도 공장식으로 엄청나게 대규모로 해버리니까 공장형 대형 농장, 도축장에 계류하고 있는 소들에게서 통제할 수 없을 정도로 많은 배설물이 쏟아져 나와요. 이걸 용액으로 만들어 공기 중에 뿌리는데, 바람을 타고 똥물이 엄청나게 먼 곳까지 날아서 무차별적으로 살며시 내려앉지요. 라군lagoon이라는 거대한 배설물 구덩이로도 만드는데, 이거야말로 미국 사람들 잘 쓰는 욕인 거대한 불쉿bullshit이죠. 이런 똥물방울, 똥덩어리 속을 통과한 야생동물들, 멧돼지든 너구리든 들쥐든 뭐든 간에 그놈들이 소똥에 포함되어 있는 O157균을 몸에 묻혀서 채소가 자라고 있는 밭으로 닥치는 대로 기어다니니까 애먼 채소까지 오염이 되는 거예요. 그러니까 소고기를 전혀 먹지 않는 채식주의자라고 해서 O157로부터 안전한 게 아니에요.

자업자득이죠. 고기를 좋아하는 인간들에게 비인도적
으로 나고 자라고 죽는 가축들이 복수를 하는 거예요."
여자는 스테이크 역시 삼분의 일도 먹지 않았다.

남자는 엄청난 속도로 말을 해대고 여자는 주욱 들어야만
하는 것이죠. 이게 모친께서 마련해준 맞선 자리에서 사나이
가 하는 얘기랍니다. 물론 쇠고기 1킬로그램에 곡물 9킬로그
램이 들어가고 분홍빛 마블링을 만들기 위해서 소를 어떻게
키우는가에 대한 일단의 장광설이 지나간 다음입니다. 먹음직
스러웠을 튼실한 새우를 앞에 두고 새우를 어떻게 양식하는
지, 거기에 얼마나 많은 항생제가 들어가고 농경지를 소금으로
망치는지도 줄줄 설명하지요. 스테이크를 먹지 못한 여자가 디
저트로 아이스크림을 먹으려 할 때는 또 어떤 이야기를 했을
까요?

"아이스크림은 우유로 만들잖아요. 우유라는 건 송아지
를 낳은 어미 소에게서 송아지를 떼내고 사람이 가로채
서 짜 먹는 거죠. 다른 포유동물이 만든 젖을 중간에 가
로채서 먹는 포유동물은 지구상에 인간밖에 없어요. 송
아지는 태어나고 나서 한두 시간이면 걸어요. 송아지가
걷기도 전에. 어미 소가 송아지를 제대로 혀로 쓰다듬어

보기도 전에 어미 소한테서 송아지를 떼내서 질질 끌고 가죠. 그러면 어미 소 세 마리 중 한 마리는 미쳐버린다고 하지요. 진정시키려면 또 약을 퍼부어야 하고요. 젖소의 대명사로 불리는 게 홀스타인이에요. 한 마리가 평균적으로 한 해 우유 1만 5000리터를 생산하는데, 이걸 무게로 치면 자기 체중의 스무 배쯤 돼요. 원래 홀스타인은 제 체중의 열 배인 7000리터 정도를 생산하던 종이었어요. 이 소를 고성능 소로 개량하고 고성능 사료를 줘서 최대한 많은 양을 뽑아내도록 설계한 거죠. 이런 소한테 약발이 좋은 성장호르몬 주사가 있어요. rBGH라는 건데 몬산토라는 미국의 농화학농생물학 기업에서 만든 특효약이죠. 이 주사를 맞으면 웬만한 소는 다 우유 공장이 돼요. 쉴 새 없이 젖을 만드니까 뼈가 약해지고 엄청난 크기의 유방 무게를 못 이겨서 제대로 서 있지를 못하죠. 이렇게 신진대사가 한계에 도달하게 만들면서 스트레스로 면역력이 약해지고 다리, 관절, 발톱에 병이 드는 게 반이 넘는데, 전부 다 과체중이 원인이에요. 새끼를 출산해서 기형이 많이 나오고요. 이 주사는 마약 같아서 투여를 중단하면 금단증상이 나타나고 소가 쓰러져서 죽어버려요. 그래서 축산농가에서는 이 주사를 소의 코카인이라고 부르고요. 이러고도 죽지 않으면 젖을 짜이고 짜이다 5년 뒤에 완전히 소모돼서 도축장으로 가는 거죠. 이렇게 단일화되고 고성능화된 품종의 젖소가 지금 전 세계 젖소의 70퍼센트 가까이나 돼요. 그러니까 홀스타인 한 종이 전체 우유 시장에서 삼분의 이가 넘게 우유를 생산한다는 거죠. 몇 안 되는 최고의 아빠 소가 세대 전체의 유전체를 결정하게 되고요. 근친교배가 되니까 유전병이 늘지요. 광우병이 왜 늘어났느냐 하면 최고 수소 한 마리에서 나온 후손들이 광우병 병원체에 취약하더라는 거예요. 소만 그런 게 아니죠. 가축을 개량하기 시작한 건 1930년대부터였어요. 소는 우유, 돼지와 닭은 고기, 암탉은 달걀을 많이 생산하는 품종을 가려내서 집중적으로 육성한 거예요. 지금 유럽 돼지의 삼분의 이는 딱 두 품종이에요. 닭은 더 심하죠. 달걀을 낳는 닭은 소의 홀스타인과 마찬가지로 레그혼이라는 품종이 압도적이죠. 레그혼 품종 만 마리 기본 암탉이 단 삼 세대 만에 25억 마리의 조상이 되고, 여기서 1년에 7000억 개의 달걀이 나와요. 70억 인구 한 사람당 100개씩 돌아가니까 전 세계의 수요를 충족하고도 남죠. 이 닭들은 그저 알을 낳도록 프로그램이 되어 있어 병이 들어도 알을 계속 낳아요. 정상적인 닭은 알을 낳고 휴식을 취하는데 이런 고성능 닭은 쓰러져 죽을 때까지 미친 듯이 알만 낳죠. 이런 식으로 돈을 짜내려는 방향으로 육종이니 품종개량이 계속되니까 유전적으로 문제가 생기고 문제를 해결하려고 또 약을 계속 퍼붓게 되는 거예요. 이렇게 해서 약학산업 기업도 돈을 벌고 동물을 공장식으로 사육하는 거대 기업들도 돈을 벌다보니 서로 사이가 좋죠."

저도 맞선을 본 적이 있습니다. 본과 3학년 때였던 것 같네요. 미국에서 온 정형외과 의사였는데 아리따운 한국 여의사를 찾고 있었던 것이 틀림없습니다. 아리따운 것까지는 얼추 맞췄는데 아직 어려서 맞선 자리에 나와서는 안 되었다는 게 문제였습니다. 시험 기간에 입던 옷 그대로 나가서 곧 시험 볼 정형외과 과목에서 이해 안 되는 것들을 쭉 질문하고 돌아왔으니 그 사나이 참 커피 값이 아까웠을 겁니다. 이제야 나는 그 사내에게 미안하고, 철없는 아가씨를 불러낸 철없는 '아주마이'들이 원망스러울 따름입니다. 그 남자에게 행한 저의 결례를 이제 와 사과하는 바입니다. 참, 이 소설 내용에 대한 진위 여부는 제가 답할 수 없겠죠? 논문도 찾아보고 신문도 찾아보고 각자 공부해봅시다.

이에 대하여
:『서부 전선 이상 없다』

이, 벼룩, 진드기, 빈대에 대해 좀 알고서 의과대학에 왔다면
그는 참 운 좋은 사람입니다. 저는 이에 대해서는 좀 일가견
이 있습니다. 긴 머리를 해본 기억은 앞니 빠진 앞짱구일 때가
마지막인데, 그때 저는 머리를 살짝 긁다가 손끝에 뭐가 만져
지기에 조심스럽게 잡아 당겨봤다가 살이 통통 오른 이가 있
어 손톱 위에 올리고 톡 터뜨리며 시원해하던 기억이 있습니
다. 대낮에 마루에 누워 이웃집 언니가 서캐를 잡아주던 기억
도 기분 좋게 남아 있는데, 누군가는 윅 할지 모르지만 아는
사람은 알지요, 그리 나쁘지 않다는 것을. 반면 벼룩에 대해서
는 잘 모릅니다. 엄마가 저기 저 벼룩 잡아라 했지만 제가 보
기 전에 사라져버려 벼룩이란 놈의 몸통을 보지 못한 채 도시
로 나온 것입니다. 진드기는 무궁화 꽃에 엄청 붙어 있던 것들

을 봤고, 밥 먹는데 빈대 붙어본 적은 있어도 빈대라는 실물을 본 적은 없습니다.

이름을 듣는다고 해서 그 실체를 알게 되는 것은 아니니 본 적도 없는 것들이 일으키는 리케치아 관련 병을 배우면서 우리는 매우 힘들어했습니다. 이것은 진드기가 옮기고 저것은 벼룩이 옮기며, 어떤 것은 이가 옮긴다는 겁니다. 그렇다면 또 쥐는 어찌 되는가? 쥐는 없어도 벼룩만 있으면 되는 것인가? 벼룩은 쥐 없이도 살 수 있는가? 그나마 저는 '이'라도 좀 아니까 낫지, 이를 본 적도 없는 친구들은 얼마나 헷갈리는 순간이겠습니까?

레마르크의 『서부 전선 이상 없다』*에 이런 구절이 있습니다.

이가 수백 마리나 있다면 한 마리씩 죽이는 게 퍽이나 성가신 일일 것이다. 이 녀석은 좀 단단해서 손톱으로 꾹꾹 눌러 죽이면 시간이 한없이 걸려 지겹기 짝이 없다. 그래서 차덴은 구두 약통의 뚜껑을 철사로 묶어서 불타는 양초 심지 위에 올려놓았다. 이 작은 통에 이를 집어넣어, 탁 하고 튀는 소리가 나면 이것으로 이들은 죄다 끝장이 난다. 우리는 빙 둘러앉아 무릎에 내의를 펼쳐놓고, 따뜻한 공기를 맡으며 상체를 벗은 채 이 잡기에 몰두한다. 하이에는 머리에 붉은 십자가가 있는 특별

■ 홍성광 옮김, 열린책들, 2009.

히 우아한 종류의 이를 갖고 있었다. 그래서 그는 그것을 야전병원에서 계급이 소령인 군의관으로부터 직접 얻어 가지고 왔다고 주장한다. 그는 또한 양철 뚜껑에 기름을 조금씩 모아 군화를 닦는 데 쓰려고 한다면서, 자신이 이런 농담을 해놓고 반시간 동안이나 웃음을 그칠 줄 모른다.

저 또한 웃음을 그칠 줄 모릅니다. 아노 카렌의 『전염병의 문화사』에 이런 구절이 있습니다.

이는 아주 까다로운 식성을 가져서 많은 종의 낯선 숙주의 피를 빨기보다는 굶어 죽는 편을 택한다. 그렇게 특화되었으므로 인체의 피부 대부분에서 털이 사라지자 그것들은 머리카락과 음모에 최후의 요새를 구축했다. 어떤 종류의 이는 머리카락을 붙들 수 있는 치밀하고 가느다란 발을 진화시켰다. 또 어떤 종류는 거칠고 드문드문 분포된 음모에서 살게 되었다. 몸니는 머릿니에서 갈라져 나와 체표가 아닌 모피, 울, 면의 두터운 섬유에서 살며 알을 낳는다.

차라리 굶어 죽는 쪽을 택하고, 머리카락과 음모에 최후의

■ 권복규 옮김, 사이언스북스, 2001.

요새를 구축했다니 어찌 웃지 않을 수 있겠습니까? 레마르크의 주인공들이 잡던 이는 몸니이고 제가 잡은 이는 머릿니일 것입니다. 참빗으로 머리를 천천히 신중하게 빗어내리면, 따뜻하고 폭신하며 먹을 게 넉넉한 머리 숲에서 갑자기 딱딱한 참빗 위에 올려지는 바람에 '여기가 어딘고?' 하며 '이'들…… 그들이 정신 못 차릴 때 살짝 들어올려 엄지손톱 위에서 장렬히 톡 소리 내며 죽이는 것, 이것이 참빗으로 이 잡는 법입니다. 이렇게 쓰다보니 갑자기 머리가 가렵군요.

발진티푸스는 Rickettsia prowazekii가 원인 병원체인데, 이의 뱃속에 있던 리케치아가 분변을 통해 배출되고 긁힌 피부를 통해 사람 몸에 들어가 고열, 발진을 일으키며 혼수상태가 되면서 사망하는 병입니다. 저는 본 적이 없습니다. 발진을 특징으로 하는 티푸스라는 얘기인데, 티푸스는 그리스어로 'typhos'로 '연기' '희미함'에서 온 말이라고 하니 헛소리하면서 의식이 혼미해지는 것을 그리 표현한 것이지요. 발진티푸스, 장티푸스, 파라티푸스에 들어 있는 티푸스. 어원을 모르면 뜻을 파악하기 어려운 외래어입니다. 약 없던 시절에 셋 중 둘은 죽었다고 하며, 제1차 세계대전 때 발진티푸스로 많은 병사가 죽었습니다. 레마르크는 그런 상황을 알고 있었겠지요. 그도 참전을 했거든요. 그의 글은 매우 담담합니다. 학교 선생님의 회유로 열여덟에 자원입대해 2년 동안 전쟁터에서 싸우다

1918년 휴전을 앞둔 어느 날 주인공이 전사합니다. 사령부에는 '서부 전선 이상 없음'이라 보고되고 이것이 이 책의 마지막입니다. 얼얼합니다.

황달에 라면을?
:『바람의 딸 걸어서 지구 세 바퀴 반』과 말라리아

『바람의 딸 걸어서 지구 세 바퀴 반』■에는 한비야 씨가 말라리아 예방약을 먹는 내용이 나옵니다. 에티오피아를 방문하면서 여행자들이 말라리아에 걸리고 고생하는 것을 옆에서 보다가 본인도 말라리아 예방약을 먹지요. 무슨 약을 어떻게 먹었는지는 안 나와 있지만 5개월 정도 복용 시점에서 황달이 생기는 장면이 있습니다. 눈이 누렇다 못해 황토색이라 하고, 먹을 것을 보면 토하며 식사를 잘 못 합니다. 열이 나기도 했는데 한비야 씨는 오랫동안 약을 먹어서 생긴 부작용으로 생각하더군요. 그래도 말라리아가 걱정되니 약은 계속 복용했는데, 에티오피아를 벗어나 라면을 먹고부터는 급격히 회복되기 시작합니다. 그래서 황달이 생겼던 것을 '라면 결핍증'이었나 의심하기도 합니다.

■ 금토. 1996.

저는 다른 사람이 아픈 것을 보면서 괜스레 궁금해지는 게 있습니다. 한비야 씨는 약을 날마다 먹었을까 일주일에 한 번만 먹었을까? 날마다 먹었다면 독시사이클린일 것이고 일주일에 한 번 먹었다면 메플로퀸이었을 겁니다. 당시에는 이 두 가지 외에 예방약으로 사용할 수 있는 게 없었거든요. 요즘엔 매일 먹는 말라론도 있지만, 아무튼 앞의 두 가지로 다음의 수수께끼를 풀어야 합니다. 한비야 씨는 자기가 매일 먹었는지 매주 먹었는지 얘기를 안 했거든요. 의사가 약을 주면서 3개월 이상은 먹지 말라 했고 간에 좋지 않다고 했답니다. 이 대목을 보니 아마도 독시사이클린 같습니다. 이 약은 간에서 대사가 되거든요. 3개월 이상 복용하지 말라고 했다는 것은 미국에서 이 약의 사용 허가 기간을 4개월로 정해둔 점을 심히 염두에 둔 게 아닌가 싶습니다. 영국에서는 2년까지도 사용하거든요. 그래서 독시사이클린을 먹었을 가능성이 높아 보입니다.

다음은 증상과 맞느냐는 것입니다. 눈이 황토색이라 했을 정도니 황달이 심했을 겁니다. 샛노랗다는 표현을 안 썼으니까 폐쇄성 황달은 아니었을 텐데, 황토색은 좀 과하고 갈색이 조금 섞인 진한 노랑이었겠죠. 간세포성 황달일 것이고 그 정도 표현이라면 총빌리루빈이 6은 넘었을 겁니다. 못 먹고 토하는 것은 맞는데 머리가 빠지는 건 잘 모르겠고, 중간에 몸살 기운과 함께 열이 납니다. 이 열이 문제입니다. 급성 바이러스 간염이 아닐까 하는 생각이 들거든요. 그런데 줄거리는 황달이 먼저이고 그다음 열이 나서 며칠 쉽니다. 바이러스성 간염이라면 열이 먼저 나고, 못 먹고 난 다음에 황달 증세가 나타나거든요. 바이러스 간염이라고 보기에는 아무래도 앞뒤가 안 맞습니다. 약열이 중간에 생긴 걸까요? 역시 열은 언제나 다루기 어렵습니다.

그다음은 회복하는 과정입니다. 라면을 먹고 나았을 수도 있습니다. 그러나 소심한 의사인 저는 그걸 인정하기 어렵습니다. 잘못하면 황달에 라면을 처방할 수도 있거든요. 구석구석 다시 돌려 읽어보니 에티오피아를 나와서 열이 나고 대략 열흘 동안 약을 끊고 쉽니다. 그랬겠죠. 그래야 얘기가 맞습니다. 원인이 되었을 약이 끊기고 자연 회복 경과를 밟았으며 회복기에 식욕이 생겨나 라면을 먹고는 기운이 뻗치는 경험을 했을 겁니다. 약 부작용이 맞을 듯싶고 아마도 그 약은 독시사이클린이었을 겁니다. 메플로퀸을 먹었다면 악몽을 꾸거나 어지럽거나 하는 부작용이 더 많았을 거거든요. 메플로퀸은 초기 부작용이 많은 반면 장기 부작용은 적습니다.

한비야 씨는 의대생들이 해외 여행자를 위해 말라리아 예방약 처방에 대해 배울 때 중요한 사례입니다. 한비야 씨가 오실 것을 대비해 처방 연습을 해야죠. 『청년의사』지에 쓴 글에서 그녀는 오지에서 배가 아픈 아이들에게 기생충 약이나 간단한 항생제를 주고 마법사나 된 듯이 존경받거나 대접받던 일을 이야기합니다. 자기가 정말 의사였다면 얼마나 많은 일을 할 수 있었을까 생각했다고 합니다. 그녀는 자신이 얼마나 많은 젊은이에게 여행에 대한 의지를 불태우게 하는지 모를 겁니다. 약도 중요하지만 불타는 정열을 처방하는 것도 쉬운 일이 아닙니다.

사실 저는 서른 넘어 사는 건 불가능하다고 생각했던 적이 있습니다. 초등학교를 졸업하기까지가 얼마나 길고 힘들던지, 스물이나 서른은 저 산 너머 닿기 어려운 땅이었고 꿈같은 것 이었지요. 그러던 어느 날 갑자기 『서른, 잔치는 끝났다』에 공감하는 저를 발견했고 잔치는 끝났으며 인생의 황금기도 지나갔습니다. 새롭고 즐거운 일이란 없이 차양 걷고 치우면서 생활, 생활, 생활이 있을 뿐이었습니다. 그런데 한비야 씨는 그런 서른이라는 잔치 끝난 파장에 배낭을 둘러메고 세상을 향해 진짜로 걷기 시작했으니 저와는 얼마나 다른 서른인지요? 그녀의 세계 여행기를 읽는데, 제가 가진 많은 '걱정 유전자'를 그녀는 잘 이겨내고 있었습니다. 좋은 일입니다. 저는 걱정 유전자가 많아서 집과 애들과 병원과 일상에서 벗어나는 일이 좀체 쉽지 않거든요. 그래도 가끔은 산티아고 순례길을 걸어간 소심하고 겁 많고 까탈스럽다는 김남희라는 여성처럼 시도해보고도 싶습니다. 서른은 넘기기 어려운 고개였지만 일단 한

번 넘기고 나니 그다음 고개는 쉬웠습니다. 제 걱정 유전자도 어쩌면 처음에만 극복하기 어렵지 그다음은 쉬울 수도 있겠다 싶거든요.

안과 병은 없니?
: 『압록강은 흐른다』와 급성출혈결막염

———

제 친구 안은 안과 의사인데 원래부터 지망했던 것은 아니며, 굳이 안 하겠다는 안과를 안과 의사들이 안 하면 안 된다고 해서 하게 됐답니다. 안이한 결정입니다. 그의 아내는 아이 안 는 게 좋아서 안과가 아닌 소아과를 선택했지요. 그 안이 어느 날 책에 안과 질병은 등장하는 사례가 없냐고 물어봅니다. 제게 안 해도 되는 질문을 한 안이 괘씸했지만 안과 질병은 없다는 안이한 변명은 하고 싶지 않았기에 아쉽게도 눈머는 병은 본 적이 있지만(『눈먼 자들의 도시』) 진짜 감염증은 아니라고 했습니다. 안은 잊었겠지만 제 안의 자존심은 잊지 않았기에 결국 안이 안 그래도 된다는데 굳이 찾아서 이렇게 안과 함께 안과 질병을 소개합니다.

우리 집 여러 딸 중에 저는 막내인데 덕본 것은 그 많은 형

190

부들의 각기 다른 주량을 엿본다는 것 외에 다른 것은 없습니다. 물론 덕본 게 하나 정도는 있습니다. 이미륵의 『압록강은 흐른다』입니다. 언니 중 누군지는 모르겠지만 시집갈 때 미처 챙겨가지 못한 게지요. 그래서 제 손에 떨어졌습니다. 여원사에서 나왔고 전혜린이 옮긴 이 책은 단기 4292년 8월 25일에 발행됐습니다. 1959년 책이라니 참 이런 횡재가 없지요.

고고한 선비를 보는 듯, 이 책의 문체는 곱고 단정합니다. 조선 말엽 양반가의 서정이 고요하고 아름답고 순박하게 쓰여 있지요. 이제 막 서양 문명을 겪는 이들의 낯선 문명에 대한 해석, 서당을 폐하고 학교에 가는 일, 지구가 도는 것에 대한 의견…… 아버지의 노래는 시이고, 부자의 대화는 아름답습니다. "나는 아버지가 어른이라고 해서 나보다 그걸 더 잘 아는지 모르겠습니다." "잘 말했어."

아들의 이의 제기와 부친의 인정이 선문답입니다. 당시 주인공의 나이는 열셋! 그의 성숙함이 놀랍습니다. 전혜린을 알게 된 10대의 저는 그녀처럼 자살하는 게 아름답다고 생각했더랍니다. 그럴 시기였지요.

소설을 보면 주인공이 3·1운동에 참여했다가 일본 경찰에 쫓겨 상하이를 거쳐 배를 타고 유럽으로 탈출하는 장면이 나옵니다. 이 과정에서 그는 베트남을 지나다가 눈병을 앓게 되지요.

다음 날 아침 자리에서 일어나니 내 눈이 아프기에 친구에게 눈을 좀 봐달라고 했다. 여기서는 너무 어두워서 보이지 않아. 저 갑판 위에 나가서 보자. 밖에까지 나가기는 했지만 그래도 도저히 눈을 뜰 수가 없었다. 뜨거운 햇살이 무섭게 내려쪼이는 날이었다. 친구 말이 눈이 아주 빨갛게 충혈됐어라고 하더니 나를 데리고 선의船醫 있는 데로 갔다. 의사는 내 눈을 자세히 보더니 안대를 감아주면서 아무 데도 쳐다보지 말고 가만히 있으라고 했다. 그래서 나는 내 자리에 가 누워 쉬고 있었다. 그래, 그래, 호기심을 가지고 뭘 엿보는 눈은 벌 받아야 해. 월남에서 어느 집 뒤뜰을 너무 오래 들여다봤나봐. (…) 내 눈은 차도가 없이 여전히 아팠다. 의사도 내 눈을 보고 예사롭지 않게 생각하며 안대를 절대로 떼지 말라고 주의를 주었다. 의사는 병명이 무엇인가를 말해주지 않았고 친구들 중에도 의학 공부를 한 사람이 한 사람도 없었다. 내가 오히려 의학 공부를 몇 학기 했기 때문에 남들보다 좀더 아는 편이었다. 내 눈이 더 악화된 것은 의사가 안대를 꼭 붙이고 있으라고 지시했는데도 우리 배가 싱가포르에 정박했을 때 그곳 전경을 좀 구경하려고 갑판 위에 서서 안대를 떼고 있었기 때문인 것 같았다. 하나도 보이지도 않았고, 눈이 막 따갑고 통증이 나서 나는 끙끙 앓게 되었다. 나는 엉금엉금 걸어서 우리 객실로 돌아와 그날 오후에는 계속 아파서 꼼짝도 못하고 있었다."■

선생의 눈은 수마트라를 지나고 인도양에 들어서면서 호전되어 "나를 성가시게 굴던 핀주는 어디론가 사라져버렸다. 내 눈은 그간 완쾌되어 보는 데 아무런 불편이 없었다".

안은 그가 대략 일주일 만에 완쾌했고 더운 지방을 지나면서 병에 걸린 점을 보니 급성출혈결막염 같다고 했습니다. 장 바이러스가 주원인이고 눈이 빨개져서 매우 놀라지만 시력에는 문제없이 낫는다고 하네요. 과거엔 저렇게 안대를 했지만 지금은 하지 않는다고도 해요. 옮기는 경로가 공기는 아니니까 그렇겠지요. 자기도 인도에 갔다가 걸렸다나 뭐라나. 안이 묻지 않았으면 눈에 띄지도 않았을 대목입니다. 1969년의 아폴로 눈병이 이 급성출혈결막염이죠. 시험에도 간혹 나옵니다.

■   이미륵, 『압록강은 흐른다』, 전혜린 옮김, 여원사, 1959.

밑천이 떨어져갈 때

— —

책과 전염병 이야기를 하다보면 소재가 막힐 때가 있습니다. 그럴 때면 10점짜리 주관식 시험문제를 빈칸으로 놓고 없는 머리를 짜내는 형국입니다. 그렇지만 주관식 문제는 뭐가 됐든 몇 자라도 써서 절대 0점을 받지는 말라는 의대 시절 격언이 있으니 이번에는 감염병과는 상관없는 이야기로 이 텅 빈 주관식 답안지를 한번 채워보렵니다. 점수가 나올 것인가? 그야 채점하는 사람 마음이니 최선을 다하는 수밖에요.

1. 딸꾹질

에로스가 무엇인가에 대해 서로 돌아가면서 남자들이 수다를 떠는 책이 플라톤의 『향연』입니다. 대장은 소크라테스지요. 어려운 한자를 써서 그렇지 '잔칫집에서 남자들끼리 사랑에 대해 수다 떤 기록'이라고 생각하면 되겠습니다. 그러고 보면 궁금해지기도 합니다. 사랑이 뭐라고 그 시절 남자들은 여자들 없는 데서 그렇게도 수다를 떨었단 말인가?

그토록 어려워 보이는 『향연』에 이런 대목이 있습니다. 서로 돌아가면서 사랑에 대한 자기 의견을 이야기하는 틈에 아리스토파네스 차례가 되었는데 계속 딸꾹질이 나서 이야기를 의사 에뤼크시마코스에게 넘깁니다.

> 에뤼크시마코스, 자네는 직업이 직업이니만큼, 내 딸꾹질을 멎게 해주든지 그렇지 않으면 딸꾹질이 멎을 때까지 내 대신 연설을 해주게나.
> 난 그 두 가지 청을 다 들어주겠네. 내가 자네 대신 연설을 할 테니 자네는 딸꾹질이 멎으면 내 차례를 대신하게. 실은 내가 이야기를 하는 동안 잠깐 숨을 길게 쉬면 딸꾹질은 멎을 걸세. 그래도 되지 않거든 물로 양치질을 해보게. 그래도 멎지 않거든 콧구멍에 자극을 주어 재채기를 하면 되네. 아마도 두세 번만 계속하면 어떤 딸꾹질이라도 멎을 걸세.

딸꾹질은 2500년 전 의사에게는 아무것도 아니었나봅니다만 저에게는 참으로 처리하기 곤란한 문제였습니다. 구전으로 넘어오는 처방으로는 해결이 잘 안 되었고 목젖을 건드리는 것도 되다 말다였습니다. 조금 있으면 나아질 거라며 저절로 멈출 것을 기대한 적이 더 많았지요. 딸꾹질을 며칠 동안이나 하던 환자에게는 참 미안한 일이었습니다. 믿거나 말거나 인터넷을 검색한 결과에 따르면 미주신경과 횡격막신경에 자극을 주는 것이 가장 좋은 방법이라면서 차가운 물을 벌컥벌컥 마셔 미주신경이 담당하는 식도를 자극하거나 혀를 잡아당기거나, 귀를 당기거나, 가글을 하거나, 눈을 손바닥으로 꾹 눌러주거나, 목젖을 건드려 구역질을 유발하거나, 무릎을 당겨 가슴을 압박하랍니다. 듣고 보니 소크라테스 시절과 크게 다르지 않지요? 아리스토파네스의 딸꾹질은 어떻게 되었을까요?

"자네 말대로 재채기를 하자 딸꾹질은 곧 그치고 말았네."

2. 소변 맛보기

내과 전공의인 제 친구는 중환자실에 환자가 들어오면 자기가 자리를 떠도 될지 말지를 환자 소변 떨어지는 것으로 판단했다고 합니다. 소변만 나오면 그 환자는 살 거라고 생각했다나요. 소변이 안 나오면 투석 준비를 하느라 일이 갑자기 늘거나 혈압이 뚝 떨어져 투석이 어려워지면 할 수 있는 일이 급격히 줄던 시절이지요. 병상 옆에 쭈그리고 앉아 한 방울 한 방울 떨어지는 소변을 보면서 참 좋은 것이로구나 했습니다. 색도 다양해서 맑고 연한 노랑부터 갈색, 콜라 색, 피 섞인 것, 탁하게 누런 것, 두부처럼 찌꺼기가 동동 떠 있는 것 등 가지각색입니다. 물론 맑고 연한 노랑의 소변이 똑똑 떨어질 때를 제일 좋아합니다. 그래도 저는 맛을 볼 생각은 안 합니다.

프랑스인 몰리에르의 단막극 「날아다니는 의사」에 의사 흉내 내는 이야기가 나옵니다. 하인이 주인을 위해 의사 노릇을 하지요. 몰리에르는 1622년에 태어났으니 거의 400년 전 이야기입니다.

"따님의 소변을 좀 볼 수 있을까요? (…) 소변을 보아 하니 장에 열이 많고 염증도 심한 것 같습니다. 다행히 따님은 그리 위험한 수준은 아니군요."
"뭐하시는 거죠? 그걸 마십니까?"
"너무 놀라진 마세요. 보통 다른 의사들은 단지 소변을 보기만 하는데, 저는 뛰어난 의사이기에 이렇게 마시기도 합니다. 맛으로 환자분 병의 원인이나 결과들을 더 잘 파악할 수 있거든요. 하지만 솔직히 말씀드리자면, 적절한 진단을 내리기엔 소변의 양이 너무 부족합니다. 조금 더 받아오시겠어요?"
"소변을 받아오기가 쉽지 않았는데요."
"뭐요? 그게 문제가 될 수 있겠군! 한번 실컷 누게 하세요. 모든 환자가 이런 식으로 소변을 본다면 저는 평생 의사로 살고 싶을 겁니다."(먹을 양이 적어서겠지요.)

"이게 전부 다예요. 더 이상 소변을 볼 수 없어요."

"이게 뭐죠? 소변을 이렇게 몇 방울 분량만 누나요? 가없게도 소변을 아주 찔끔찔끔 보는 것 같군요. 그렇다면 일단 소변을 시원하게 볼 수 있도록 물약을 처방해드리죠."

이번 글은 이렇게 때웁니다.

3부

의사와
책

저도 결핵을 앓으며 배웠지요
:『선방일기』와 결핵

학창 시절 아픈 것을 치료하는 법은 배웠지만 어떻게 사는 게 건강한 것인지는 배우지 못했습니다. 의대의 한 선배가 어떻게 해야 몸이 건강해지는지 아느냐고 물었던 기억이 나는군요. 선배는 "의사라면 정말로 건강하게 사는 게 어떤 건지 배워야 하지 않을까?"라고 말문을 열더니, 여자들이 살림하는 게 건강에 얼마나 중요한지 아느냐고 물었습니다. 그 '살림'은 정말 사람을 '살리는 일'이라고, 여자들이 하는 일은 의사가 하는 일보다 더 중요한 '살리는 일'이라고 했습니다. 그중에 의사들이 하는 일은 '병든 사람'을 '살리는 일'인데, 그렇다면 의사는 건강이 어떤 것인지 알아야 한다고 했습니다. 건강을 알고, 환자에게 권하는 것을 스스로 실천도 하고 있어야 한다더군요.

그러면서 말했습니다. "나는 요즘 튼튼해지려고 운동하고 있어. 보여줄까?" 우리는 문과대 근처 평행봉까지 갔습니다. 선배는 정말 힘 있게 평행봉에 두 팔을 짚고 몸을 세워 흔들며 빙글 돌기도 하더군요. 단단한 팔뚝 근육으로 자신의 몸을 버티는 것, 대단해 보였습니다. 저도 그때는 철봉에 매달려 애국가 정도는 불렀는데, 팔굽혀펴기가 안 되니 평행봉은 무리였습니다. 평행봉은 어려워 보이네. 몸을 단련하는 것이란 저런 거구나. 병을 배우는 것도 중요하지만 건강하기 위해 자기 몸을 단련하는 법도 배우는 게 좋겠다. 예과 과목에 체육이 있는 건 저런 걸 하라는 뜻인가? 의사는 치료만 해주면 되는 줄 알았던 저에게는 신선한 생각이었습니다. 역시 선배는 다릅니다. 훗날 누구는 그것이 '작업'이었다고 평했지만 저에게는 좋은 생각거리로 남았습니다. 의도가 무엇이었든 간에 선배는 학교에서 가르치는 것 이상으로 제게 건강에 대해 질문했기 때문입니다. 의사가 질병만을 배우는 게 적절한가? 너는 건강하게 생활한다는 것이 무엇인지 아느냐? 너는 건강하니?

지허 스님이 1962~1963년경에 쓴 『선방일기』에는 '병든 스님' 이야기가 실려 있습니다.

"결핵에 신음하던 스님이 바랑을 챙겼다. 몸이 약하지만 그래도 꿋꿋이 선방에서 버티던 스님이다. 어제저녁부터 각혈이 시작되었다. 부득이 떠나야만 한다. 결핵은 전염병이고 선방은 대중처소이기 때문이다. 각혈을 하면서도 표정에서 미소를 지우지 않으려고 노력하는 모습이 무척이나 인상적이다. 동진출가童眞出家한 40대의 스님이어서 의지할 곳이 없다. 어디로 가야 할지 알 수 없다면서도 절망이나 고뇌를 보여주지 않는다. 조용한 체념뿐이다. (…) 그래서 훌륭한 선객일수록 훌륭한 보건자保健者다. 견성은 절대로 단시일에 가능하지 않고 견성을 시기하는 것이 바로 병마라는 걸 알기 때문에 섭생에 철저하다. 견성은 생의 초월에서 이루어지는 것이 아니고 생의 조화에서 가능하기 때문이다." ■

　내과 전공의가 되어 호흡기내과를 배정받았을 때 저는 객혈 환자를 볼 일이 가장 두려웠습니다. 피가 쿨쿨 넘칠 텐데, 기침하면 온 벽에 튀고 내 얼굴에도 튀고 옷에도 튈 텐데. 그러면 내 얼굴과 옷에 피가 낭자하고. 아, 무섭다. 그렇지만 당시엔, 그리 먼 옛날도 아닌데, 장갑 끼고 마스크 쓰고 그러느라 꾸물대는 것은 회식한 뒤 돈 안 내려고 구두끈 매는 것만큼이나 치사하고 우스우며 소견 좁은 일이었습니다. 몸 사리지 않고 환자를 돌보는 것, 그것이 바람직한 자세였지요. 그런데 어느 날 정말로 수척해 뼈만 앙상하게 남은 20대 남자가 새벽에 객혈로 응급실에 왔고, 응급실에서 바로 기관삽관을 할 정도는 아닌 상태에서 어두운 호흡기 병실에 입원했습니다. 그리고 충분히 예상할 법하게 제가 그를 맡고 있을 때 그는 갑자기 선홍색 피를 기침과 함께 토해냈고, 병실 응급콜이 시끄럽게 울

■　『선방일기』, 불광출판사, 2010. 76~77쪽.

렸으며, 호흡기 전공의 모두가 달려갔고, 다행히 저보다 병실에 좀더 가까이 있던 선배가 기관삽관을 했습니다. 벽엔 선홍색 피가 낭자했고 우리는 아무렇지도 않은 듯, '저는 객혈을 조금도 무서워하지 않아요'라는 표정으로 굵은 혈관 주사를 시작했으며 피가래를 뽑아냈습니다. 마스크도 없이.

그는 처음에 결핵을 진단받았을 때 어땠을까? 그는 왜 제대로 치료받지 못했을까? 아니 웬만하면 치료약은 먹을 수 있었을 텐데 왜 저렇게까지 된 것일까? 그는 어디서부터 인생이 결핵으로 꼬이게 된 것일까? 바보같이, 20세기 말에 결핵으로 죽다니.

그런데 몇 달 뒤 저는 마른기침을 했고 선배들은 결핵이라 했으며, 가슴 사진에 콩알만 한 병변이 생겼습니다. 그러곤 잊었는데 어느 날 가슴이 결렸지요. 들숨에서의 통증이니 늑막에 뭔 일이 있구나. 피라미 전공의가 봐도 결핵일 것 같은 병변이 좌측 폐야에 있었습니다. 결핵이었지요. 남들 먹는 대로 먹고, 덕분에 2주일 병원 출근도 안 했습니다. 환자에겐 빼먹지 말라고 쉽게 윽박질렀는데 거르지 않고 약을 먹기가 쉽지 않더군요. 그냥 성실함과는 달리 약을 먹다 말다 하면 왜 안 되는지에 대한 '교육받은 성실함'이 필요했습니다. 그러면서 생각했지요. 내 결핵은 그 남자의 결핵일까? 그는 나에게 환자들한테 결핵약을 잘 설명하게 하고, 사소한 부작용도 잘 이해하게 해주고, 날마다 먹는 게 얼마나 어려운 일인지도 가르쳐주고 그러느라고 내 기관, 기관지를 지나 저 깊숙이 폐포에 닿게 몇 마리의 결핵균을 남겨놓고 간 것일까?

예전처럼 그렇게 피를 토하며, 약 없던 시절의 막무가내 결핵처럼 앓는 사람이 아직도 있을까 생각해봅니다. 한 해 3000명 정도가 결핵으로 죽고, 인구 10만 명당 결핵 발생률이 80명으로, OECD 가입국 중 최고라는 통계는 결핵이 여전히 현재진행형임을 알려주지요. 다만 저는 이제 기관삽관을 안 하는 연배여서 어디서 누군가는 그런 환자를 보고 있겠지 하며 생각합니다. 훌륭한 선객일수록 훌륭한 보건자입니다. 의사는 곧 보건자로서 모범이 되기도 해야 할 텐데 건강하게 잘 먹고, 잘 자고, 잘 쉬고, 운동하는 일, 그게 어디 쉽습니까? 환자를 나무라기는 쉬우나 그 나무라는 만큼 자신이 실행하기는 어려운 법! 그래서 의사가 '하는 대로' 하지 말고 의사가 '하라는 대로' 하는 것이 건강해지는 비결이라는 말도 있나봅니다. 일찍이 건강이 무엇인지에 관해 고민했던 선배는 아직도 평행봉 위를 날 수 있는지 궁금합니다. 날 수 있기를 바랍니다.

의사가 기뻐할 때
: 『인턴 X』와 『성채』

의사가 되고 싶어서 의과대학에 왔어야 하는데, 저는 엉겁결에 오고 말았습니다. 문과에서 옛날 시나 외우며 역사나 문학을 전공하려던 문과 여고생 동생에 놀라 서울 사는 나이 든 언니가 학교를 뒤집고 이과생으로 바꿔놓았지요. 미래에 무엇이 되겠다는 당찬 꿈이 있었다면 저항했겠으나, 어른 말 들어서 손해 날 것 없다, 나이 들어서까지 할 수 있는 직업이 좋다, 의사가 되고 나서 해도 늦지 않는다는 갖은 말에 현혹되어 결국엔 이과생이 되었고 나름대로 수업을 따라갔습니다. 다만 문제는 의사가 무슨 일을 하는지 도통 알 수 없었다는 것으로, 의사가 되고 싶은 생각이 들도록 책 좀 보내달라는 조건을 언니에게 내걸었습니다. 지금 생각하면 참 문과생다운 조건이었습니다. 이때 제게 당도한 책이 『인턴 X』와 『성채』였습니다. 언니는 무얼 보고 이 책을 골랐는지 모르나 동생을 의사로 만드는 데 성공했으니 소기의 목적을 달성한 셈입니다.

머릿속에는 『인턴 X』의 인상이 더 깊으나 그 책에서 기억하는 건 아나필락시스이고, 감염병은 『성채』의 첫 번째 사건에 나옵니다. 우리의 남자 주인공은 가난한 고학생으로 학자금을 대출받아 의과대학을 졸업하고 그 대출금 상환 때문에 급여가 좀 나은 탄광촌 대진 의사로 취직합니다. 배경은 영국이고 왕진이 있던 시절의 이야기죠. 그의 첫 번째 왕진 환자는 무슨 병을 앓고 있었을까요? 열이 났는데 특별한 진찰 소견을 찾을 수 없었다고 합니다. 그는 의대생 시절 습득한 모든 정보를 머릿속에서 굴려봤으나 진단을 내리지 못합니다. 지금의 저는 당연한 일이라고 생각하지요. 그가 할 수 있었던 일은 살리실산, 요샛말로 아스피린을 처방하는 것이었습니다. 진단조차 못 내리는 의사라니. 돌아와서 약을 조제하는 그에게 이웃 구역의 의사인 데니가 와서 한마디 합니다. "그 환자 진단은 내렸나? 내가 자네라면 장티푸스라고 진단하겠네. 그 병은 좀처럼 뚜렷한 징후를 보이지 않는단 말이야." 데니가 하는 한마디에 가슴이 저렸을 것입니다. 의사는 자신이 내리지 못한 진단을 다른 사람이 내렸을 때 마음이 편치 않습니다. 아, 그거였어? 하고는 그 진단을 내리지 못한 자신을 쥐어박게 되지요. 눈은 웃어주지만 입은 비뚤어지고 맙니다. 우리의 주인공은 성실 그 자체로 열심히 왕진을 다니고 물을 끓여 먹게 하고 성심성의를 다합니다. 병을 알았으니 치료에 최선을 다하는 겁니다. 그러고는 스스로 기특해하지요. 자기 구역의 장티푸스는 줄고 있는 반면 데니가 맡은 구역은 여전히 많이 발생하고 있거든요. 의사끼리는 서로 다른 의사보다 내가 좀더 나은 의사이길 바랍니다. 저는 우리 주인공의 마음을 너끈히 이해합니다. 겉으로 드러나게 자랑할 수는 없으나 자기가 더 잘해주고 있다고 느낄 때 은근히 솟아나는 자부심과 기쁨을 어찌 유치하다고만 하겠습니까? 저는 화장실에 가서라도 실실 웃고 싶습니다.

그러나 뛰는 놈 위에 나는 놈 있다고 하지요. 데니가 또 한마디 합니다. "그야 내 환자는 악화되고 자네 환자는 회복돼나가는 것을 보면 기분이 좋겠지. 그러나 저 더럽고 지저분한 하수가 자네 쪽으로 흘러가면 상황은 달라질 걸세. 우리 구역 하수구에 문제가 있다네. 내가 아무리 하수가 상수하고 섞이고 있다고, 하수도 공사를 해야 한다고 보건소에 얘기해도 콧방귀도 안 뀐다네. 나는 이번에는 다른 방법으로 해결해보려 하는데 자네도 참여하겠나?" 하수도를 다이너마이트로 폭파시킬 텐데 같이 가겠느냐는 말입니다. 우리의 주인공은 자신이 보였던 잠깐 동안의 우쭐함을 스스로 비웃어야 했을 것입니다. 데니는 고수입니다. 주인공은 많이 망설이지요. 그것이 의사가 할 일인가? 그것이 내 일인가? 그래서 그는 데니를 악마라고 저주하면서 결코 그 일에 가담하지 않겠노라고 수없이 맹세합니다. 그러나 어느 비 오는 어두운 밤 두 남자의 외출이 있고 나서 탄광촌 하수구는 폭발하며, 꽉 막힌 하수구에 얼마나 많은 인화성 기체가 발생하는지 아느냐고 데니는 검역관에게 묻습니다.

저는 이 첫 사건을 제일 좋아합니다. 처음 읽고 나서 곧바로 의대에 가는 것도 괜찮겠다고 생각하지는 않은 것 같습니다. 다만 감염내과 의사가 되어 옛날 그 누런 책을 다시 꺼내들고 보니 실제 의사가 아니고는 알기 어려운 내용을 저자가 기술했다는 것을 깨달았고, 살펴보니 과연 A. J. 크로닌은 의사였습니다. 책에는 자전적인 내용이 많이 들어 있다는군요. 어쩐지! 이 병을 본 의사가 아니고서야 장티푸스에 국소 징후가 없다는 것을 어찌 알았겠습니까? 지금도 장티푸스 관련 교과서는 여러 증상 징후를 나열하고 있지만, 열은 나되 국소 징후가 별로 없다는 것이 제가 경험상 아는 특징적인 소견입니다. 저만 아는 줄 알았더니 영국 의사들은 그 시절부터 이미 알고 있었군요.

우리의 주인공처럼 의사로서 받는 첫 번째 콜은 늘 인상적입니다. 『인턴 X』에서도 그렇고 『성채』에서도 그렇습니다. 물론 저도 그렇지요. 뭐 그리 대단한 일은 아니었습니다. 제 경우는 폴리 카테터라 불리는 도뇨관을 삽입하는 일이었습니다. 수술실에서 소변량도 보고 오줌도 나오게 하느라고 수술실로 들어가기 전에 넣어야 했던 거죠. 오줌줄입니다. 이건 정말 기본 중의 기본인 기술인데 의사로서 해야 하는 첫 임무였으므로 짜릿한 두려움과 책임감으로 전율을 느꼈습니다. 매뉴얼을 얼른 한번 보고 달려갔던 것 같습니다. 손은 두 개인데 해야 할 일은, 고추도 잡고 카테터도 잡고 포셉도 잡고 그러면서 다른 곳에 묻혀서는 안 되며 둥그런 청결포를 자르지 않고 살려서 깨끗이 연결하는 것. 책으로만 봐오던 그 작업은 실로 오묘한 것이었지요. 손은 떨렸고 정작 고정하기 위한 보조관에 물을 넣을지 공기를 넣을지 몇 씨씨를 넣을지에 대한 지식은 아득해졌습니다. 성공했느냐고요? 물론이지요. 저는 코끼리도 냉장고에 넣으라면 넣는 인턴이었으니까요.

의사가 된 시인
: 『닥터 지바고』와 발진티푸스

아이들과 「닥터 지바고」를 볼 기회가 있었습니다. 근래에 뮤지컬 공연이 있었는데 영화랑은 분위기가 어떻게 다를지, 아름다운 '라라의 테마' 같은 음악은 아니어도 그만큼 마음을 울릴 수 있을지 궁금했지요. 유명한 가수가 출연 안 하는 주중 할인 시간대였지만 남자 주인공을 맡은 신인의 목소리는 유리의 마음을 잘 표현하는 기대 이상의 실력으로 우리를 만족시켰습니다. 별말이 없이 늦은 귀가를 하던 중 큰아이가 간만에 노래를 듣고는 한마디 했습니다.

"엄마, 그거 불륜이지?"

"……"

"결혼해서 부인이 있는데 또 다른 여자랑 사랑하는 거잖아?"

"그렇긴 하지."

"엄마는 왜 그런 불륜을 열한 살밖에 안 된 도윤이한테까지 보여주는 거야? 그래도 되는 거야? 불륜인데."

도윤 왈,

"형, 나는 무슨 얘긴지 몰라."

멜로드라마로 보면 불륜 얘기지. 나도 그렇게 생각해. 나도 십대엔 그랬지. 영화 「닥터 지바고」는 명화라고 하여 긴 겨울 연휴에 자주 볼 수 있었는데, 그 많은 눈과 아름다운 음악은 좋았지만 정숙한 부인 토냐를 두고 라라와 사랑에 빠지는 것은 지조를 지켜주길 바라는 소녀의 기대를 저버렸기에 전혀 유쾌하거나 감동적이지 않았습니다. 토냐, 어려서부터 같이 자라고 오점 하나 없이(바람 없이) 유리를 사랑하고 기다려주며 아이까지 키우고 그랬는데, 어째서 그 남자는 전쟁 중에 바람을 피우냐는 말입니까. 열여섯 살인 큰아이도 같은 느낌을 받았나봅니다.

"소년 시절이란 결백의 열광을 거쳐 지나가기 마련이다."

엄마는 이제 이해한다고, 색깔이 다를 수 있다고, 전쟁 중에 아주 오랫동안 떨어져 지내면서 가까이에 있는 새로운 인생의 동반자를 만날 수 있다고, 유리도 사랑하지 않으려고 애썼다고, 그렇지만 뜻대로 안 되었던 것이라고, 사실 책에서는 죽기 몇 년 전 다른 여성 마리나와 동거하게 되는데 그 사이에서도 자녀를 둘이나 두었다고, 그러니 세 번째 부인도 있었던 셈인데, 차마 거기까지는 얘기할 수 없었습니다. 저질이라고 할 테니까요.

러시아 혁명 과정을 알지 못하므로 멜로드라마로밖에 볼 수 없을 것이고 저 또한 별반 다르지 않습니다. 전쟁과 혁명 속에서 무너지는 과거와 세워지는 현실이 한 인간에게 미친 영향을 보는 것, 또는 근근이 살아가거나 티끌처럼 죽어가는 인간 군상을 머나먼 유럽 북쪽에 그려보면서 험난한 시기에 삭정이처럼 태워졌던 영혼들에 대해 생각해볼 수 있을 뿐이지요. 혁명과 영혼의 자유와 시!

지바고 의사에 대한 긴 이야기인 책 속에 이런 구절이 있습니다. 열 살에 부친은 자결하고 모친마저 잃은 지바고가 의학을 전공하게 된 이유입니다. 사실 그는 중학생 시절에 이미 생각이 깊을뿐더러 시를 쓰는 학생이었습니다. 그런 그가 의학을 선택한 이유는 이것입니다.

그는 비길 데 없이 감수성이 예민했고, 그 감각의 독창성은 뛰어났다. 그러나 예술이나 역사에 대한 열망이 아무리 크다 할지라도 그는 전문 분야의 선택에 고심하지 않았다. 타고난 쾌활함이나 우울한 기질이 직업이 될 수 없다는 그런 관점에서, 예술을 생업으로 삼을 수 없다고 생각했던 것이다. 그는 물리학과 자연과학에 흥미를 가졌는데, 실제 생활에서도 무언가 유용한 것에 종사해야 한다고 생각했다. 그래서 그는 의학을 택했다.[■]

이 문장을 읽으면서 다른 소질과 희망을 가졌던 사람들이 의학을 선택하는 이유를 명확히 짚어낸 데 놀랐습니다. 어쩌면 더 고상한 이유가 있을지 몰라도 내면 깊숙한 곳에는 같은 이유가 있지 않았을까? 생업으로 삼을 수 있는 무언가 유용한 것. 화가가 되지 못한 심장 전문의, 수학을 버릴 수밖에 없었지만 결국 수학으로 돌아간 의사, 직업은 의사지만 늘 공허한 빈자리를 느끼는 이 모두 생업으로 삼기 위해 꿈을 바꾼 의사들이 아닌가? 지바고는 결국 라라와 지내면서 의사이기를 포기하고 온밤을 지새우며 추위에 손을 떨면서 시를 쓰기 시작하는데, 그의 사후 새로운 러시아에 남은 것은 그의 시였습니다. 작가의 뜻이지요.

시대 배경이 러시아 혁명기이므로 병사들이 늘 걱정하고, 귀향하더라도 먼저 거쳐야 할 것은 티푸스가 있느냐 없느냐였으며, 누군가를 간병하여 회복하게 하는 역할도 티푸스가 했고, 라라를 다시 만나게 하는 감동의 순간에 지바고가 앓은 것도 티푸스였습니다. 발진티푸스. 이의 분변에서 감염되어 고열, 발진, 혼수가 특징이었던 전쟁의 병. 책 군데군데에 나오지만 병

■ 보리스 파스테르나크, 『닥터 지바고』, 박형규 옮김, 열린책들, 2006.

증을 탁월하게 묘사하지는 않았습니다. 오히려 작가의 묘사는 이런 곳에서 탁월했지요.

> 창가에 선 승객들이 다른 사람들에게 햇빛이 비치는 것을 방해했다. 그들의 그림자가 바닥으로, 의자로, 칸막이 벽으로 두 배 세 배 길게 드리워졌다. 객실에는 이 그림자들조차 발 들여놓을 여지가 없어서, 그림자들은 반대편 창문을 지나 바깥으로 나가서는 달리는 기차의 그림자와 함께 경사진 다른 방향으로 도망치듯 달려갔다.[■]

사람들이 가득 찬 열차 안과 그림자에 대한 묘사가 너무 아름다워서 저는 몇 번이고 이 구절을 읽었습니다. 그림자들조차 발 들여놓을 틈이 없다니, 작가는 정말 시인입니다. 보리스 파스테르나크, 그는 자전적 소설의 주인공을 의사로 만들고 시를 쓰게 했지만 정작 자신은 시인이었지요. 아마도 작가는 의사 노릇하면서 시 쓰기가 쉽지 않음을 몰랐거나, 자기가 의사가 되고 싶었는데 못 되었거나, 시인으로 생업이 쉽지 않아 생업은 의사로 하고 시는 틈틈이 쓰라고 하고 싶었거나, 생각은 제 맘대로입니다.

■ 보리스 파스테르나크, 앞의 책.

이름을 남기지 않는 사람들
: 『반 고흐, 영혼의 편지』와 항생제의 역사

———

항생제는 감염내과 의사라면 평생 동안 해야 할 강의 주제입니다. 학생들과 항생제 얘기를 할 때의 순서는 이렇습니다. 일단 학생들 머릿속에는 시험에 나왔던 항생제의 작용 기전과 기전에 따른 분류가 있습니다. 아주 많고, 다양하고, '아니 그런 생각까지' 하고 놀랄 개발의 역사도 있지요. 우리는 항생제의 똑똑함에 놀라고 그 대단한 저력에 고개를 숙입니다. 그렇습니다. 그렇게 개발되어온 항생제가 없다면 응급실이며 외래로 들어오는 그 많은 열병, 감염병 환자들을 무엇으로 치료하겠습니까? 그런 항생제는 정말 인류의 대단한 발견입니다. 그 대단한 항생제가 언제부터 사용되었을까요? 수백 년 전일 것 같지만 사실은 100년도 안 된 역사를 지니고 있습니다. 누구는 영국 사람 플레밍의 페니실린을 시작으로 쳐서 1940년경을 기점으로 봅니다. 그러면 70년밖에 안 된 역사지요? 지금 살아 계신 할머니, 할아버지가 태어난 뒤입니다. 또 어떤 사람들은 그보다 조금 더 거슬러 올라가 1909년 살바르산을 시작으로 꼽습니다. 살바르산은 19세기에 매독이 유럽을 휩쓸었을 때 이를 치료할 수 있었던 그럴듯한 약제로 첫손에 꼽힙니다. 살바르산이 나오기 전에는 수은을 썼는데 매독으로 죽거나 수은으로 치료받다가 부작용으로 죽는 상황이었지요. 그러니 살바르산은 기적이었습니다. 1940년 페니실린이 사용되기 전까지 매독 치료제로서 유럽을 제패했지요. 이 살바르산은 1908년 노벨 의학상을 받은 독일 의사 파울 에를리히의 업적입니다. 특정 염료가 특정 세포에만 염색되고 그 염료가 병균에 독성을 나타낸다면 그 미생물을 죽일 수 있으리라는 통찰을 했던 것입니다. '마법 탄환magic bullet'이라고 이름 붙인 개념입니다. 총알로 '과녁만' 맞히는 것이지요. 그리고 실험에 실험을 거듭해 마침내 606번째 화합물에서 목적을 이룹니다. 살바르산을 발견한 거지요. 606번째 화합물! 이제는 파울 에를리히와 연결되어 그의 업적으로 남아 있지만 나와 학생들은 이 대목에서 갑자기 샛길로 빠집니다.

"자 여러분! 606번째 화합물까지의 실험입니다. 대단하지요? 500번에서 멈출 수도 있었을 겁니다. 그런데 끝내 갔지요. 그런데 이 실험은 누가 했을까요? 에를리히 선생이 했을까요?"

"아니요."

학생들은 우렁차게 대답합니다.

"그럼 누가 했을까요?"

"조교들이요."

"네, 우리 모두 알고 있습니다. 이름은 남기지 않았지만 이 실험은 아마도 실험실 연구원들이 다 했을 겁니다. 우리 그들의 노고에 박수를 보냅시다."

"우와. 짝짝짝……"

우리는 신나게 박수를 쳤습니다. 사실 그 박수는 한 세기 전의 연구원들을 위한 것만은 아닙니다. 우리 자신에게 보내는 박수이기도 합니다. 우리 대다수는 지극히 평범해 한곳에 머무는 작은 인간으로서 평범한 인생의 희로애락을 겪다가 주변의 몇몇에게만 기억을 남기며 그마저도 한 세대 후에는 왔다 간 흔적도 없이 사라질 존재이기 때문입니다. 그것에 대한 위로이고 격려입니다. 우리도 마찬가지야, 그러나 그런 우리라고 해도 자랑스럽고 사랑스럽다.

고독하고 불운하기로는 세상에서 둘째가라면 서러워할 사람이 고흐입니다. 고흐는 늘 밥벌이를 걱정하고 그림을 그려서 생계를 해결하며 물감을 살 수 있는 날이 오기를 바랐습니다. 그 고흐가 평생 생계를 책임졌던 동생 테오에게 이런 편지를 보냈습니다.

지난 5년가량의 세월 동안, 나는 안정된 직장 없이 늘 궁지에 몰린 채 방황해왔다. 너는 내가 그동안 뒷걸음질만 치면서 나약해지고 아무것도 하지 않았다고 말할지도 모르지. 그러나 그 생각이 옳을까? 나도 이따금 밥벌이란 걸 했다. 그렇지 못할 때는 친구들이 선의를 베풀어 도와주었지. 좋든 싫든 얻을 수 있는 것을 취하면서 어떤 식으로든 살아왔다. 내가 많은 사람의 신뢰를 잃었다는 건 맞는 말이다. 경제적인 형편도 좋지 않은 게 사실이고, 내 미래가 처량한 것도 부인할 수 없고, 더 잘할 수도 있었을 것이라는 말도 맞다. 생계유지를 위해 노력했어야 할 시간을 낭비했다는 것도 맞는 말이고, 공부가 상당히 허술하고 빈약하며, 필요한 것을 모두 구하기에는 내가 가진 수단이 너무 보잘것없다는 말도 틀리지 않았다. 그러나 그 모든 것이 옳다고 해서 내가 점점 퇴보하면서 아무것도 하지 않았다는 결론이 바로 나올 수 있는 것이냐?■

'그 모든 것이 옳다고 해서 내 삶이 무의미하고 쓸모없다는 결론이 바로 나올 수 있는 것이냐?'라고 바꾸어 읽으면 제가 갑자기 그럴듯해 보입니다. 고흐는 자신의 그림이 팔리기를 희망하며 혹독한 노력을 기울였던 사람입니다. 평생에 단 한 점

■   빈센트 반 고흐, 『반 고흐, 영혼의 편지』, 신성림 옮김, 예담, 1999.

의 유화밖에 팔지 못했으니 그 아픔이 오죽했겠습니까? 실제 화가로 작업한 기간이 1881년부터 1890년까지 10년입니다. 그동안 그린 작품이 얼마일까요? 897점이라고 합니다. 그의 수련이 어느 정도였는지 상상이 되지요? 그런 혹독한 수련으로 세상에 저항했던 고흐의 글이 위로가 되는지요? 저에게는 위로가 됩니다. 한편 그만한 재능을 가진 것도 아니면서 생계 염려도 없이 지내는 제가 너무 많이 가진 것은 아닌가 부끄럽기도 합니다.

고흐도 콜레라, 결핵, 매독 같은 감염병을 잘 알고 있었던 것 같습니다.

> 별이 반짝이는 밤하늘은 늘 나를 꿈꾸게 한다. 별까지 가기 위해서는 죽음을 맞이해야 한다. 살아 있는 동안에는 별에 갈 수 없다. 증기선이나 합승마차, 철도가 지상의 운송 수단이라면 콜레라, 결석, 결핵, 암은 천상의 운송 수단인지도 모른다. [■]

이런 문장도 있을 뿐 아니라 요양원에 입원해서는 광기에 사로잡힌 사람들도 폐결핵이나 매독에 걸린 사람보다 더 끔찍한 병에 걸렸다고 생각하지 않게 되었다는 얘기를 합니다. 고흐의 동생 테오는 고흐가 죽은 지 6개월 만에 세상을 등집니

■   빈센트 반 고흐, 앞의 책.

다. 그리고 형 옆에 묻혔지요. 무엇 때문에 죽었을까요? 매독이라는 얘기도 있습니다. 당시 유럽 인구의 10퍼센트가 매독에 감염되었지요. 1891년에 죽었으니 살바르산은 구경도 못 하고 유명을 달리했을 겁니다.

무슨 일을 해야 할지 모를 때, 나는 왜 이렇게 괴롭기만 하고 되는 일이 없냐 하고 생각될 때, 남들은 다 잘나 보이고 나는 참 못났다 싶을 때, 고흐의 삶과 그림을 생각합니다. 고흐처럼, 너의 그 모든 평가가 옳다고 해서 내가 점점 퇴보하며 아무것도 하지 않았다는 결론이 바로 나올 수 있는 거냐고 소리쳐보는 것이죠.

그런데 참, 고흐는 열렬한 독서가이기도 합니다. 그의 편지 곳곳에는 그가 읽은 책에 대한 이야기가 나옵니다. 미슐레의 프랑스 혁명, 셰익스피어, 빅토르 위고의 책, 디킨스, 아이스킬로스의 여러 작가, 파브리티위스와 비다, 제라르 빌더스의 편지와 일기, 상시에가 쓴 밀레 전기, 모파상, 볼테르, 졸라, 도데의 책. 그는 그런 소설을 읽지 않는다면 우리가 살고 있는 시대에 대해서 아무것도 알지 못할 거라고 써놓았더군요. 그는 늘 그리면서 또 늘 읽고 있었던 것일까요?

확신만 가득한 의사라니요
: 『김수영 전집』

———

김수영(1921~1968)은 "풀이 눕는다/ 바람보다 더 빨리 눕는다/ 바람보다도 더 빨리 울고/ 바람보다 먼저 일어난다"라는 「풀」로 유명한 시인이지요. 풀은 민중을 뜻한다고 교과서에서 말했지만 여편네를 때리고는 이런 시도 쓰셨답니다.

죄와 벌

(…)
그러나 우산대로 여편네를 때려눕혔을 때
우리들의 옆에서는
어린 놈이 울었고
비 오는 거리에는

221

40명가량의 취객들이
모여들었고
집에 돌아와서
제일 마음에 꺼리는 것이
아는 사람이
이 캄캄한 범행의 현장을
보았는가 하는 일이었다.
아니 그보다도 먼저
아까운 것이
지우산을 현장에 버리고 온 것이었다.

제일 마음에 꺼리는 것이, 아는 사람이 그 현장을 보았을까 하는 것이었으니 하지 말아야 할 일에 대한 반성보다는 그걸 누가 보았을까 걱정한다는 데서 저 같은 범인凡人과 다를 바 없습니다. '안 들켰으면 돼'라는 은밀한 타협을 노골적으로 보여주시는군요. 그 시인은 거제 포로수용소에서 풀려나와 부산에서 피란생활을 할 때 미군 야전병원에서 통역 일을 했습니다. 그래서 선생의 산문에 이런 재미있는 글이 남아 있습니다. 병원에서 의사들 하는 일을 유심히 보신 것이죠. 면봉 감시원 노릇도 하신 것 같습니다. 일제강점기에는 일본 사람들이 독일 의학을 배웠고 그래서 그 당시엔 독일에서 수입된 독일식 서양

의학이 대세였을 겁니다. 일본이 패망하면서 세상이 바뀌고 이후에는 미국식 의학이 대세를 이어받고 있었겠지요. 독일식 의학과 미국식 의학, 전통적으로 해오던 일이 증거 없음으로 뒤집히는 과정, 그사이 의사, 환자, 간호사 사이에 일어나는 해프닝이 유쾌합니다. 뼈에 고름이 생겼을 때 면봉을 넣느냐 마느냐, 감염된 상처에 소킹(물이나 소독액에 담그기)을 하느냐 마느냐, 이런 겁니다.

내과를 전공하던 코리언 닥터도 할 수 없이 외과 환자를 취급하지 않으면 아니 되게 되었으며 그들이 남모르는 비애를 맛보았을 것은 말할 필요도 없다. 외과를 전공한 의사라 하여도 그들은 모두 독일식 의학을 배워왔으며 미국의 모던 서저리와는 다른 분위기 속에서 자라났다. 예를 들면 만성 오스티오 염증 환자의 고름이 나오는 구멍에다 미국인 의사는 심지를 꽂아서는 아니 된다고 주장하는데 코리언 닥터들은 마이동풍으로 꼬박꼬박 심지를 넣어준다. 그들이 배워온 의학상으로는 농을 흡수시키기 위하여 면봉을 넣어두어야 하는 것이 원칙인데 아메리칸 모던 서저리는 면봉을 넣어두면 새살이 나오는 것에 장해가 된다고 하여 대경실색을 한다. 문화가 얕은 민족의 특징인지 무엇인지 모르지만 우리 겨레는 원래 고집이 세다. 도무지 미국인 의사의 말 같은 것은 듣지 않는다. 나중에는 그렇게 면봉을 넣지 말라고 역설을 하여도 들어먹지 않으니까 일일이 책임 추궁을 하기 시작하고 만일 금후부터 면봉을 넣어주는 의사나 간호원은 본 병원으로부터 일제히 해고하겠다고까지 나오게 되었다.

그런데 차후 문제는 환자 편의 불평이다. 면봉을 넣어두는 데 습관이 된 환자들이 별안간 요법을 변경하고 보니 도리어 의사에게 면봉을 넣어달라고 졸라댄다. 보통 건강한 사람 상대와 달라서 환자의 고집이란 다루기에 거북하고 애석하여 곤란하기 짝이 없다. 그러니 말하기 싫은 의사들이 환자의 말에 못 이겨 할 수 없이 환자의 요구대로 들어준다. 이러한 트러블이 상당히 오랜 기일을 두고 계속되다가 급기야 미국 군의들은 통역을 시켜서 문제의 면봉 감시원의 역할을 반전문적으로 맡아보게 하였던 것이다.

또 하나 예를 들면 소크라는 온수찜질 요법이다. 미국 의학계같이 고도화된 기계 장비가 유족하고 철저하게 침투되고, 정밀 X광선 같은 것도 돈 아까운 줄 모르고 쓰는 가운데에 이 소크 요법이라는 것은 아마 단 하나밖에 없는 소박하고 원시적이고 경제적인 요법 같다. 따뜻한 물에다 소금을 타서 외상이 아물어가는 곳에, 그것이 발이든 팔이든 복부이든 요부이든 한 시간이고 두 시간이고 될 수 있는 대로 오랫동안 침수시켜놓는 것이다. 배농이 빨리 되고 새살을 급속도로 나오게 하기 위한 것이 목적이다.

그런데 이것 역시 독일 의학에는 없는 것인지 코리언 닥터들은 얼굴을 찡그리고 이 요법의 지시에 응하기를 좋아하지 않았다. 환자는 환자대로 일기가 심하게 추운 날 같은 때는 막무가내로 하지를 않았다. 그것도 발이나 손 같은 곳에 환부를 가진 사람은 그렇지도 않았지만 궁둥이나 어깨 같은 불편한 곳에 부상을 당한 환자들은 거추장스럽기 한량없는 요법이었다. 나중에는 환자들도 차차 약아져서 미국 군의가 왕진이나 검진을 올 때만 상처에다 살짝 물을 발라놓곤 하여서 면봉의 문제처럼 그렇게 시끄러운 말썽은 일으키지 않았다.[*]

지금의 저는 어느 것이 옳은지 말할 처지가 못 됩니다. 하찮은 내과 의사이기 때문입니다. 내과 의사 중에서도 저 같은 감염내과 의사는 더 말할 것이 없습니다. 습관상 늘 회의하고 의심해야 하는 위치거든요. 진단부터 의심합니다. 사실은 병력부터 의심스럽게 쳐다보지요. 혹시 묻지 않아서 말하지 않은 게 있을까 하고요. 진찰했던 제 손도 의심하고 방금 봤던 가슴 사

[*] 『김수영 전집 2』, 민음사, 1981.

진이 진찰과 맞지 않으면 제 눈도 의심합니다. 제대로 봤나? 다른 사람은 어떻게 봤을까? 내가 알고 있는 게 정말 맞는 것인가? 근거를 제시할 수 있나? 최근에 다른 근거가 나와서 또 바뀐 건 아닐까? 열의 원인을 찾다보니 의심과 탐구가 기본이 되었구나 생각해주면 꿈보다 좋은 해몽입니다. 의학은 다른 어떤 과학보다 진리를 찾아가는 과정이 늘 행위 가까이에 있다는 생각을 합니다. 면봉을 넣었다가 안 넣게 되고 방광을 소독액으로 세척하다가 안 하게 되고 이걸 소독액으로 쓰다가 저걸 쓰게 되고, 항생제를 이렇게 주다가 저렇게 주고……. 제가 사랑하고 존경하는 외과 선생님들도 저처럼 회의를 하는지 궁금합니다. 아마 할 겁니다. 확신만 가득한 의사라니, 믿기 어렵습니다.

피를 계속 빼노라면
: 「농부들」

———

9월이 오면 저한테는 강의할 시즌입니다. '강의 없는 세상에 살고 싶다'가 한동안 생활의 모토였는데 강의를 나눠가는 동료 교수가 생기고는 조금 나아져서 지금은 그럭저럭 괜찮습니다. 학생 강의는 커닝하기 좋은 파워포인트 슬라이드로 만들어 해마다 조금씩 바꿔 씁니다. 물론 슬라이드 없이 할 수 있는 강의도 간혹 있지만 시각 교재가 남아야 가르쳤다는 증거가 되고 그걸 뽑으면 노트가 되며 시험에 내도 군말이 없기에 여전히 강의의 첫째 방법은 슬라이드를 활용하는 것입니다. 문제는 3, 4년마다 발생하는데, 우리가 교과서로 삼는 미국 국적의 해리슨 씨의 내과학이 3~4년마다 판을 개정하기 때문입니다. 올해는 바뀐 게 없는지 구석구석 다시 읽어보고 바꿀 건 바꿔야 합니다.

제 학창 시절에는 영국 국적의 세실 씨의 내과학도 봐야 한다고 해서 샀는데 이제 세실 씨는 힘을 잃었습니다. 의학의 판도가 유럽에서 미국으로 넘어간 탓일 겁니다. 똑똑한 내과 의사의 최대 찬사는 '걸어다니는 해리슨'이었는데 지금은 궁금합니다. 그 '걸어다니는 해리슨'도 판을 거듭하고 있는지.

교과서 내용이 바뀐다는 것은 학창 시절 상상도 할 수 없는 일이었습니다. 교과서가 바뀔 수 있나? 진리가 바뀌다니, 그런 게 교과서라 할 수 있나? 그러나 어쩝니까. 바뀝니다. 1번 치료가 2번이 되고, 없던 치료가 생기기도 하고 금과옥조로 여겼던 시술이 효과 없는 것으로 되기도 합니다. 그러면서 잘 변하지 않는 굵은 몸통이 점차 확고해지고 궁극적인 방향을 가리키게 되지만 그러기까지 슬금슬금 바뀝니다. 이런 바뀜은 긴 시간을 두고 보면 황당하기까지 하지요.

먼 북국 러시아의 작가 안톤 체호프는 단편소설에 그런 일을 기록해두었습니다. 그는 1860년에 태어났고 열아홉 살에 모스크바 대학 의학부에 들어갔는데 부친의 파산으로 스무 살 때부터 콩트를 써서 발표했답니다. 잠시 의사를 하다가 전업해서 글만 썼는데 평생 800편을 집필했다는 얘기도 있고 1000편이라는 얘기도 있지요. 1904년 결핵으로 죽었습니다. 스물네 살부터 객혈을 했다 하니 결국 결핵의 자연 경과로 마흔넷에 죽은 셈입니다. 자신이 병을 앓았고 의학을 배워서 그

런지 그의 작품엔 결핵 환자들이 자주 등장하며 의사들 얘기
도 흔합니다. 그의 작품 「농부들」에는 모스크바에서 요리사로
일하다가 다리가 마비되어 고향으로 내려온 니콜라이가 치료
받다 죽는 이야기가 나오지요.

개종한 유대인이 니콜라이를 살펴보고 나쁜 피를 빼야
한다고 말했다. 그가 피를 빼기 시작했다. 늙은 양복장
이와 키리약과 아이들이 옆에 서서 그것을 바라보면서,
니콜라이의 몸에서 병이 빠져나가고 있다고 생각했다.
니콜라이도 가슴에 붙은 병에 조금씩 검은 피가 차오르
는 것을 바라보며, 자신의 몸에서 정말로 나쁜 것이 빠져
나가고 있다고 느끼고 만족스럽게 미소를 지었다.
개종한 유대인은 연거푸 열두 번의 피를 뺐고 이어서 또
열두 번을 뺐다. 그리고 나서 차를 마시고 떠났다. 니콜
라이가 몸을 떨었다. 얼굴이 해쓱해졌다. 아낙네들의 표
현으로 말하자면 주먹만 해졌다. 손가락은 푸르스름해
졌다. 담요와 털옷으로 그의 몸을 덮었지만, 더욱 차가
워질 뿐이었다. 저녁 무렵부터 니콜라이는 고통스러워했
다. 자신을 바닥에 눕혀달라고 부탁했고, 양복장이에게
담배를 피우지 말아달라고 말했다. 털옷 아래가 조용해
졌다. 그리고 다음 날 아침, 그가 죽었다.▪

▪ 안톤 체호프, 「개를 데리고 다니는 부인」, 오종우 옮김, 열린책들, 2004.

피를 빼는 시술은 유럽에서 오랫동안 질병을 치료하는 한 가지 방법이었습니다. 돌이켜보는 우리는 큰 혈관을 건드리지 않으면 나오는 동안 응고되어서 죽을 정도의 출혈은 쉽게 일어나지 않았을 것임을 알지만, 어쩌다 지혈이 된다 해도 저렇게 빼고 또 빼면 저혈량 쇼크로 죽기도 했을 것입니다. 항생제가 개발되기 전의 치료라는 것이 대개는 저런 정도였겠지요.

해리슨의 내과학이 진리처럼 여겨지던 시절이 있었습니다. 모든 문제의 답은 거기에 있고 거기에 없으면 오답이라 여겼습니다. 여기서부터 나온 것일 겁니다. 한글로 된 논문은 가볍고 허술해 보이며 별것 아닌 듯싶은 반면 영어로 된 논문은 틀린 것이 없고 진실로 느껴질뿐더러 굉장하고 믿을 만해 보이는 것도. 의학이 변한다는 것을 느낀 게 언제였던가? 가장 쉽게 눈에 보이는 것은 간경화 환자 식도정맥류를 다루는 방법입니다. 간경화 환자의 꽈리처럼 커진 식도정맥이 터지면 환자는 입으로 피를 토하고 밑으로는 자장면 색 변을 보기 시작합니다. 그러면 20년 전의 인턴들은 날밤을 샜지요. 위세척을 해야 했기 때문입니다. 환자를 눕히고 콧줄을 꽂고 찬물을 콧줄로 넣었다 빼면서 위에 고인 피를 세척해냈지요. 그래야 피가 흡수되어 생기는 간성혼수를 막을 수 있다고 배웠습니다. 더욱 친절하게는 이 물에 얼음을 넣어서 찬물에 의해 위 정맥이 수축되어 피가 멎을 것이라는 가설도 있었습니다. 한 시간마다 돌아

오는 당번 스케줄을 따라 온 인턴이 밤을 지켰고 환자는 밤새
오들오들 떨었습니다. 지금은 안 하는 일입니다.

상사병과 콜레라
: 『모파상 단편선』과 『콜레라 시대의 사랑』

학생은 수업 시간에 잘 수 있습니다. 제 수업 시간도 물론 마찬가지입니다. 자는 학생에 대한 반응은 그때그때 다릅니다. 자는 학생에 대한 책임의 반은 제게 있기 때문에(오죽 들을 만하지 않으면 자겠습니까?) 때로는 가서 깨우기도 하고 옆 학생에게 깨우라고 신호를 보내기도 하지만, 나가야 할 진도가 너무 많을 때는 누군가가 자는 것에 구애받지 않은 채 앞만 보고 달립니다. 눈뜬 자여, 따라오라. 자는 자여, 난 모르겠네입니다. 그렇지만 때로 시간 여유가 있으면 학생들을 깨웁니다. 가장 좋은 술책은 연애담입니다. 십대에는 당연히 처녀 총각 선생님의 첫사랑 얘기가 제일 재미있는데 스무 살이 넘은 학생들 사이에서도 그런 호기심은 여전합니다. 원주에 가면 원주 관련 연애담이 나오고 신촌에 가면 신촌 관련 연애담이 나옵니다.

만약 부산에서 학생 강의가 있다면 부산 관련 연애담도 만들어야 할 판인데, 뭐 원한다면 할 수 있습니다. 시작은 늘 이렇지요.

"여러분 공부하느라 힘드시지요?"

"네~~~(당근이지요.)"

"이십대에 해야 할 일 중 가장 중요한 것은 무엇일까요?"

(여러 답이 있지만 제가 원하는 답은 사랑입니다.)

"서른이 넘어서 해야 할 일은요?

(저는 공부라고 답합니다.)

이제 일은 벌어졌습니다. 서른이 안 된 학생들이 해야 할 일은 공부가 아니라 사랑이 돼버렸거든요. 우리 몸은 강의실에 있지만 정신은 홀가분하게 강의실을 떠나 각자 작업 중인 연애 사업을 떠올립니다. 비실대고 있는 성적은 둘째이고 진행 중인 연애 사업에 비춰 자신이 잘 살고 있음을 다행으로 여기게 됩니다. 사랑을 하고 있다면 우리는 잘 살고 있는 겁니다. 제 생각일 뿐이라고요? 모파상의 단편 중 「후회」라는 작품이 있습니다. 예순둘의 나이든 총각 할아버지의 후회입니다.

그는 사랑을 받아본 적조차 없었다. 어떠한 여자도 완전한 사랑의 포기 속에서 그의 가슴에 기대어 잠이 든 적이 없었다. 그는 기다림의 감미로운 고뇌도, 꽉 잡은 손

233

의 기막힌 떨림도, 결정적인 정열의 황홀함도 알지 못했다. 입술이 처음으로 포개어질 때, 네 개의 팔이 껴안아 유일한 존재, 하나씩 미치다시피 된 두 개의 존재를 더할 나위 없이 행복한 존재로 만들었을 때, 얼마나 초인적인 행복이 사람의 마음에 스며들 것인가?▪

이 청년도 사실은 사랑한 적이 있습니다. 그러나 그의 사랑은 남몰래, 괴롭게, 그렇지만 안일하게 한 것이었습니다. 그 안일한 사랑에 대한 후회가 예순 넘어 찾아온 것이지요. 그렇지만 사랑이 늘 결혼으로 골인하는 것은 아닙니다. 엄청나게 사랑한다고 생각했는데 어느 순간 콩깍지가 떨어지고 모든 게 평범해지는 순간이 다가오기도 하지요. 영원한 사랑, 변함없는 사랑, 끝까지 지키고 간직해주는 사랑에 대해 존경과 감탄의 마음을 배워온 우리는 자신의 변덕과 지조 없음, 가벼움에 대해 비난의 마음이 들 수도 있겠습니다. 차버리고 나서 고통스러워하고 있다면, 그럴 때는 이 사람 얘기를 들어야 합니다.

(그의 모습은) 처음으로 군중 틈에서 보았던 모습과 마찬가지였다. 그러나 그녀는 당시와는 달리 사랑의 감동이 아닌 환멸의 심연을 느꼈다. 순간적으로 자신이 중대한 실수를 저질렀다는 것을 깨달으면서, 왜 그토록 오랜 시

▪ 모파상, 『모파상 단편선』, 이정림 옮김, 범우사, 2004.

간 그렇게 열정적으로 이런 망상을 키워왔는지 모르겠다고 놀란 마음으로 자문했다. '오늘 당신을 보자 우리의 사랑은 꿈에 불과했다는 것을 알았어요.'[1]

가브리엘 가르시아 마르케스의 『콜레라 시대의 사랑』에 나오는 구절입니다. 아버지의 반대에도 집을 도망쳐가며 키웠던 사랑이 갑자기 꺼져버렸습니다. 첫사랑이 어느 날 불현듯 낯설어지면서 헤어지는 경험을 한 사람은 알 겁니다. 그럴 수 있답니다. 이 책의 주인공 아리사는 페르미나 다사라는 여인을 사랑합니다. 그 때문에 그가 앓는 병이 있는데 그 병은 콜레라 같답니다.

아리사가 그녀를 처음 만난 날 그의 어머니는 그가 이야기하기 전에 이미 알아차리고 있었다. 그가 말도 없어지고 식욕도 잃어버렸으며, 침대에서 뒤척이며 밤을 하얗게 새웠기 때문이다. 그러나 첫 편지에 대한 대답을 기다리기 시작하면서 그는 설사를 하고 푸른색의 물질을 갑자기 토하는 등 더욱 고통스러워했다. 방향감각을 잃고 갑자기 기절하는 일도 있었다. 그의 어머니는 깜짝 놀랐다. 왜냐하면 그의 상태가 상사병이 아니라 콜레라의 끔찍한 증세와 유사했기 때문이다. 의사 역시 환자의 상태

[1] 가브리엘 가르시아 마르케스, 『콜레라 시대의 사랑』(1·2), 송병선 옮김, 민음사, 2004.

를 보자마자 소스라치게 놀랐다. 아리사의 맥박이 희미하고, 호흡은 거칠었으며, 얼굴은 죽어가는 사람처럼 창백하고 식은땀을 흘렸기 때문이다. 그러나 검사를 해보니 그는 열도 없었고 아픈 곳도 없었다. 그가 유일하게 구체적으로 느낀 것은 당장 죽고 싶다는 마음뿐이었다. 그는 아리사에게, 어머니에게 요리조리 캐묻고는 상사병은 콜레라와 증상이 동일하다는 것을 확인시켜주었다. 그는 신경을 진정시키기 위해 참피나무의 꽃을 달여 먹이라고 처방해주었으며, 안정을 되찾을 수 있도록 멀리 떨어진 곳으로 분위기를 바꾸어보라고 권했다. 하지만 아리사가 갈구하던 것은 이러한 처방과 정반대였다. 그는 자신의 순교를 즐기고 싶었던 것이다.

아리사의 어머니는 행복을 추구하는 본능이 가난으로 인해 좌절되었던 아픈 과거를 지닌, 사십대의 자유로운 여인이었다. 그녀는 아들의 고통을 자신의 것인 양 지켜보면서 흐뭇해하고 있었다. 아들이 헛소리를 할 때면 달인 약을 먹였으며, 오한을 느낄 때는 담요를 덮어주었다. 그러나 동시에 그에게 허약한 상태를 즐기라고 기운을 북돋워주면서 이렇게 말하곤 했다. '이 기회를 실컷 이용하도록 해. 넌 젊으니 가능한 한 모든 고통을 겪어보는 게 좋아. 이런 일이 평생 지속되는 건 아니거든.' 물론 우체국에서는 그렇게 생각하지 않았다. 이렇게 사랑 때문에 생긴 정신적 혼란으로 인해 그는 우편물을 엉터리로 분류했고, 사람들에게 수없이 항의를 받았다.[■]

우리도 마찬가지로 성적을 낼 때 학생들의 연애 문제를 고려하지 않습니다.

제 연애담은 남은 강의 분량에 따라 짧고 굵게 또는 가늘고 길게 이어집니다. 어쨌든 추상과 실제를 구분할 수 없도록 모호하고 아쉽게, 그렇지만 진짜일지도 모른다는 궁금증을 잃지 않는 선에서 적당히 마무리되어 다음 시간을 기다리게 하면서 끝맺습니다. 이 모든 것이 아주 단순한 것, 강의 시간에 좌우되지요. 콜레라처럼 무서울 수도 있겠지만 꼭 치열하게 사랑하시길 바랍니다. 이십대에 해야 할 일은 바로 그것입니다. 그러면 사십대는 뭘 해야 하냐고요? 그건 저, 육십 되신 분이 가르쳐주세요.

■ 가브리엘 가르시아 마르케스, 앞의 책.

환자를 본다는 것
: 「인디언 캠프」

레지던트 때부터 실습 학생을 만났으니 20년이 훌쩍 넘었습니다. 돌이켜보니 가르치는 내용도 세월 따라 달라졌다는 걸 알겠습니다. 처음엔 항생제를 그룹별로 나눠서 대표적인 항생제를 외우고 적응증도 외우고 부작용도 외우게 했지요. 외운 걸 최대한 아는 대로 쓰게 했는데 많이 쓰면 쓸수록 점수를 얻는 데 이로웠습니다. 그때는 평생에 이름이라도 한번 들어보라고 그랬던 것인데 학생들에게는 얼마나 고역이었을까요. 물론 외우는 데 이골이 난 녀석들이라 경이롭게 잘 써냈다는 기억으로 남아 있습니다. 그러고는 항생제 선택의 비법을 전수하는 뜻에서 항생제 사용의 열 가지 원칙을 설명했습니다. 항생제 선택에서 종료까지 머릿속에서 이루어지는 과학적 접근을 실제 환자를 보면서 적용해보라 했지요. 실습 학생이 바뀔 때마다 항상 잊지 않고 하던 이야기인데 이 또한 이제는 하다 말다 합니다. '알겠지'라고 짐작하는 것인지, 아니면 '해봤자'라고 지레 포기하는 것인지 모르겠습니다. 책임교수 자리를 넘겨줄 때 아마 책임감도 같이 넘어갔나봅니다. 대신 요즘 제가 좋아하는 놀이는 (물론 저한테만 놀이일 텐데) 시진視診 놀이입니다.

학생이 교수 회진을 따라 도는 것은 백만 년 된 의학의 전통인지라 저는 원래 하던 회진을 조금 민감하게 돌고, 학생들은 유심히 제멋대로 봅니다. 회진 중에 환자분들에게 인사하고 병력을 물어보고 진찰하고 설명도 해주는데 이때 학생들에게 환자를 잘 보라고 이릅니다. 그러고는 나와서 묻지요. 환자에게서 무엇을 보았느냐? 물론 아무것도 못 보지요. 다시 시진을 하라 이르고 시간을 주면 조금씩 보기 시작합니다. 우리는 묻지도 않고 만지지도 않고 두드리지도 않으면서 단지 보는 것만으로 머리의 상처, 기름진 얼굴, 바싹 마른 근육, 여기저기 꽂혀 있는 카테터, 부은 몸, 긁은 자국, 발톱의 무좀, 투명하게 얇아진 피부, 갈색으로 남은 발진 그런 것들을 보고 말하게 됩니다. 그러면서 깨닫지요. 우리는 보고 싶은 것만 보고 이미 진단된 질병과 관련 있는 것만 본다는 것을요. 눈이 커지면 목울대도 보이고 갑상선도 보이고, 오르락내리락하는 들숨 날숨도 보이고, 빵빵한 배도 보이고, 등에 있을 욕창도 보이며, 방울방울 떨어지는 수액도 보이고, 도뇨관의 소변 방울이 얼마나 노랗고 얼마나 빨리 떨어지는지도 보이지요. 눈이 조금 더 커지면 환자의 표정도 보이고, 근심, 불안, 불면까지, 어쩌면 얼마 남지 않은 죽음까지, 더욱 커지면 옆에 있는 보호자의 모습까지 알아차립니다. 피로와 포기와 짜증과 감사와 안도까지. 그렇지만 이 모든 것은 보려고 하지 않으면 상대가 아무리 보여줘도 볼 수 없습니다. 눈 뜬 장님이 따로 없지요. 돌이켜보면 그것이었는데, 라고 생각할 때가 얼마나 많습니까?

그러나 사실 환자를 본다는 것은 더 깊은 것까지 요구합니다. 헤밍웨이의 「인디언 캠프」라는 짧은 작품이 있습니다. 인디언 여자가 이틀 동안 산고를 겪지만 아기를 낳지 못하자 백인 의사가 불려갑니다. 의사는 아들 닉을 데리고 가지요. 요약하면 이런 과정입니다.

이 여자는 아기를 낳으려는 거야, 닉. 알고 있어요. 넌 몰라. 이 여자가 겪고 있는 걸 산고라고 부른단다. 아기는 나오려고 하고, 여자도 낳기를 원해. 모든 근육이 아기를 밖으로 내보내려고 애쓸 때 여자는 비명을 지르는 거란다. 그렇군요. 바로 그때 여자가 울부짖었다. 아빠. 여자가 비명을 지르지 않도록 뭘 좀 줄 수 없나요? 없어. 마취제가 하나도 없단다. 하지만 비명을 지르는 건 문제 될 게 없어. 그래서 내겐 들리지 않는 거나 마찬가지야. 아버지는 부엌으로 들어가 커다란 주전자에 든 물을 대야에 반쯤 붓고 나서, 손수건에 싸온 여러 가지 물건을 주전자 물에 집어넣었다. 이것들을 삶아야 해. 아버지는 그렇게 말하고는, 마을에서 가져온 비누를 손에다 문지른 뒤 대야의 뜨거운 물로 손을 씻었다. 잠시 뒤 아버지가 수술을 시작하자 조 아저씨와 세 명의 인디언 남자들이 여자를 움직이지 못하도록 붙들었다. 사내아이구나, 닉. 보조 의사가 된 기분이 어때? 좋아요. 됐어, 꺼냈어. 이제 몇 바늘만 꿰매면 된단다. 봐도 되고 안 봐도 돼, 닉. 좋을 대로 하렴. 난 절개한 부분을 봉합할 테니까. 그는 마치 경기를 끝내고 탈의실로 들어온 축구 선수처럼 한껏 들떠서 말이 많아졌다. 의학 잡지에 실릴 만한 일이었어, 조지. 그가 말했다. 등산용 칼로 제왕절개수술. 9피트 길이의 가는 낚싯줄로 봉합. 정말이지 대단한 분이세요. 잘하셨어요.▪

의사는 등산용 칼로 제왕절개를 하고 낚싯줄로 봉합까지 해서 경기 끝나고 탈의실에 온 축구 선수처럼 뿌듯함에 수다스러워졌지만 사실 그는 아무것도 보지 못했습니다. 산모에게 한마디 말도 건네지 않았고, 아이는 꺼냈지만 침상 위 남편이 그사이 목에 칼을 긋고 자살할 정도였는데 한 것이 없으며 본

▪ 어니스트 헤밍웨이, 『어니스트 헤밍웨이』, 하창수 옮김, 현대문학, 2013.

것도 없습니다. 집에서 키우는 짐승이 새끼를 낳을 때도 이렇게 하지는 않습니다. 어쩌면 인디언 가족에 대한 모욕일 수 있지요. 환자를 본다는 것은 시진을 넘어서 더 깊은 무엇을 보는 것까지 담고 있습니다.

영특한 학생들은 금세 마음과 눈을 열고 봅니다. 누워 지낸 지 얼마나 된 것 같으냐는 물음에 여름은 지나서 다친 것 같다고 대답한 친구가 있었지요. 햇볕에 그을린 팔을 보니 그렇답니다. 한겨울이라 흔적도 희미한데 보고자 하니 보입니다. 환자 보러 가, 환자를 봐야 해라고 말하는 것이 우리의 일상입니다. 본다는 것의 그 깊은 의미 때문에 눈 뜬 장님이 아니고자 고군분투하는 우리입니다.

병력을 듣고 쓰다
:『아내를 모자로 착각한 남자』

다시 학생들 임상실습이 시작되었습니다. 실습 명단을 잘 잘라 몇 달 동안 꺼내 볼 수 있게 작게 접어 주머니에 넣어두고 애들이 나오는 주를 표시해놓고 견학 갈 곳엔 미리 전화도 해둡니다. 출근도 평소보다 조금 일찍 해야 합니다. 오는 조마다 구두로 꼭 가르쳐야 할 내용도 적어둡니다. 그렇게 해도 물론 어느 조는 잊고 가르치는 걸 빼먹습니다. 선생도 완벽하지는 않은 법! 어느 요일에 같이 버거킹을 먹을지도 생각해둡니다. 올해는 금요일이 좋을 듯합니다. 올 화요일은 중요한 일정이 많아서 앉아 있을 여유가 없습니다. 회진은 새로 온 환자에 대해 제 앞에서 발표하게 하는 것으로 시작합니다. 몇 살 된 누가 언제부터 시작된 무엇무엇으로 내원했습니다. 줄줄 나와야죠. 달달달 외워야 줄줄 발표할 수 있답니다. 1분 30초 동안 요약하여 어떤 환자인지 병력을 이야기하고 진찰 소견, 검사실 소견까지 말하고 자신의 추정 진단을 밝혀야 합니다. 발열 증상에 대해 추정 진단이 하나뿐이라면 회진은 길어질 것입니다. 이 순간은 제가 아이들을 어른으로 만드는 시간입니다.

예전 실습 과정에서는 어느 과를 가든 입원 기록을 손으로 써야 하는 과제가 있었습니다. 그러나 손으로 병원 기록을 쓰는 세대였던 저조차 그 기록 쓰기가 얼마나 무의미했는지 알고 있습니다. 실습 중 환자의 증상과 진찰 부분을 미리 써두기도 했습니다. 어떤 환자가 오든 그 부분은 늘 동일하므로. 물론 이론적으로는 말도 안 된다고 생각되지만 하다보면 그럴 수밖에 없음을 알게 됩니다. 저는 선생이 된 후로 한 번도 그런 과제를 낸 적이 없습니다. 과거 손으로 베끼던 것을 복사해서 붙이기를 이용해 더 짧은 시간 안에 해결할 수 있으니까요. 그러면서 우리는 아마도 좀더 자세히 묻기를 할 수 없게 되었고 더 자세히 물을 시간도 없어졌으며 더 자세히 기록할 의미도 잃어버렸을 것입니다. 더 자세히 알 필요도 없어졌다! 올리버 색스는 얼마나 아쉬울까요?

내 직업, 아니 내 삶은 병든 사람들과 함께 보내는 것이다. 환자 그리고 그들이 걸린 병과 함께 지내다보니 나는 이 길을 걷지 않았다면 아마 꿈도 꾸지 못했을 문제들에 대해 생각하게 된다. 그 결과 이제 나는 니체가 제기한 질문을 버릇처럼 입에 담게 되었다. '우리 인간은 병 없이 살아갈 수는 없을까?' 그리고 이 구절이 말하고자 하는 바가 바로 핵심적인 문제라고 생각한다. 환자를 접하다 보면 의문이 끊임없이 샘솟았고, 나는 그 의문을 풀기 위해 환자 곁으로 쉬지 않고 달려갔다. 따라서 이 책에 담겨 있는 이야기 혹은 연구 속에는 그러한 의문과 환자 사이를 끊임없이 왔다 갔다 하는 모습이 그려져 있다.

연구서? 그렇다. 이 책은 연구서다. 하지만 이 책은 이야기 혹은 임상 보고서일 수도 있다. 질병을 처음으로 병력이라는 맥락에서 바라본 사람은 히포크라테스였다. 그는 질병에 일정한 경로가 있어서 첫 징후에 이어 위기가 오고 그다음에는 다행스러운 결말 혹은 치명적인 결말이 따른다고 보았다. 이렇게 해서 그는 '병력' 즉 질병의 자연사에 대한 기술이라는 개념을 내놓을 수 있었다. 이러한 이야기 혹은 '역사'는 자연사의 한 형태다. 그러나 병력은 개인에 대해 그리고 그 개인의 '역사'에 대해서는 아무것도 말해주지 않는다. 다시 말해서 병력은 질병에 걸렸지만 그것을 이기려고 싸우는 당사자 그리고 그가 그 과정에서 겪는 경험에 대해서는 아무것도 전해주지 못하는 것이다. 이러한 좁은 의미의 '병력' 속에는 주체가 없다. 오늘날의 임상 보고에는 주체가 '상염색체백색증에 걸린 21세 여성'과 같은 피상적인 문구 안에 넌지시 모습을 드러낼 뿐이다. 이런 식의 병력은 인간이 아니라 쥐에 대해서도 똑같이 적용될 수 있다. 인간을 인간으로 바라보고 기록한 병력이라고 말할 수 없는 것이다. 인간이라는 주체 즉 고뇌하고 고통받고 병과 맞서 싸우는 주체를 중심에 놓기 위해서는 병력을 한 단계 더 파고들어 하나의 서사, 하나의 이야기로 만들 필요가 있다. 그리고 그렇게 할 때에만 우리는 비로소 '무엇이?'뿐만 아니라 '누가?'를 알게 된다. 병과 씨름하고 의사와 마주하는 살아 있는 인간, 현실적인 환자 개인을 바라보게 되는 것이다.

인간미 넘치는 임상 체험을 글로 남기는 습관은 19세기에 절정을 이룬 후, 신경학이라는 객관적인 과학의 도래와 함께 쇠퇴했다. 루리아는 이렇게 말했다. "글로 남기는 힘, 이것은 19세기의 위대한 신경학자와 정신과 의사들의 보편적인 자질이었지만 지금은 거의 사라지고 말았다. (…) 우리는 이 힘을 반드시 회복해야 한다." 그런 의미에서 이 책에 담은 임상담은 옛 전통으로의 회귀라고 말할 수 있다. 루리아가 말한 19세기로의 회귀, '병력'을 도입한 최초의 의사인 히포크라테스로의 회귀, 아주 오랜 옛날부터 환자는 의사에게 자신의 이야기를 낱낱이 말하지 않았을까? 그런 의미에서 이 책은 그토록 뿌리 깊은 '이야기' 전통으로의 회귀다.[■]

제게 신경학은 말초에서 척수, 척수에서 대뇌로 이어지는 긴 선을 이해하는 것이었고 대뇌나 소뇌나 척수에서 어느 부분이 무슨 일을 담당하는지 그 경로가 어떻게 되는지 암기하는 것이었습니다. 그래서 무슨 증상이 나오면 어디를 다쳤는지 역으로 추정할 수 있게 하는 것. 그야말로 주어진 공식대로 여기를 다치면 저기를 못쓰게 되는 그런 것이었지요. 현실의 환자는 얼마나 삭막하던지요. 운동 기능을 상실한 환자에게서 느끼는 공포와 무기력, 아는지 모르는지 의식 없이 누워 있는 눈동자의 깊은 공허, 한번 잃으면 재생되지 않는다는 신경세포들이 주는 공포. 저는 말하고 움직이는 환자에 익숙한, 신경학적 증상이 있는 환자를 대할 때는 두려움이 먼저 앞서는 어쩔 수 없는 내과의였습니다.

올리버 색스의 임상보고서를 소설처럼 읽으면서 그나마 저는 눈만 멀끔히 뜨고 있는 것 같지만 사실은 그 속에 무궁한 환자의 인생이 숨어 있고, 어쩌면 말없이 그 또한 나를 쳐다보고 생각하고 있을지도 모른다는 가정을 하게 되었습니다. 선생의 말대로 병과 씨름하고 의사와 마주하는 살아 있는 인간, 현

■ 올리버 색스, 『아내를 모자로 착각한 남자』, 조석현 옮김, 알마, 2006.

247

실적인 환자 개인을 바라보게 된 것이지요.

　어느 토요일, 병원 식당에서 특식으로 나온 국수를 앞에 두고 지금은 하늘나라에 가고 없는 용 선생과 함께 신경학이라는 학문에 대해 제가 심히 부러워하며 이야기하자 용 선생은 행복한 듯 자신의 선택을 뿌듯해했습니다. 우리는 그때 색스의 『아내를 모자로 착각한 남자』에 대해 이야기했는데, 제가 학창 시절에 읽었더라면 아마 나도 신경과를 택했을 거라고, 내과 전공의를 많이 두어야 하는 지금의 내 입장에서는 이 책을 학생들에게 알리지 않는 게 좋을 것 같다고 말하면서 우리는 크게 웃었습니다.

가난한 자들은 어떻게 죽는가
:『나는 왜 쓰는가』

————

학생 실습이 끝났습니다. 일 년 내내 나오던 실습을 몰아서 석 달로 줄인 뒤 교수들은 환호했지요. 그런데도 가르치는 부담은 한결같아 가르쳐야 하는 것과 가르치고 싶은 것, 알면 좋을 것들이 뒤섞여, 무엇이 과다한 욕심이고 어느 정도가 적절한 범위인지, 이것이 정말 의사로서 감염내과에서 배워야 하는 것인지 혼란스럽기도 했습니다. 하지만 품위 있는 졸업생으로서 어딜 가든 이름이 부끄럽지 않기를 바라며 이야기를 하고 또 하는 와중에 학생들의 숨소리를 들었습니다.

때로는 어리석기도 하지만 진지한 눈빛과 귀를 쫑긋 세운 성의가 가상하고, 새로운 것을 들었을 때 그들이 받아들이는 떨림이 느껴지면 선생으로서 저도 지겨운 반복 작업이 아니라 교감이라는 성스러운 과정을 겪고 있다고 여겨져 떨렸습니다.

249

이 학생들 앞에서 앞선 의사로 당당하게 뻐기면서 보여줄 수 있는 것은 진찰입니다. 책에서 읽은 단어, 녹음된 소리, 글로 된 소견을 진정 귀로 듣게 했을 때의 신기함, 그 영롱한 기억! 제게 맨 처음 폐 소리를 들려준 것은 손수 들으시고 그 부위에 제 청진기를 대어서 이게 바로 그 소리라고 가르쳐주신 호흡기 선생님이었습니다. 제 귀는 그제야 정상과 비정상을 구별할 수 있었죠. 어떻게 잡아야 하고 어디에 얼마만큼 눌러서 들어야 들리는지도 모를 때 제 손을 잡아 들려주던 선생님. 물론 나중에 그 선생님이 저를 닭대가리라고 했을 때의 슬픔이라니. 오호 애재라. 비통하여라.

조지 오웰의 에세이에서 저는, 환자로서 서툰 의대생의 모습을 바라보는 오웰의 날카로운 눈빛을 발견합니다. 그는 1929년 폐렴으로 파리의 한 병원에 입원합니다. 식민지 버마에서 영국 경찰로 일하다가 양심의 가책을 느껴 그만두고, 파리에서 접시닦이를 하며 밑바닥 인생을 살고 있을 때였습니다. 아마도 무료 병원이거나 그 비슷한 병원인 것 같습니다. 1929년 병원의 입원 과정을 엿보는 것, 폐렴에 무슨 시술을 하고 어떤 환자들이 입원했는가를 지켜보는 것이 흥미롭습니다. 물론 학생들을 줄줄이 데리고 근엄하게 회진하는 높은 의사 선생님을 보는 것도 재미있지요.

그런가 하면 학생들이 익히고 싶어하는 병을 가진 사람은 상당한 주목을 받았다. 나로 말하자면 가르랑거리는 소리를 내는 기관지폐렴 환자의 탁월한 표본이었기에, 학생들이 여남은 명씩 줄을 서서 내 가슴 소리를 들어보곤 했던 것이다. 그 기분이란 참으로 묘한 것이었다. 환자가 인간이라는 인식은 거의 없는 듯한 태도로 일 배우는 데만 열중하는 그들의 모습이 묘했던 것이다. 말로 설명하긴 좀 이상하지만, 어린 학생들 몇몇은 자기 차례가 되어 환자를 처치하려고 나설 때 흥분으로 몸을 떨었고, 그 모습은 아주 비싼 기계를 만져보게 된 소년의 그것과도 같았다. 학생들은 차례로 내 등에 귀를 갖다 대고 진지하지만 서투르게 손가락으로 두드리기도 했는데, 누구 하나 한마디 말도, 한 번의 눈길도 건네는 법이 없었다. 유니폼 잠옷 차림의 무료 환자인 나는 다른 무엇보다 우선 하나의 '표본'이었으니, 나로서는 괘씸하기보다는 도무지 적응이 안 되는 노릇이었다.■

저도 간혹 느끼는 내용입니다. 물론 지금은 예전만큼은 아니지만 가르치는 선생도 배우는 학생도 환자 입장에 서보는 것을 잊을 때가 있습니다. 조지 오웰이 쉽게 한마디로 가르쳐주네요. 한마디 말, 한 번의 눈길을 건네면 되는 것이죠. 그렇

■ 조지 오웰, 『나는 왜 쓰는가』, 이한중 옮김, 한겨레출판, 2010.

게 상대를 인정함으로써 소통하는 것입니다.

　1929년 그 시절의 입원 과정은 이렇습니다. 그는 폐렴으로 열이 높았는데, 1) 병원 창구 직원들은 접수처에서 통상적인 고문 코스를 거치게 했습니다. 아직도 고문일지는 겪어보면 압니다. 2) 질문 다음은 목욕이었는데 깊이가 5인치(12.7센티미터)밖에 안 되는 미지근한 온탕에 앉아 몇 분을 덜덜 떨다가 잠옷과 가운을 받은 뒤 병원 공터를 건너가야 했습니다. 때는 2월하고도 밤이지요. 그가 받은 처치를 살펴보면 3) 의사와 의대생이 누군가에게 이상한 처치를 하고 있는 모습이 보이는데, 의사가 검은 가방에서 포도주잔 같은 작은 유리잔 여남은 개를 꺼내자, 학생은 성냥불을 유리잔 속에 넣어 공기를 다 태워버린 다음 그 잔을 남자의 등이나 가슴에 올려놓습니다. 진공의 힘에 의해 큼직하고 누런 물집이 잡히는데 이것은 부항입니다. 당시까지 오웰은 이것이 말에게나 하는 처치인 줄 알았답니다. 본인도 받았지요. 그 시절 파리에 부항 치료법이 있었다는 것을 저도 이 책을 통해 처음 알았습니다. 조지 오웰은 의사와 학생이 침대로 와 일으켜 세우고는 한마디 말도 없이 소독도 전혀 안 한 듯한 유리잔을 자기 몸에 올려놓는 것을 보았습니다. 힘없이 약간 항의도 해봤으나 짐승의 저항에 대한 것만큼의 반응도 없었지요. 인간미라곤 전혀 없는 두 사람이 자기를 대하는 태도는 대단히 인상적이었답니다. 4) 두 번째 처치는 겨자 습포라는 것입니다. 온수 목욕처럼 다들 거치는 과정 같았다는데, 단정치 못한 간호사 둘이 습포를 준비해 두고 있다가 가슴에 구속복처럼 단단히 동여맸으며, 처음 5분 동안은 상당히 아프긴 하지만 참을 수 있는 정도입니다. 그다음 5분 동안은 그런 믿음이 사라져버리지만, 습포가 등에 매여 있어 전혀 떼어낼 수가 없습니다. 보는 사람들이 제일 즐거운 순간이 바로 이때랍니다. 마지막 5분 동안 오웰의 경우엔 일종의 마비 증세가 나타났습니다. 간호사들은 습포를 떼어내고는 얼음 채운 방수 베개를 머리 밑으로 밀어넣더니 그대로 내버려둔 채 가버렸습니다. 그는 잠을 이룰 수 없었고, 기억하는 한 평생 단 1분도 잠을 자지 못한 건 그날 밤이 유일했다고 말합니다. 5) 씻는 것은 본인이 하거나 다른 환자의 도움을 받습니다. 소변기와 대변기도 환자 자신이 하고 군대식 수프가 나옵니다. 키가 크고 근엄하며 검은 턱수염을 기른 의사가 회진을 했는데, 인턴 한 명과 학생 일개 부대가 그의 뒤를 따랐습니다. 날마다 오면서도 그가 그냥 지나치는 병상은 많았고, 가끔 지나치는 그에게 애원의 외침을 던지는 이들도 있었답니다.

'나는 왜 쓰는가'라는 제목도 도발적이지만 '가난한 자들은 어떻게 죽는가'라는 제목도 놀랍습니다. 과연 가난한 자들은 어떻게 죽을까요?

환자가 어떤지 모른다고 말해야 할 때
: 『젊은이의 변모』

환자가 어떤 상태인지 아침에 선생님들 앞에서 요령 있게 발표하는 것은 타고난 넉살이 있고 환자 파악이 잘되어 있다면 아무것도 아닙니다. 그러나 무엇이 중요한 소견인지, 환자의 변화가 무엇을 뜻하는지, 또는 선생님이 좋아하는 대답이 무엇인지 모르는 경우라면 이 일이 하루 중 두 번째로 긴장되는 순간이라고 하겠습니다. 가장 긴장되는 순간이라면 선생님과 같이 환자 앞에 섰는데 좀 전에 자기가 말씀드린 것과 일치하지 않는 이야기를 환자가 할 때겠지요. 거짓말쟁이가 되거나 환자를 안 본 의사가 되는 순간이니까요. 제 경우는 전공의 시절 열이 없던 환자가 주말 지나 갑자기 열이 나기 시작했는데 왜 났는지 생각은 안 해보고 열났다고만 보고한 채 눈을 뚱그렇게 뜨고는 선생님을 쳐다본 기억이 있습니다. 나는 보고 끝났다, 뭘 더 기대하냐는 얼굴이었겠지요. 잠시 정적의 시간이 흘렀는데 그 무서운 선생님이 환자 몸에 발진은 없느냐고 물으시더군요. 이른 아침 회진에 잠 덜 깬 환자의 얼굴만 보고 내려왔는데 그 얼굴에서 이상한 것을 발견하지 못했으니 순발력을 발휘하여 '없었습니다' 하고는 입을 다물었습니다. 회진 중에 그 환자는 아까와는 달리 침상에 앉아서 환한 얼굴로 우리를 쳐다보는데 선생님은 이불을 제치고는 어디 발진은 없으십니까? 하셨는데 아까와는 달리 몸통에 붉은 발진이 좍 깔려 있었습니다. 한심하다고 째려보시는 눈빛이 사무라이가 쳐다보면 저런 눈빛일 거라고 저는 생각했습니다.

한스 카로사(1878~1956)는 의사였습니다. 그의 책 중에 『젊은이의 변모』▪가 있습니다. 그의 집안은 할아버지 대부터 다들 의사였지요. 자신이 의과대학에 입학하기 전 10~19세까지의 글을 모은 게 『젊은이의 변모』인데, 다니던 학교에서 퇴학 비슷한 것을 당하고 집에 와 있던 중 열이 나면 헛소리를 하고 호흡이 괴로운 가난한 사내아이를 만나 여자친구의 청으로 얼떨결에 의사 흉내를 내는 장면이 있습니다. 그러고는 아버지께 된통 혼나지요.

나는 종종 엿보았던 아버지의 행동대로 의사처럼 왼쪽
장지로 세게 누르고 바른쪽 장지로 재빨리 여기저기 두

▪ 범우사, 2003.

들기기도 했다. 그러나 가시 돋친 풀 때문에 손이 부어올라, 나는 청진에 중점을 두고 등이나 가슴에다 귀를 댔다. 그제야 어떤 소리로든 내장의 병을 진단해내고 싶다고 생각했다. 그러나 들리는 소리는 밖의 뱃전과 바위에 부딪혀 울려오는 거대한 파도 소리뿐이었다.

'지금부터 말하는 대로 해주세요.' 그렇게 말하고 나는 유리관을 꺼내서 환자에게 두 시간마다 한 알씩 먹이라고 말했다. 그리고 치료 효과의 조건이 되는 주의 사항을 기억하고 있는 대로 모조리 지껄여댔다.

두 손으로 가슴을 타진하는 장면, 청진기가 없으니 귀를 가슴에 대고 숨소리, 심장 소리를 듣는 장면입니다. 어떤 소리로든 병을 진단해내고 싶다는 구절은 제 가슴을 설레게 합니다. 저 또한 진찰이라는 것을 처음 배우던 시절 들어서 안다는 것의 신비로움에 가슴 설레었으니까요. 들으려 하는 것, 거기까지면 좋았을 텐데 그만 약을 주네요. 주의 사항을 모조리 지껄여댄 건 잘한 일입니다. 아이가 알아들었느냐에 대해서는 묻지 않겠습니다.

'필로카르핀은 결코 보통 약이 아니다. 극히 적은 양을 주었을 때만 치유력을 발휘한다. 대량으로 주면 심장을 치명적으로 약하게 만든다. 특히 어린아이의 경우는 말이야.' 아버지는 이것을 강조하지 않았던가? 그리고 그 환자는 어린애가 아니었던가? 왜 어제 나는 이것을 고려하지 않고 어른의 분량을 주었을까?

나의 고백과 의혹을 아버지는 침착하게 듣고 계셨다. 그리고 내가 그 아이의 연령조차 정확하게 말하지 못하는 것을 이상히 여기셨을 뿐이었다.

아버지의 진찰은 내가 한 시간과 비교하면 거의 4분의 1도 걸리지 않았다. 더군다나 다뉴브강이 아무리 미친 듯이 날뛰어도 들을 것이 분명했다. 마지막에 아버지는 내게 샤아레에다 요오드팅크를 준비하도록 이르시고 붓을 그것에 적셔 소년의 등에 조그마한 갈색 동그라미를 그렸는데 그때 코에 익은 용액의 호도 잎 같은 냄새가 풍겨 내게 신기한 신뢰감을 주었다. 그리고 필요한 조치가 즉시 취해졌다. 주삿바늘이 들어가자 소년은 꿈틀거렸으나. 소리는 내지 않고 입술만 내민 채 마치 장난을 치는 듯이 매우 높은 소리를 질렀다. 그러나 벌써 투명한 액체로 가득 찬 유리 주사기는 빛을 향해 비쳐지고 있었다. '단지 물뿐이야. 아무것도 아닌 물이야' 하고 아버지는 말씀하셨다. '조금도 흐려지지 않았어. 그러나 왼쪽 가슴은 목까지 이 물로 가득 차 있군. 아마도 몇 주 전부

터일 거야. 심장은 눌려서 거의 움직이지도 못하는 거야. 이제 이 아이의 호흡이 괴로운 이유를 아시겠죠?'

'이런 상태로선 우리 아이가 준 그 좋은 약으로도 효험이 없었을 거예요'라고 아버지는 말씀을 계속하시고 모든 사람의 시선을 내게 집중시켰다. 여태까지 이런 자랑스러운 말을 들은 일은 한 번도 없었다.

'절대로 삼출액을 흉강에 괴게 해선 안 됩니다. 하루만 늦었더라도 이 아이의 심장은 멎어버렸을 겁니다. 지금 곧 뽑도록 하죠. 대단한 일은 아닙니다. 한 시간쯤이면 끝날 테니까요. 호흡은 편해지고, 혈액 순환의 부담도 가벼워집니다. 그 후에는 내장이 진짜 아픈지, 어떻게 하면 치료할 수 있을지를 틀림없이 알게 될 겁니다.'

수술을 위한 물을 끓이고, 그 뒤에 커다란 관을 찔렀을 때, 외마디 소리를 질렀으나 곧 얌전해져서 긴 고무호스를 통해 몸에서 나오는 액체가 둥근 유리병 속으로 계속 들어가는 것을 기쁜 듯이 놀란 눈초리로 바라보고 있었다. 소년은 곧 조금씩 증대되는 해방감을 느꼈다. 흉강 속의 압력을 빨리 감소시켜 위험을 초래하지 않도록 조심성 많은 아버지가 이따금 고무호스를 눌러 멈추게 하자, 소년은 초조해했다. 소년은 조금 전보다 지친 것처럼 창백해 보이기는 했으나 아버지는 경과가 좋다고 말하고, 돌발적인 기침이 종종 나오는데 그것도 좋은 징조라고 여기고 있는 듯했다. (…)

아버지는 오랫동안 입을 열지 않으셨으나 마침내 이상스럽게 격렬한 어조로 내게 훈계하셨다. 아버지는 배 위에서만 아주 빈틈없이 나를 변호해주셨던 것이다. 이를테면 약간 창피한 꼴을 당할 것을 적당히 얼버무려주고 싶다고 생각하는 젊은 동료를 대하는 것처럼. 그러나 지금 단둘이 되자 아버지는 새삼스럽게 나를 나무라고, 내가 아무런 자격이 없는데 마치 병을 연극처럼 다루어 의사인 체 탈선 행위를 했다고 말씀하셨던 것이다. '그런 것을 속임수라고 하는 거야. 다만 이상한 일은 어린아이들이 그 속임수를 어른보다 더 잘 간파한다는 거지. 아직은 분명치 않으니까 말이야. 그러나 초심자는 결코 사람을 속여서는 안 돼. 특히 의사일 경우엔. 사람을 속였다면 너는 어제 속인 셈이야. 그러면 감각이 흐려지지. 그래서 어린아이는 어른보다도 분량을 적게 해야 된다는 것을 잊은 거야. 의사에게는 다년간의 연구와 경험이 필요하다. 다만 비교하면서 경계하며 대가가 되는 것이지. 학리를 따라야 해. 속이지 않고 말이다. 이런 일이 항상, 아무리 재능이 있어도 부정한 의사와 대가를 구별하는 기회가 되지. 여기에 의사의 품위가 있다.'

19세기 말에 의사들이 흉강에 고인 흉막액을 유리주사기로 뽑아 액체를 확인한 뒤, 물 끓여 소독한 관을 넣고 천천히 나머지 흉막액을 빼내는 장면이 차근차근 그려져 있습니다. 그땐 그렇게 했을 겁니다. 물을 한꺼번에 안 빼려고 눌러 멈추게 하는 장면도 인상 깊지요? 우리도 그랬습니다. 한꺼번에 다 빼면 혼났지요. 지금은 시술하려고 물을 끓이지 않습니다. 유리주사기는 박물관에나 있겠지요. 고무호스는 아직도 씁니다. 좀 멋있어졌을 따름이지요. 흉강에서 뺀 물이 맑은데 삼출액 exudate이라 하니 머리가 꼬이기는 합니다. 여출액 또는 누출액 transudate이라 해야 하는데, 원어로는 무엇일까 궁금하네요.

귀에 청진기를 꽂고 듣고는 있지만 이것이 원래 그런 것인지, 바람 소리인지 내 숨소리인지 알 수 없었던 시절이 있었습니다. 그래도 아는 척 얘기하려고 했지요. 귀에 안 들려도 선생님이 들린다 하면 저도 들었다 했습니다.

병원의 3월은 초심자들이 넘쳐나는 시절입니다. 저는 그들의 쿵쿵거리는 심장 소리가 귀에 들립니다. 무서울 것입니다. 아는 게 없다는 것을 인정하고 모르면 모른다 말해야 스스로 속아 넘어가는 일이 줄어들 것입니다. 그래야 감각도 흐려지지 않을 겁니다.

손 소독의 선구자
: 『나라 없는 사람』

―――――

세브란스병원 로비에서 제중원 흑백사진을 보면서 지금으로
부터 100년도 더 된 사진인데 참 근사하다는 생각을 했습니
다. 넋을 잃고 쳐다봤지요. 에비슨의 수술 장면입니다. 사진사
를 위해 한참 동안 자세를 잡고 있지 않았을까, 저곳을 절개했
다면 무슨 수술일까, 절개가 깊어 보이지는 않는데, 저 환자는
진짜일까? 그래도 참 멋있다. 대야는 손을 씻느라 두었을까, 수
술하고 나오는 무언가를 담으려고 놔두었을까, 수술 도구는 열
탕소독을 했겠지? 가운은 입었지만 마스크랑 모자는 안 했고,
다들 소매는 팔꿈치 위로 올렸구나. 그랬겠지. 지금도 저기까
지 올려 씻도록 가르치니까. 마취는 클로로포름인가보다. 환자
머리맡에 있는 사람은 유리병을 들고 있다. 저기에 클로로포름
이 들어 있었겠지. 환자의 입은 수건을 원뿔처럼 세워 덮었군.

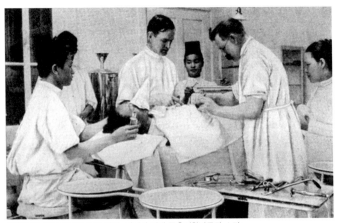

1900년대 초반 제중원 수술 장면. 연세대 의대 동은의학박물관 소장.

저게 마스크 노릇을 했을 거야. 클로로포름을 떨어뜨리고 덮었지. 안 그러면 클로로포름으로 수술하는 사람까지 마취되니까. 저게 1904년의 수술장 모습이구나. 당시 가장 선진적인 모습이었겠지? 멋있다. 야, 근데 장갑을 안 끼고 있네. 낯선데, 낯설어. 언제부터 장갑을 꼈을까? 그래 지금은 장갑이 일상적이지만 원래부터 낀 건 아니었어. 저 시절 손을 요오드팅크로 닦기는 했을까?

　지금의 수술실보다 훨씬 더 멋있어 보였습니다. 흑백사진의 마력일 것입니다. 벌건 피도 없고 어찌될지 모르는 긴박감도 없어진, 안정되고 편안한 모습. 모자로 머리를 가리지도 않아서 모두들 사진 찍는다고 있는 폼 없는 폼 다 부렸을 법합니다. 기름 발라 옆으로 올려붙인 머리카락은 한 올도 흐트러짐이 없습니다. 정말 그날은 저들에게 특별한 날이지 않았을까요. 저는 100년 전의 수술장을 보면서 그 안의 아름다운 간호사와 수술을 보조하는 두 한국인 의사, 벽에 붙어 구경하고 있는 얼굴 가려진 학생과 집도의 에비슨 그리고 보조의 외국인에게서 근사한 20세기 초 아름다운 영화 한 편을 보는 듯한 착각에 빠졌습니다. 그러면서도 '나는 지금도 저런 일을 하진 못하지. 나는 내과 의사거든. 기껏해야 손에 장갑 안 낀 게 눈에 확 들어오는 감염내과 의사지' 하는 생각을 합니다.

저 같은 감염내과 의사에게는 저 외과 의사들에게 손을 소독하게 한 이그나츠 제멜바이스가 영웅입니다. 제 생각이 아니라 커트 보니것의 생각입니다. 이제는 손 소독을 하는 모든 의사의 영웅이지요. 『나라 없는 사람』▪에서 커트 보니것은 이그나츠 제멜바이스에 대해 이렇게 언급했습니다.

나는 여러분에게 현대적 영웅이라는 개념을 소개하고 싶다. 그것은 이그나츠 제멜바이스라는 의사의 짧은 생애다. 그는 나의 진정한 영웅이다. 이그나츠 제멜바이스는 1818년 부다페스트에서 태어났다. 그의 생애가 나의 할아버지나 여러분의 조부모 시절과 일치하기 때문에 꽤 오래전이라고 느껴질 수도 있지만, 사실 그는 바로 어제

▪ 김한영 옮김, 문학동네, 2007.

사람이다. 이그나츠는 산과의가 되었다. 이 사실만으로도 그는 현대의 영웅이 되기에 충분하다. 이그나츠는 아기와 산모의 건강을 지키는 일에 일생을 바쳤다. 나는 그런 영웅이 더 많이 나오기를 기원한다. 오늘날 우리는 지도자들의 억측에 따라 산업화와 군사화에 열광하면서도, 어머니와 아기들 또는 노인들처럼 육체적으로나 경제적으로 무력한 사람들을 돌보는 일엔 너무나 무심하다.

나는 앞서 모든 지식이 얼마나 새로운 것인지 이야기한 바 있다. 병균이 수많은 질병을 일으킨다는 생각도 불과 140년밖에 되지 않았다. 내가 소유하고 있는 롱아일랜드 주 사가포낙의 집은 그보다 거의 두 배나 오래되었다. 최초의 주인들은 그 집이 완성될 때까지 살아 있기나 했을까? 내 말은 세균설이 아주 최근에 정립되었다는 이야기다. 우리 아버지가 어린 소년이었을 때만 해도 루이 파스퇴르가 살아 있었고, 많은 논쟁이 진행되고 있었다. 당시만 해도 국민이 자신의 말을 듣지 않고 다른 사람의 말에 귀를 기울이면 분노를 터뜨리는 권력가들이 많았다.

이그나츠 제멜바이스 역시 세균이 각종 질병을 일으킨다고 믿었다. 오스트리아 빈의 산부인과 병원에 일하러 갔을 때였다. 제멜바이스는 산모들이 열 명 중 한 명꼴로 산욕열을 앓다가 죽는다는 사실에 경악을 금치 못했다.

그들은 모두 가난한 사람이었다. 부자들은 아직 집에서 출산하던 시절이었다. 제멜바이스는 병원 일과를 세심하게 관찰한 후 의사들이 환자들을 감염시키고 있다는 의혹을 품기 시작했다. 의사들은 종종 시체보관소에서 시체를 해부한 후에 곧바로 산과 병동의 산모들을 검진하곤 했다. 제멜바이스는 시험 삼아 의사들에게 산모들을 만지기 전에 손을 씻으라고 제안했다.

정말 건방진 놈이군. 어떻게 감히 하늘같은 선배들에게 그런 제안을 할 수 있지? 제멜바이스는 자기가 정말 하찮은 존재임을 깨달았다. 그는 친구도 오스트리아 귀족 사회의 후원자도 없이 도시에서 쫓겨났다. 산모들은 계속 죽어나갔다. 제멜바이스는 이 세계에서 사람들과 잘 어울리는 능력이 여러분이나 나보다 월등히 모자랐다. 그는 계속해서 동료 의사들에게 손을 씻으라고 요구했다.

그를 손가락질하던 의사들이 마침내 경멸과 비웃음과 냉소를 접고 하나둘씩 그의 제안에 동의하기 시작했다. 그렇게 해서 의사들은 지저분한 손에 비누칠을 하고 손톱 밑을 솔로 문질러 닦게 되었다.

산모들은 더 이상 죽지 않았다. 상상해보라! 그가 그 모든 생명을 구한 것이다. 결과적으로 제멜바이스는 수백만 명의 목숨을 구했다. 어쩌면 그중엔 여러분과 나도 포함될지 모른다. 제멜바이스는 빈 사회에서 의학을 이끌던 지도자들, 즉 의료계의 억측가들로부터 어떤 사례를 받았을까? 그는 병원에서 쫓겨났을 뿐 아니라, 그 덕분에 수많은 사람이 목숨을 구한 오스트리아라는 나라 자체에서 쫓겨났다. 제멜바이스는 헝가리의 한 시골 병원에서 생을 마감했다. 그는 그곳에서 인류―바로 우리, 그리고 우리의 자식―이기를, 그리고 그 자신이기를 그만두었다.

어느 날 해부실에서 그는 시체를 절개하던 해부용 메스로 자기 손바닥을 찔렀다. 본인이 예상한 대로 제멜바이스는 머지않아 패혈증으로 사망했다.

모든 권력은 억측가들의 손에 있었다. 이번에도 그들이 승리한 것이다. 병균 같은 존재들이었다. 그렇게 해서 오늘날 우리도 똑바로 주시해야 할 억측가들에 관한 사실 하나가 드러났다. 우리도 정신 차려야 한다는 것이 그것이다. 그들은 생명을 구하는 데 관심이 없다. 그들에게 중요한 것은 이목을 집중시키는 것, 그래서 아무리 무지하더라도 그들의 억측이 언제까지나 유지되는 것이다. 그들이 증오하는 것이 있다면 그것은 현명한 사람이다. 그러니 어떻게든 현명한 사람이 되어달라. 그래서 우리의 생명과 당신의 생명을 구하라. 존경받는 사람이 되어

달라.

인용이 길었습니다. 미국 최고의 풍자가이자 휴머니스트 커트 보니것의 마지막 책 『나라 없는 사람』에 나오는 헝가리 의사 제멜바이스의 이야기입니다. 감염 관리를 배우고 강조하는 저희가 손 소독에 대해 이야기할 때 늘 소개하는 사연입니다. 그때는 어떤 시절이었던가요? 피가 묻어 가운이 더러울수록 바쁜 의사의 상징이고 자랑스러운 것이었습니다. 손 씻느라 잠시 멈추는 것은 좀스럽고 쪼잔한 일이었지요. 부다페스트 촌뜨기가 하는 말로 들렸겠습니다.

지금은 어떻습니까? 수술 전 손 소독도 모자라 이제는 환자 만지기 전에도 손 소독을 하라 합니다(WHO). 의사 손에 묻어 있을 내성균을 전달하지 말라는 뜻입니다. 환자를 진찰하고 나올 때도 손 소독을 하라 하지요. 환자에게 묻어 있을지도 모를 내성균을 환자 밖으로 가지고 나오지 말라는 의미입니다. 제가 처음 읽은 감염 책에서는 중환자실에서만 그렇게 하라고 했는데 이제는 일반 병동에서도 그렇게 하랍니다. 세균의 내성이 더 이상 치료할 약이 없을 정도로 빠르게 증가해서 그렇습니다. 테트라사이클린 하나면 다 되었다는 나이 든 선배 고수들의 얘기가 꿈같습니다. 항생제 개발은 한계에 달했고 쉽게 쓴 대가로 더 이상 쓸 만한 항생제를 구하기 어려운 때입니다. 우리는 그런 시절에 의사 노릇을 하고 있습니다.

저는 이그나츠가 이 시절로 건너 온 병동을 한번 돌아보면 무슨 말을 할까 그려봅니다. '제가 주장한 게 맞았군요. 손을 씻는 건 쉬운 일이었지요. 그렇지만 믿으려 하지 않더군요. 지금 돌이켜 생각해보니 쉬우면서도 가장 중요한 윤리적인 행동이었던 것 같습니다. 현대의 의사들은 그런 쉬운 일을 잘하고 있겠지요? 엄청 복잡한 기술로 사람들을 잘 살리고 있다면서요. 세월이 170년이나 흘렀는데 아직도 그 중요성을 잘 모르는 의사들이 있을 거라곤 상상하기 어렵습니다.'

말대꾸하는 여자
:『태백산맥』과『조동관약전』

이십대까지 가장 사랑하는 사람은 어머니였습니다. 늘 내 편이 되어주셨던 어머니. 제 건너편엔 아버지가 계셨던 걸까요? 그러나 그런 어머니에게도 존경尊敬이라는 단어는 붙이지 않았습니다. 존경이란 제게 너무 높은 말이었지요. 그러나 저는 이 여자에게만은 부럽고 존경스럽다는 말을 씁니다. 이 독립적이고 당당하고 씩씩한 여자! 말대꾸하는 여자!

"당신이 바로 염상진이 마누란가?"

"그러요."

"당신 이름이 뭐야?"

"지집이 무슨 이름이 있겠소. 그냥 죽산댁이라 허요."

"어허, 그따위 촌 이름 말고 시집오기 전에 부르던 이름

269

있을 것 아닌가."

"넘 처녀적 이름 머 할라고 물으요?"

"이봐! 개소리 치지 말고 고분고분 대답 못하겠어!"

"성은 임이요, 이름은 끝순이었소."

"이봐, 이봐, 지금 무슨 소릴 씨부리고 있는 거야!"

"워메, 왜 그래쌓소. 조사헐 일이나 조사헐 것이제 넘이 속으로 허는 말까정 간섭이요, 간섭이."

"뭐야! 간섭?"

마침내 임만수의 주먹이 죽산댁의 볼에서 퍽 소리를 냈다.

"워메, 사람 잡네. 사람얼 때릴 대목에서 때레야제 지금 워째 때리요. 넘 서럽고 눈물 나라고 처녀적 이름은 왜 묻느냐고 속말 혔는디, 고것이 머시가 잘못이라고 사람을 복날 개 패대끼 패요."

"죽이기 전에 아가리 닥쳐!"

"좋소, 죽이씨요. 빨갱이 예펜네로 이리 끌려댕김서 매타작 당허고, 저리 끌려댕김서 매타작 당허고. 인자 나도 그리 살기는 징상시럽고 징상시런 넌잉께, 죽이씨요, 쥑여! 고 몽댕이로 이년 대갈통얼 팍 깨 쥑여줏씨요."

"이봐, 내 낯짝을 똑똑히 봐. 네까짓 것들 대갈통 박살내기는 식은 죽 먹듯 하는 사람이야. 허나, 여자 상대로 곤

270

조롱부리고 싶지 않으니까 좋은 말로 할 때 고분고분 들어."

"되얐소, 그쪽서 존 말로 험사 나도 그리 허겄소."

"어젯밤에 염상진이 왔었지?"

"그 웬수 얼굴을 못 본 지가 오래요."

"거짓말하지 말어. 본 사람이 있어."

"허, 참말로. 존 말로 헌다등만 두 마디째에 험한 소리 혀뿌네. 그리 넘게짚는다고 읎는 일 있다고 헐 사람 아닝께 그리 허덜 마씨요."

"어젯밤 총소리가 날 때 어디서 뭘 했지?"

"지름값도 아깝고 혀서 새끼덜 델고 일쩍허니 자빠져 잘라고 허는디 총소리가 납디다. 그래서 꼼지락 않고 새끼덜 품고 뉘 있었제 멀혔겄소."

"그게 누구라고 생각했었나?"

"밤중에 서로 총질험시로 지랄발광허는 것이 순사들허고 빨갱이들 말고 머시가 또 더 있겄소."

"그게 남편일 거라고 생각 안 했나?"

"물으나 마나 헌 소리 아니요. 그리 총질이 심혔는디 대장이 읎을 리가 있었겄소?"

"남편이 숨어들었으면 어쩔려고 했지?"

"워찌기는 워쩌랴. 내빌나도야제라."

"내빌나도야제라?"

임만수는 떠듬떠듬 되풀이했다.

"으짤 것이요. 명색이 냄편인디."

"이봐! 그러면 어떡해."

"음마. 음마. 존 말로 헌다등마 또 변해뿌네."

"빨갱이를 숨겨주면 죄가 된다는 걸 몰라서 숨겨줘?"

"아까 대답 안 혔소. 냄편잉께 으짤 수가 읎다고."

"글쎄. 남편이라도 숨겨주면 안 돼. 경찰에 알려야지."

"나넌 그리 못혀라. 빨갱이질허는 것이사 징글징글허제만. 하나뿐인 아그덜 애비럴 워치케 나 손으로 죽게 맹글 것이요."

"죽긴 왜 죽어. 마음만 돌리면 얼마든지 살려줘."

"그 남정네가 사람덜얼 을매나 많이 쥑였는디. 경찰이 무신 부처님 가운데 토막이랍디여? 고런 사람꺼정 살려주게. 허고, 그 남정네 맘 돌릴 남정네가 아니요."

"이것 참. 그럼. 그런 독종을 숨겨주면 당신 죄가 얼마나 커지는지 알기나 해?"

"그렇께 시시때때로 잽혀와갖고 매타작 당허는 것 아니요."

"당신은 매타작 정도로는 안 되겠어. 빨갱이를 그리 감싸고도는 정신 상태가 바로 빨갱인디. 콩밥을 좀 먹어야겠어."

"좋을 대로 허씨요. 콩밥 꽁짜로 얻어묵겄다, 거그 들앉아 있으먼 매타작 안 당허겄다, 나는 훨썩 이문이요."▪

순종과 참음과 이해를 먼저 배운 터라 저 여인처럼 굳세게 누군가에게 한 인간으로서 저항해본 적이 잘 없습니다. 그래서 저는 저 여인처럼 억세게 자기주장을 펼치는 여인을 보면 부럽습니다. 가방끈이 길어지면서 훈련하여 한두 번 저항을 해보기도 하지만 늘 알았어요, 하라는 대로 할게요, 하며 물러서고 맙니다. 후배들은 그러지 않기를 바랍니다.

위 글은 전라도 아지매 말이지만 경상도 남자는 어떨까요? 경상도 사나이의 진한 구어체를 읽을 기회가 있었습니다. 장택근은 부산에서 유명한 깡패였거나 현역 깡패입니다. 위암 수술을 받으러 2인실에 입원했습니다.

장택근이 광란하고 있었다. 아니, 광란하는 것은 입과 표정뿐이었고, 하체는 낚싯줄에 단단히 꿴 물고기처럼 꼼짝 못하고 있었다.

"아이고, 아파라! 지금 튀나간 놈 잡아와라! 빨리 이거 빼라 캐! 앙!"

벗겨진 아랫도리 때문에 장택근은 먹을 감다 나온 시골

▪ 조정래, 『태백산맥』 2권. 한길사, 1986.

아이처럼 보였다. 그 아랫도리의 가운데쯤에 가는 관이
매달려 있었고 관의 끝에는 오줌을 받는 통이 연결되어
있었다. 장택근의 아내는 남편의 벗겨진 아랫도리를 덮
어줄 겨를도 없이 밖으로 냅다 달려나갔다.

"일마들이 내 꼬추를, 감히 내 꼬추를 가지고, 무슨 짓을
하는 기가! 내가 일마들 깝데기를 홀랑 안 삐끼모 사람
이 아이다. 아이고오!"

"일마들이 내가 잠깐 방심하는 사이에 내 꼬추를, 아이
고 나 죽는다아! 간호원! 간호원!"

"가만히 계셔야지 움직이면 더 아픕니다."

"아이고 아제요, 형씨, 요놈들이 내 꼬추에 이상한 짓을
했소. 나 좀 일으켜주시오."

"수술 전에 다 하는 거예요. 조금 있으면 괜찮아집니다."

조금 가지고는 괜찮아지지 않는다는 것은 철주 자신이
잘 알고 있었다. 요도에 희미하나마 불에 덴 듯한 감각
이 며칠이 지나도 남아 있을 정도니까. 그는 철주의 말
따위에는 귀도 기울이지 않았다. 처음부터 그랬듯이.

"나 좀 일으키라 말이요! 내는 조루증이 있어서 꼬추를
조금만 건디리도 싸는 사람인데 요놈의 자슥들이 댓바
람에 대롱을 꽂았으니, 아이고오!"

"그냥 가시면 어떡해요! 어떻게 조치를 해주셔야죠!"

"다 그런 거예요."

"빨리 빼란 말예요! 이 양반이 힘들어하시는 게 안 보여
요?"

"다 그런 거라니까, 내 참. 뽑았다 다시 끼우면 더 아파
요."

"네 이노옴! 이놈! 니 배때기에 철판 깔았나 두고 보자."
결국 도뇨관을 도로 빼냈고 그 직후에 장택근은 수술을
받지 않겠다고 선언했다. 잠시 눈을 붙인 사이에 살금살
금 도둑놈처럼 와서 고추에 이상한 짓을 해대는 병원을
믿을 수 없다. 책임자는 사과하라는 것이었다.■

성석제 같은 이야기꾼의 글을 읽는 것은 즐거운 일입니다.
더욱이 나도 가끔은 했고 또 들었던 대화를 선생 같은 이야
기꾼을 통해서 들을 때는 새로운 맛이 있지요. 우리는 당연한
말을 한 것인데 글로 보면, 내가 좀 달리 말할 수도 있었는데
하는 생각이 드는 것도 사실입니다. 넬라톤nelaton이나 폴리카테
터를 우리말로 뭐라 할까 고민한 적이 있는데 장택근이 시원하
게 한마디 하네요. 대롱!
자, 이제, 우리 오줌대롱 한번 넣으러 갈까?

■ 성석제, 「조동관약전」, 강, 2003.

나를 기쁘게 하는 것들
: 『웃는 경관』

아들이 무서운 중딩일 때 어느 날 슬픈 얼굴로 자기는 입술이 너무 두껍고 또 아무리 생각해도 잘하는 게 하나도 없다고 왜 이런지 모르겠다고 하는데 미남이 아니며 영재가 아니고 예술적 재능 또한 눈에 띄지 않고 평범하다는 데 자신감을 상실한 것이(눈을 뜬 것이) 틀림없었습니다. 잘하는 게 하나도 없다는 것은 틀림없는 오해인데 나는 네가 잘하는 것을 이 노트 몇 페이지에 걸쳐서 쓸 수 있노라고 그 즉시 시작했던바 참으로 긴 목록을 작성할 수 있었습니다. 너는 세상 걱정은 혼자서 다 하는 할머니의 수십 번 반복되는 동어반복을 견딜 줄 알며, 햄, 소시지, 계란, 햄, 소시지, 계란을 사이클로 돌리는 반찬에도 투정이 없을뿐더러 한 솥 끓여놓은 국이 다 없어지도록 놓아도 먹을 줄 안다. 너는 자전거도 한 손으로 탈 줄 알고, 스키는 우리 집에서 제일 잘 타고 태권도도 우리 집에서 제일 잘한다. 스케이트도 잘 타지, 축구공을 잘 피해다니니 골키퍼를 하고, 땀나는 달리기는 하라고 해도 안 한다. 유치원 시절 윗몸일으키기는 거의 1분에 50개나 하지 않았니? 컴퓨터 게임도 잘하지. 동생이 우러러보잖니. 컴퓨터 고치는 것도 네가 제일 잘하지. 영어 발음도 네가 제일 좋고, 수학은 앞으로 잘하면 되고. 입술은 너처럼 도톰해 보이려고 수술한 사람도 많아. 탤런트 누구도 그랬고 누구도 그랬지. 뺑덕어멈 입술은 썰어놓으면 한 대접이랬거든? 거기에 비하면 너는 턱도 없어.

"내 입술이 두껍긴 두껍구나."

때로는 저도 제가 잘하는 것들의 목록을 작성하고 싶습니다. 그러나 그러면 또 얼마나 제 나이답지 못함에 혼자서 우스울까요? 그래서 달리 작성해봅니다. 나를 기쁘게 하는 것들.

비 오는 날 많은 환자의 부도. 유비무환(有備無患)

늦게 출근해도 용서되는 폭설, 거저먹는 지각

길 잃을 때마다 전화로 원격조정해주는 내 학회 친구들

처음부터 끝까지 내게서 나온 내 논문

나보다 잘 쓴 후배들의 연구계획서

수줍은 여든 할아버지의 웃음. 특히 내가 웃겨서 웃었
을 때

내 뜻대로 해서 칭찬받은 강의

전공의랑 진단 맞히기 해서 이겼을 때

예상하지 못했던 금요일의 전과, 브라보!

끊임없이 솟아나는 잘생긴 감염내과 남자들

고맙다 잡아주는 할머니 손, 까칠까칠해

김치찌개 집 매화주, 특히 공짜 술

어여쁜 숙대생, 숙제가 완벽해

완벽하게 기록된 협진 서식, 특히 내가 쓴 것, 눈물 없이
는 볼 수 없지

내 맘 같은 시 하나

나도 다 아는 (것 같은) 해리슨 챕터

바다 건너 날아온 친구들의 엽서

완만하게 떨어지는 열 곡선

고향에서 온 환자

내가 좋아하는 선생님

내가 쓴 것 같은 좋은 글귀

외래에서 만나는 도인들: 석 달 동안 썩어가는 발가락을
뒤따라가다 결국은 발가락을 다 잘랐는데, 아쉽고 속상
하지요 했더니, 없어진 것만 보지 말고 남아 있는 큰 덩
어리 자기를 봐달란다.

병실에서 만나는 부처들, 도를 닦아요

나랑 인사하는 청소 아줌마

우산 펴주는 아저씨

헬리포트에서 보는 달, 그 너머 우주

남편과 나눠먹는 강의료

묵은 글로 받은 원고료

현아가 준 향기로운 차

같이 늙어가는 약사들. 당사자는 알 거야

물려 입은 옷. 지구도 좋아해

닳아지는 신발, 내 삶의 흔적

열심히 줄 그어 읽은 책

전망이 환한 능선을 걷는 나

토요일에 혼자 하는 공부

스스로 나아가는 책임감 있는 전공의

후배의 아기들, 세상에, 할머니 소리 들을 것 같아!

우연히 발견한 감염병, 마침 글감도 없는데.

『웃는 경관』은 펠 마르, 마이 슈발 부부가 쓴 추리소설입니다. 100대 추리소설에 올라가 있다고 인터넷이 말합니다. 노벨상과 한림원과 유명한 카롤린스카 대학이 있는 1967년의 스웨덴 스톡홀름. 그 나라의 50년 전 풍경에 베트남 전쟁 반대 시위와 마약과 풍기 단속 경찰과 인종 차별과 비싼 집세와 성性

이 녹아 있습니다. 감염병이라면 죽은 자의 부검에서 임질이
나왔다는 것 정도. 뭐, 임질도 감염은 감염이지요. 부검으로
별걸 다 아는 것 같습니다. 마지막 사건을 해결하는 순간에 한
경관이 이런 얘기를 합니다.

> 이런 일은 누구에게도 이야기한 적이 없지만. 난 이번 수
> 사에서 속속들이 뒷조사를 당한 사람들에게 진심으로
> 동정을 느끼고 있어. 어느 삶이고 태어나지 않았더라면
> 좋았을 쓰레기들뿐이지만. 그렇다고 그 사람들의 주사
> 위가 뜻대로 안 되는 방향으로 구른 것은 그 사람들만의
> 책임은 아니야. 용서할 수 없는 건 그런 사람들을 짓뭉개
> 는 폴스베리 같은 녀석들이지. 그 녀석은 생각한다는 게
> 겨우 자기 돈, 자기 가정. 자기 회사뿐이야. 어쩌다 다른
> 사람보다 약간 유복하다고 해서 마음대로 남을 조종할
> 수 있다고 생각하고 있어. 그런 놈들은 비단 폴스베리
> 뿐이 아니야. 실은 몇천이나 있지만 포르투갈 창부를 목
> 졸라 죽이는 바보짓을 하지 않았을 뿐이지. 그래서 쉽사
> 리 우리의 그물에도 걸리지 않아. 나오는 건 그놈들의 희
> 생자뿐이지.[■]

독일 작가 안톤 슈나크의 에세이 『우리를 슬프게 하는 것

■   펠 바르·마이 슈발, 「웃는 경관」, 양원달 옮김, 동서미스터리북스, 2003.

들』이 있습니다. 내친김에 저도 한번 써볼까 하다가 아서라, 밤
새울라.

나도 때로는 명의가 된다네

:「술집」

책을 읽다가 제 맘에 꼭 드는 문장을 발견하면 그 재미가 삼삼합니다. 응급실로 며칠 열나는 사람이 오면 전공의들이 있는 머리 없는 머리 굴려가며 병명을 찾아놓는데, 사실 대다수의 진단명은 그 선에서 결정이 납니다. 그래도 원인이 명확하지 않고 입원은 시켜야 할 것 같은 느낌이 강력할 때는 영락없이 우리 감염내과가 일순위죠. 그렇겠지요, 간판 질환이 불명열이니. 불명열을 알게 된 지 십수 년이지만 얼굴을 보자마자 진단이 가능한 경우는 1년에 몇 번뿐입니다. 그럴 때면 전공의의 눈에서 존경과 사랑과 부러움과 뿌듯함의 빛이 영롱히 빛나는 것을 알지만 짐짓 모르는 척합니다. 아니 영 알아주지 않으면 '나 아는 것 많지?'라고 옆구리 찔러 찬사를 유도하기도 하지만, 대개는 밤새 찾았는데도 못 찾으면 저도 모릅니다. 네가 추정하는 진단명을 열 개 정도 말해볼래?(네가 말하면 내가 골라볼게)라고 질문을 던질 수 있는 권력이 제게 있을 뿐입니다. 불명열의 진단은 전공의와 제가 병명 모름의 공포를 나누어 지고 이리저리 생각하고 물어보며 또 묻는 과정을 거쳐 끝내 찾아내고야 마는 협업의 산물입니다.

외래에서도 마찬가지입니다. 하루 이틀 열이 나서 올 때는 그 병이 감기로 그냥 끝날지 오늘 저녁부터 갑자기 쇼크로 빠질지 알 수 없습니다. 얼굴을 보면서 묻고 또 묻고, 계속 열나면 다시 오라는, 듣는 사람 서운한 말을 하기도 하고, 서로 이미 감기라는, 심증으로 나아가고 있음을 확인해주고 확인받음으로써 집에서 며칠 더 지내볼 용기를 얻게 합니다. 열이 난 원인을 모른다고 말할 때는 뭐 이런 의사가 다 있어 하는 표정을 대번에 읽을 수 있지만 제가 돌팔이라서 모르는 게 아니고요, 실마리가 너무 적어서, 병이 이제 시작 단계라서 그런 것이라고 부득불 설명하지 않을 수 없습니다. 저도 알 만한 병은 다 알아요. 기침 나고 열나고 가슴 사진 이상하면 폐렴이라고 말합니다. 하지만 이건 그저 열만 나니까 만 가지 병 중에서 어디로 나아갈지 알 수 없거든요. 이제 시작이라니까요. 이럴 때 제 맘에 있는 말을 한설야 선생이 소설 「술집」**에 써놓았습니다. 병이란 모르려들면 거개 매일반이요 또 알아맞히는 때는 누구나 다 알아맞히는 거니, 내가 모른다고 말할 때는 그럴 만

■　『한설야 단편선』, 범우사. 1995.

해서 그런 것이라고.

　그렇다고 제가 늘 '모른다' 전법으로 나가서 구박만 받는 것은 아닙니다. 감염내과 의사로서 명의 소리 듣기 좋은 병이 제가 생각하기로는 '쯔쯔가무시병'인데 한 사흘 열이 나다가 전신에 발진이 생기고 그러다가 진단이 안 되면 우리 병원까지 오는데, 경험 있는 의사는 가을철에 그 발진의 생김새만 보고도 병명을 떠올리고 결정적인 증거를 확보하기 위해 전신을 뒤져 검은 딱지 찾는 데 혈안이 됩니다. 마침내 찾으면 한 치의 의심도 없이 병명을 말하고 이제 다 나은 것이나 다름없다며 내심 자신 있게 다른 병명을 고려할 가능성 없이 한 가지 병명으로 설명하게 됩니다. 처음 방문한 병원의 의사는 열만 나는 소견을 볼 테니 감기, 몸살을 우선 얘기하게 되고 약 처방을 할 텐데 약 먹고 하루 이틀 있다가 발진이 생기니 환자는 의사가 준 약을 먹고 부작용이 생겼다면서 실망해 다른 곳에 갑니다. 그곳에서는 약 발진인 것 같은데 정확히는 원인을 모르겠다고 하니 종국엔 대학병원 응급실까지 오는 것입니다. 그렇게 고생하다가 왔는데 한순간 병명이 나오고 균이 들어갔다는 증거로 딱지도 찾아내며 자신이 근래에 밤을 따든 밭을 갈든 산엘 가든 야외활동을 했다는 것을 점쟁이처럼 끝내 알아내고야 마니 이 얼마나 놀라운 일입니까? 참고 참고 된통 앓다가 오신 노인 분들은 선생 잘 만나서 큰 덕을 봤다며 역시 대학병원이 잘 고친다는 말을 하십니다. 할머니 그게 아니고요, 나중에 본 의사가 명의예요. 저도 할머니가 처음에 왔으면 감기라고 하거나 모른다고 했을 거예요.

「술집」(1939)의 배경은 1930년대입니다. 열 살 아들이 배가 아파 어느 병원으로 갈지 걱정하는 장면이 있습니다. 아들이 학질을 앓고 있고 비장이 커져서 왼쪽 배가 단단하다는 구절, 학질을 여러 번 앓는 '복학'이라는 단어도 나오고, '말초혈액 도말 검사'일 듯한데 귀뿌리에서 피 빼는 일도 나오고, 다릿매디 곪은 젊은 남자 이야기도 나옵니다. 물론 결핵이라서 그런 병에는 생수은도 좋고 또 수은을 죽여서 그것을 태운 연기로 '종처'를 쏘이자는 구절도 있지요. 낯선 병명도 보고 간호부도 보고, 수술원서라는 옛날 동의서 이름도 들어보고 댁실댁실, 도간도간 입말도 읽어봅니다. 1930년대 병원 풍경이 나오는 선생의 이 짧은 이야기 「술집」은 아이를 병원에 입원시켜놓고 집으로 돌아가는 아비가 술집에 들러 병나발을 부는 것으로 끝납니다. 저는 또 그냥 궁금하지요. 아이의 병은 무엇이었을까. 어떤 경험을 했던 것일까? 맹장염을 복선으로 깔았고 수술원서까지 썼다니 맹장염이었을 것 같긴 한데, 맹장염이라.

열아홉 살 총각이 된통 배가 아파서 다른 병원 응급실에 갔다가 혈압이 떨어졌다며 우리 병원에 왔었습니다. 그 아프던 배가 우리 병원에 와서는 감쪽같이 아프지 않았는데 혈액에서 균이 나오는 바람에 우리 과에 입원했다가 밥 잘 먹고 좋아져서 갔습니다. 그런데 몇 주 뒤에 충수주위 농양으로 수술을 하게 됐고, 환자의 아버지는 오진했다며 의료진을 윽박지르던 생각이 납니다. 또 제 배가 아파서는 산부인과도 가고 초음파도 해보다가 결국은 충수염으로 결론이 났는데 당직 외과의는 서울에서 학회 중이었습니다. 기다리라고 하는데, "그러다가 저 터지면 어떻게 해요"라며 어리광을 부렸더랍니다. '그렇게 쉽게 안 터지거든요'라고 말하고 싶었을 것입니다. 때론 충수염도 어려운 병입니다.

봄

———

아, 얼마나 기다리던 봄인가? 지난겨울 저는 많은 것을 잃었습니다. 4년을 함께한 연구강사 선생을 미국으로 보냈고, 2년여 연구를 같이 고민하던 동료 교수도 자리를 찾아 떠났습니다. 3년여 친구 노릇을 해주던 전공의는 엄마가 되고 전문의가 되어 나갔습니다. 2년 동안 제 목적지의 길 찾기를 대신해주던 비서는 계약 기간이 끝났고, 외래 진료실에서 환자의 화를 받아준 보조원은 1년 만에 그림을 다시 그리겠다며 나갔습니다. 살려보려던 화분도 잃었지요. 추워서 검게 꼬부라져 간 것, 누렇게 말라서 간 것, 그저 주어진 시간이 1년이라서 간 것, 빛이 그리워 간 것…….

　대신에 저는 많은 것을 얻었습니다. 만성 허리 통증에 뜨끈뜨끈한 찜질형 복대를 얻었습니다. 아침저녁 허리에 감고, 모니터 앞에서 목에 감고, 더운 열기의 노곤한 쾌락을 알게 되었습니다. 재활의학과에 많은 친구와 치료사를 알게 되었고 보건소의 테이핑 요법 전문가도 알게 되었습니다. 미국 간 연구강사 덕에 미국에서 전공의 뽑는 법을 배웠고 그들의 인터뷰 방식과 치열한 평가 및 교육 방식 그리고 전공의 교육 비용을 정부에서 댄다는 것도 알게 되었지요. 화난 환자의 고함에 놀라 여러 번 눈물을 뿌렸던 보조원은 자기도 사람 보는 법에 눈을 뜨고 한 뼘 더 큰 것 같다는데, 그래서 꿈을 좇아 좋아하는 일을 하려 한다니 역시 즐길 수 있는 일을 하는 게 최고라는 것을 알게 되었습니다. 누구든 현대사회에서, 비틀릴 대로 비틀린 곳에서 전문의가 된다고 모든 게 다 술술 풀리지는 않는다는 것도 알게 되었습니다. 꽃이 시들듯, 때로 우리가 아픈 이들을 보내듯, 화분의 생명도 영원하지는 않다는 것을, 때로는 마찬가지로 누군가를 보내야 한다는 것을 알게 되었습니다. 담임 나이가 서른다섯쯤 되냐고 했더니 그렇게 늙지는 않았다고 말하는 큰놈에게 저는 할머니쯤 된다는 것도 알게 되었습니다.

봄이 오고 따뜻해지면 요통도 덜할 것입니다. 학생들도 쓸려 갈 것이고, 창문도 열 수 있겠지요. 숲 속의 곰팡이들도 잘 자랄 것이고 그래서 저는 곰팡이 찾는 일을 더 열심히 할 수 있을 것이며 어쩌면 제가 찾는 곰팡이가 천 개의 샘플 중에서 하나 정도는 나올 수도 있을 것입니다. 더워지면 놀러 가자는 사람도 생길 것이고, 때로는 정말 놀러 갈 수도 있을 것이며 그게 남편일 수도 있을 것입니다. 일 많은 신랑! 중환이 생겨도 그날은 어쩌면 제가 당직이 아닌 날인 행운이 많아질 수도 있고, 제가 당직인 날엔 환자들의 혈압이 금방 오를지도 모르겠습니다. 열나는 사람은 모두 하루 만에 좋아져서 외래엔 열나는 환자가 없고, 목의 림프절은 술렁술렁 내가 만지기만 해도 진단이 돼서 "그냥 놔두세요"라고 맘 편히 말할 수 있을지도 모르겠습니다. 중환자실엔 악시네토박터균이 모두 없어지고 녹농균도 없어지고 내성이라고 R자만 붙은 균도 어느 날 싸그리 S자만 붙어서 나오고 그러면 한두 항생제로 다들 번쩍번쩍 얼굴에 화색이 돌고 투석기를 떼고 벌떡 일어날지도 모르겠습니다. 그러면 좀비처럼 지워도 지워도 다시 나온다는 협진도 없어지고 미결의 파란색이 없어진 광명세상이 열릴 수도 있겠지요. 그러면 전공의들은 이런 일을 평생 하고 싶다고 느낄 수도 있고, 그럼 많은 전공의가 감염내과를 좋아할 거고, 하겠다는 전문의도 늘고 그 사람들이 많아져도 병원이 월급을 줄 만하고 그럼 저는 요통도 없어지고 곰팡이가 여러 개 나와서 논문도 그럴듯해지고 그럼 행복해지겠지요? 에헤라디야~. 그럴 리가, 웬 낮잠을 그리 깊게 자나? 꿈 깨시게.

내가 사는 곳

―――――

저는 북방에 삽니다. 제가 사는 건물엔 남방과 북방, 먹방이 있습니다. 남방은 남쪽에 창이 있는 방입니다. 나이가 들었거나 직함이 높은 분들이 이쪽에 사십니다. 이 둘에 해당되지 않는 것 같은데 남방에 계신다면 이분들은 튀어나온 기둥과 쪽창을 잘 견디는 분입니다. 남방의 문제점이라면 헬리콥터 내리는 소리가 천둥처럼 들리고, 고개를 돌리면 네모난 병원 건물이 직접 보이며, 햇빛이 너무 눈부셔서 햇빛 가리개를 내리지 않으면 컴퓨터 모니터가 안 보인다는 것입니다.

제가 사는 북방은 북쪽으로 창이 난 방입니다. 북벽으로 벽의 3분의 2가 이중창 아닌 그냥 하나만 쓱 열면 외계로 통하는 식으로 되어 있습니다. 4월까지는 겨울이지요. 11월 난방이 시작되기 전에는 손이 시립니다. 저는 이 북방의 여왕입니다.

아직 남방으로 진입 못 한 대기자인 셈입니다. 누구는 나이에서 밀렸다 하고(좋은 일이지요) 누구는 직함에서 밀렸다 합니다. 사실은 둘 다에서 밀렸습니다. 10여 년을 남방에서 턱없이 좋아하며 지낸 후라 할 말이 없습니다. 난방을 하면 머리 위에서 건조한 바람이 시끄럽게 나옵니다. 온기가 나오는지는 의문입니다. 바람과 소리가 먼저 당도합니다. 궁하면 통하는지라 김장철에 우리는 비닐로 창문을 막았습니다. 모 회사에서 비닐로 막아도 눈이 어리어리하지 않게 했더군요. 아늑해지고 전망은 살아 있습니다. 그래도 추우면 몸을 좀 녹여야 합니다. 제가 제일 좋아하는 곳은 우리 건물 화장실입니다. 이 화장실은 천장에서 바람이 나오는 게 아니고 방열기(라디에이터)로 난방을 합니다. 뜨거운 물이 지나면서 온기가 나오는 것 같습니다. 벽에 붙은 이 라디에이터는 육중한 쇠로 튼튼하게 만들어져 그 근처에 있기만 해도 사우나의 불가마에 온 것 같습니다. 허리 찜질을 하고 엉덩이를 덥히지요. 위에 앉을 때는 데이지 않도록 조심해야 합니다. 근처를 잘 보면 방석 비슷한 게 있을 겁니다. 누군가 저와 비슷한 용도로 방열기 위를 사용하는 게 틀림없습니다. 안락한 이 난로도 화장실이 더러웠다면 감히 좋아하지 못했을 겁니다. 우리 병원 청소하시는 아주머니들은 늘 깨끗하고 향기롭게 하시지요.

그러고 보니 우리 아주머니들이 얼마나 아기자기한지 한마디 하고 싶어집니다. 이 아주머니에게는 한 뼘 자유 공간이 없음을 아실 겁니다. 청소도구를 모아둘 곳도 마땅치 않아 문틈, 벽 틈, 세척통 위에 요령껏 세워둬야 하지요. 새벽에 나와서 오후까지 일하시는데 그사이 점심 시간이 있고 사람이 사는 데는 이런저런 둘 곳이, 앉을 곳이 필요하다는 걸 아실 겁니다. 예를 들면 식사 후 양치질하고 칫솔 치약 둘 곳이 있어야 하는 것처럼요. 거울도 빗도 비누도 차 한잔을 위한 컵도. 예쁘게 붙인 조각난 거울, 빛바랜 성화, 기운 시계, 집게로 걸어둔 청소도구들, 걸레 조각들, 양파망에 넣어둔 비누 조각, 버려졌을 난 화분에 심긴 꼬마야자수! 비참한가요? 아니요 지혜롭습니다.

먹방은 남방과 북방 사이에 있습니다. 창문이 없는 방입니다. 공기청정기가 필요하고 폐쇄공포증을 유발하지 않기 위해 여러 조치를 해야 합니다. 화분을 키울 수나 있을지 모르겠습니다. 저는 이 방이 생기기 전에 나이 들어서 먹방에는 살아보지 못했습니다. 대강 아시겠지요? 이 먹방엔 이제 교원을 시작한 고난 감내 중인 젊은 교수들이 살고 있다는 사실을. 우리 청소 아주머니는 그래도 제 방엔 창이라도 있어 다행이라고 말하십니다. 그들의 건투를 빕니다.

책 이야기를 해야지요. 이번엔 제가 감동 먹은 구절을 소개할까 합니다. 옛 소련 연방에 속했다가 1991년에 독립한, 러시아 밑에 있는 조지아(옛 이름은 그루지야)라는 나라의 작가가 쓴 『내 마음의 간이역』에 이런 구절이 있습니다. 교수들이 좋아하지 않는 구절 때문에 주인공의 학위논문은 통과되지 않고 있었는데 트럭에 치일 뻔한 아이를 보고 그는 이런 생각을 합니다.

어머니나 운전사들이 만일의 불상사를 모두 대비할 수는 없다. 그리고 모든 보행자는 그런 경우를 당할 가능성을 항상 염두에 두어야 한다. 순간 나는 마음속으로 확고한 결론을 내렸다. 인생의 의미는 논문에 있는 것도 아니고. 더욱이 교수들의 견해에 있는 것도 아니다. 인생의 의미는 우리가 확실히 알지 못하는 어떤 다른 곳에 있다.▪

이 구절을 읽고는 본문의 내용과 상관없이 전혀 다른 뜻으로 기뻤습니다. '인생의 의미는 논문에 있는 것도 아니고'라네요. 이런 것을 보고 아전인수我田引水라고 하지요. 잉글리시 논문에 의한 잉글리시 논문을 위한 잉글리시 논문의 교수직을 유지하는 게 하루하루의 과제거든요. 게으른 연구자도 부지런한 연구자도 아닌 괜찮은 의사와 그럴듯한 교수의 이중 인생을 살아가는 데 있어 저는, 우리는 얼마나 많은 잉글리시 논문이 부족한가? 피식 헛바람 나는 웃음으로 어디 잉글리시 논문이

▪ 파질 이스칸데르, 『내 마음의 간이역』, 장시기 옮김, 들녘미디어, 2002.

293

주렁주렁 열리는 나무 아래에 설 방법은 없겠는지 저는 짱구를 굴려봅니다. 우리 먹방 선생님들도 그러실 것입니다.

우리 병원 남자들 관찰기

———

우리 병원에 남자들이 좀 있는데, 모 여선생이 그들의 이름을 직접 쓰지는 않고(왜 그랬을까?) 번호를 붙이기 시작한 것 같습니다. 이 남자들을 좋아하거나 사랑했는지 아니면 그저 관찰만 했는지는 알 수 없고 어쨌든 누구에게 보내는 편지인 듯, 소개서인 듯 몇 자씩 적어놓았는데 어느 날 우연히 화장실에 놓고 간 것을 제가 발견했지요. 긴 시간 머물기 좋아하는 후천성 배변장애인인 제가 스스로 나가지 않는 한, 주인이 찾으러 와도 소용없다는 것을 알아채고, 어쨌든 안 읽었다고 말하기로 마음먹고 읽기 시작했습니다. 물론 그이의 글은 제법이었고 더불어 나 또한 남자에 관심이 많았기에 이 번호 붙은 남자들이 누구인지 궁금하며 또 나중에 심심하면 찾아볼 요량으로 살짝 찍어두었는데(요새는 늘 사진기가 손에 있기에) 이 자리에서

그냥 써먹기로 했습니다.

001. 이 남자는 손은 외과인데 다른 모든 것은 내과입니다. 내리 긴 시간 회진을 돌고 꼼꼼히 진단하고 늘 궁리하지요. 무엇 때문인가? 요즘엔 집에 가긴 가지만 그래도 상당 시간 병원에 있습니다. 저는 제게 무슨 문제가 생기면 이 의사한테 입원하고 싶습니다. 믿고 하라는 대로 따르며, 이 사람이 내가 죽을 거라고 하면 그럴 수밖에 없다고 생각하고 그에게 이제 그만 가서 쉬라고 얘기해주고 싶습니다. 중환자실 불을 꺼준 것에 대해서도 감사하다고 말하겠지요. 수술을 하지만 수술 이후의 문제를 깊이 숙고하는 의사입니다. 수술 이후의 문제, 이것이 내과의가 감당할 몫이고 수술만으로 해결할 수 없는 인체의 문제는 내과의를 늘 괴롭히는데 이 남자는 그걸 압니다. 그래서 제가 보기에 그는 손이 수술은 하지만 나머지는 다 우리 편 내과 의사라는 생각입니다.

002. 그는 사실 밖에 나가면 매우 비싼 의사입니다. 사실 그가 쳐다볼 곳은 다른 곳일 수 있었습니다. 그런데 남들이 다 보는 것을 피해서 엉덩이와 다리만 보게 되는 운명을 받아들이는 것 같습니다. 이쪽 살을 저쪽에 붙여

주고 다 덮어주지요. 그는 얼굴로 기억하지 못하고 상처와 상처를 꿰맨 흉터로 환자를 기억하는 슬픈 운명을 팔자로 여기는 것 같습니다. 나는 그가 괴팍한 환자들을 피하지 않고 받아서 곱게 다듬고, 그들이 가진 이런저런 합병증을 (모르는 것인지. 무서워하지 않는 것인지 어쨌든) 피하지 않는 것에 경이감을 느낍니다. 사실 그런 그를 보조하는 아랫사람들은 환자만큼 그도 괴팍하다고 말합니다. 그의 괴팍함이 우리의 뒷배입니다.

003. 그가 원래는 그렇게 초췌하지 않았다는 것을 저는 알고 있습니다. 그는 깎은 듯한 남자입니다. 그런 사람이 삭아가는 것을 보면 환자 보는 일이 참 힘들긴 힘든가 보다 생각합니다. 수술 이후의 문제를 다루는 것이 원래 그의 문제는 아니었을 겁니다. 그러나 지금은 수술 이후 숨이 찬 것이 그를 괴롭히는 주요 문제입니다. 왜 사람은 그렇게 단순한 기계가 아닌가? 왜 수술은 늘 잘되고, 그 이후의 고통은 늘 내 몫인가? 이렇게 부르짖을 만한데 그 또한 숨이 찬 고통 앞에서 물러서지 못하는 사람입니다. 새가슴이라 그렇지요. 그가 새가슴이라서 누군가는 발 뻗고 잠을 잘 것입니다.

004. 그는 가르치는 것에 희열을 느끼는 사람입니다. 물론 그의 가르침은 너무 깁니다. 만연체라서 듣다가 졸거나, 주어가 원래 무엇이었는지를 모르게 되거나, 걸어다니는 교과서라 너무 고리타분하게 느껴지기도 합니다. 그의 긴 설명 중에 입에 침이 마르는 것을 보는 것은 흔한 일이지요. 그렇지만 그는 예비 의사들에게 무엇을 어떻게 가르쳐야 하는지 아는 사람입니다. 없는 방식을 스스로 만들고 만들어서 실천하는, 가르치는 일의 강자지요. 또 그는 어떻게든 남의 환자를 좋게 만드는 데 혈안이 되어 있는 사람입니다. 밤늦게까지 남 좋은 일 하는 게 그렇게 그에게 중요하냐고 물으면 그렇다고 할 것입니다. 젠장.

005. 그는 오전 8시 즈음에 아침 회진을 시작합니다. 회진은 고도의 집중을 요합니다. 한눈팔면 금방 딴 길로 새지요. 위아래 합심하여 집중하지 않으면 안 생길 일도 생깁니다. 매일같이 되풀이되는 이 일상, 남들 보기에는 당연한 이 하찮은 듯한 병동 뱅뱅 돌기가 그가 하는 일의 중심입니다. 그러고는 외래를 보지요. 일주일에 네 번은 해야 합니다. 게다가 시술도 있습니다. 오전 오후 타과에서 부탁하는 잡스러운 일을 해결해줘야 합니다. 잡

스럽게 한 줄을 쓰기 위해서 사소하게 앉아 파악하는 시간은 또 잡스럽게 흘러갑니다. 일상의 무거움. 임상의 무거움입니다. 그도 세월이 좋을 때는 이렇지 않았답니다. 평생 이럴 줄은 몰랐다지요. 오호 애재라. 그래도 그냥 버티는 것은 자부심 때문입니다. 저한테 오셔서 다행이에요. 적어도 성의 없는 허튼 진료는 안 받으실 겁니다. 그런 생각을 하지요. 물론 때로 저도 우울하긴 해요. 술 한잔에 내비치는 마음입니다.

006. 그는 자기가 교수가 된 것은 운이 좋아서라고 만방에 소문을 냈습니다. 앞으로 이십 몇 년간 정년을 보장한다는 문서를 받았다고 자랑도 했지요. 앞으로는 자기처럼 운 좋게 교수가 되기는 어려울 거라고 예언까지 했습니다. 그는 자기 업적을 겸양으로 말하는 것이었고 험해지는 교수사회를 말하고자 하는 것이었는데 정말 돗자리를 깔아도 될 사람입니다.

007. 그는 이런 말을 했습니다. 몇 개의 창이 빛난다고 해서 그 창만으로 아주대 병원이라는 성을 지킬 수는 없습니다. 진료로 이루어진 성이고 이 성에는 내가 아는 주춧돌이 많습니다. 물론 내가 모르는 굳센 버팀목들도

여기저기 있겠지요. 작거나 크거나 눈에 띄거나 그렇지 않거나 이 기반이 모여서 쌓아지는 미래요, 이루어온 과거입니다. 묵묵히 있는 이들의 자부심을 흔들거나 비웃거나 얕잡아보는 일이 없기를 바랍니다. 성을 쌓기는 힘들어도 무너뜨리기는 쉬우며 무너진 후에 다시 쌓기는 처음 같지 않을 테니까요.

저는 묵직한 뒤를 해결하고 나오면서 이 007이 누구일까 궁금했습니다. 001에서 006까지는 제법 저의 더듬이를 굴려서 찍어볼 수 있겠는데 이 007은 참, 누다 나온 것처럼 찝찝한데 한 번 얼굴이라도 보았으면 싶습니다.

나무

김 선생님께.

우리 병원에 처음 오시는 거죠? 오자마자 13층 병원 건물과 10층 의과대학 건물을 보실 수 있으실 거예요. 저는 그 안에 있는 유능한 사람들, 멋진 방들, 잘 짜인 체계들, 훌륭한 업적들, 엄지손가락을 치켜들 일들 전부를 보여드릴 수 있어요. 그렇지만 오늘은 선생님을 모시고 제가 좋아하는 우리 병원 나무를 보여드리고 싶어요. 제가 여기 처음 온 건 1993년이지만 직장 일을 시작한 건 1999년부터예요. 그때부터 오랫동안 바라봤습니다, 이 나무들을요.

선생님은 버스에서 내려 걸어오실 테니 병원 중문으로 들어오기 쉬워요. 중문을 들어오시면 왼쪽엔 개나리가 오른쪽엔 조팝나무 생울타리가 있어요. 조팝나무는 그나마 좀 낫지만

301

개나리는 아쉬운 자리에 있습니다. 거긴 사람이 많이 드나들고 직원 버스가 오후에 대기하는 곳이거든요. 인도도 좁아요. 개나리가 줄기를 힘껏 뻗으면 누군가의 치마에 닿고 가방에 닿고 얼굴을 칠 수도 있어요. 하지만 늘 궁금하긴 하나 얼굴은 본 적 없는 우리 병원 정원사 아저씨가 자주 가지치기를 한답니다. 뭉텅이 뭉텅이로 샛노란 꽃을 보여줄 수 있는데 그럴 만하면 머리가 깎이지요. 조금 늦어 가지가 인도로 막 나오면 아저씨는 아마도 전화를 받나봅니다. 언제나 단정히 잘려 있거든요. 그래서 이 개나리는 노란 꽃 몇 개만 보여주고 가을까지 그냥 밍밍한 초록 잎으로 있어요. 장례식장 내려가는 언덕배기에서 가지를 길게 늘어뜨리고, 주렁주렁 꽃을 피우는 옆집 개나리가 부러울 따름입니다. 오른쪽엔 조팝나무 생울타리입니다. 저는 이 조팝나무를 보면 의정부 가는 길가에 쭉 심어져 있던 조팝나무를 떠올려요. 개네들은 이발을 안 했거든요. 그래서 위로 뻗은 가지에 자잘자잘한 흰 꽃들이 멋있었죠. 그때 봄비 속에 친구랑 걸었는데 그 친구가 그리운 건지, 단지 조팝나무를 좋아하는 건지 헷갈리긴 해요.

조팝나무 길 끝에 서면 병원과 대학 건물 사이에 잔디밭이 보여요. 예전엔 잔디밭이 더 넓었지만 지금은 주차장으로 바뀌었지요. 오른쪽으로 별관과 연결된 소나무 동산이랑 둥글게 둥글게 모여 있는 단풍나무가 보일 거예요. 먼저 대학 건물 앞쪽으로 가실까요? 우리 병원엔 소나무가 많아요. 키가 크고 쭉 뻗는 기골이 장대한 남자 같은 소나무도 있고요, 이리저리 휘었으면서도 안정감 있게 서 있는 선비 모양 소나무도 있지요. 대학 건물 제일 왼쪽에는 꾸불꾸불하지만 짱짱한 소나무들이 있어요. 이 소나무들 앞에 조형물이 있지요. 건장한 근육 좋은 젊은 남자가 왼 주먹을 쥐고 앞으로 내밀고 있어요. 이름은 '승리'지만 보는 사람 따라 다르지요. 건물 오른쪽에 또 다른 형제상이 있는데 그 이름은 '어부'예요. 그런데 이 어부에겐 머리가 없어요. 믿거나 말거나 학생들은 자기들이 원래 왼쪽 '승리'처럼 멋있고 머리도 있었는데, 졸업할 땐 머리가 없어지는 것 같다 하고, 교수들은 원래 머리 없던 애들을 저렇게 머리 있게 만들어놓는 게 아주대(교수)라고 해요. 해석은 입맛대로예요.

의과대학 건물 송재관 앞은 조촐한 한 줄짜리 정원이지만 그래도 거기에는 모과나무와 감나무가 있어요. 모과나무 줄기는 미끈하고 얼룩덜룩하지만 꽃이 아주 품위 있지요. 벚꽃은 모아놓은 아름다움이지만 모과꽃은 띄엄띄엄 분홍이 도도해요. 그 꽃 밑에서 울퉁불퉁 모과가 열리는데 노랗게 익은 모과까지 보기는 어렵답니다. 어느 날 바로 옆에 사는 감나무 감이 없어질 때 함께 사라져버리지요. 저는 언제 하나 떨어지기를 기다리거나, 또는 아무도 안 볼 때 하나 따보려고 노리는데,

저 말고 노리는 사람이 또 있는 게 틀림없습니다. 이 한 줄짜리 정원에 무슨 나무를 심을까 궁리하던 분은 그냥 양쪽을 완전히 대칭으로 만들어버리자고 한 뒤 잠드신 것 같습니다. 요즘 말로 콘셉트가 대칭인 거지요. 왼쪽 오른쪽이 완전히 같습니다. 잣나무, 향나무 두 그루, 감나무, 모과나무, 그 사이에 라일락, 향나무 두 그루, 내가 모르는 나무가 향나무 사이에 한 그루, 소나무 다섯 그루! 그래도 약간 다른 게 있는데 그걸 찾아보세요. 몇 번 왔다 갔다 하셔야 해요.

자, 이제 잔디밭을 가로질러 난 보도로 병원에 들어가십니다. 이 길은 넓고 탁 트여서 아찔합니다. 햇빛을 바로 받아서 아찔하기도 하고 푸른 하늘이 곧바로 보여서 아찔하기도 하죠. 처음 병원에 와서 모든 게 낯선 분들은 이 길이 외롭다고 합니다. 혼자서 걷는 느낌, 세상에 홀로인 듯한 느낌, 가운데로 걸어야 할지, 길가로 걸어야 할지, 병원까지 들어가기가 멀어서 생각이 많아지는 길이래요. 비가 올 때 그냥 비를 맞고 걷기에도 멀죠. 이 보도 끝에 둥글게 모아 심어진 모감주나무가 있습니다. 봄엔 원추 모양 꽃차례에 작은 노랑이들이 자잘자잘 달려 있습니다. 잎이 거칠어서 멋있다는 느낌은 안 드는데 한여름에 꽈리 모양 열매가 달리고 가을에 이 꽈리가 탁 터지면서 까만 콩알 같은 씨를 보여줄 때 예쁩니다. 이 씨는 단단해서 염주를 만들 때 쓴답니다. 일 년 삼백예순 날이 몇 번이나 오도록 이 씨를 본 적이 없다면 모감주나무가 섭섭해할 겁니다.

모감주를 지나면 이제 병원 현관입니다. 무덤덤하고 일에 바쁜 의사들이지만 아리따운 여인의 향기가 콧속으로 들어오면 어쨌든 고개를 돌리기 마련인데 일 년에 며칠 여기가 그렇습니다. 문 양쪽으로 라일락이 있거든요. 한두 그루가 아니라 둥글게 여남은 그루가 모여 있지요. '수수꽃다리'라는 좋은 우리말이 있지만 이젠 라일락이 더 익숙해졌습니다. 보라색 작은 종 같은 꽃에서 그렇게 좋은 향기가 나지요. 거기 서서 숨을 크게 들이쉬면 생각이 날지도 모릅니다. 여자친구를 위해 고르던 향수 또는 가슴을 뛰게 했던 어떤 남자의 향기.

선생님, 이제 좀 쉬고 싶죠? 나무 그늘에서 쉬고 싶다면 아쉽지만 갈 곳이 별로 없습니다. 병원 정문 옆 소나무길, 의과대학과 본교 사이에 벚나무, 매화나무 오솔길이 있지만 찻길에 둘러싸여 산책도 어렵고 앉기도 어렵죠. 응급실 옆에 배롱나무를 모아 심고 나무 의자를 가져다놓아 운치 있는 곳이 있긴한데 송풍기 소리로 시끄러워 앉기는 어렵습니다. 뉴욕 중심 금싸라기 땅에 센트럴파크를 만드는 낭만적인 사람들을 부러워하는 저는 이 순간 병원 산책길을 상상합니다. 잔디밭과 주차장을 꼬불꼬불 오솔길이 있는 동산으로 만드는 거죠. 사철 꽃도 보게 하고 나무 그늘도 있고 작은 연못도 만들고 정자도 만들고, 병원과 의과대학을 빙 둘러 수액을 달고서도 걸을 수 있게, 휠체어를 밀고도 갈 수 있게 턱을 없애고 부드러운 보도를 만드는 거예요. 차는요? 찻길을 크게 돌려 사잇길을 방해하는 일은 없게 하겠어요. 그러고 보니 잔디밭에 뜨고 내리는 헬리콥터가 문제군요. 거기는 큰 원을 남기고 주변을 키 작은 꽃과 갈대로 두르겠어요. 꿈도 야무지죠? 선생님, 이제야 생각났어요. 그 산책길이 어디서 끝나야 하는지요. 아주 좋은 곳이 있어요. 자, 의과대학 뒤로 다시 가셔야 해요. 보세요. 이 느티나무! 어느 한 가지 주저하지 않고 한껏 둥글게 뻗어 거침없이 펼친 모습! 키도 늘씬하고 굽은 곳도 없고, 옹이도 없이 아주 단정하고 굳고 씩씩하고 아름다운 자태예요. 기상이 있는 청년의 모습이랄까 강건한 그 누구처럼 보여요. 멋있죠? 세월이 흐르면 이 나무도 어느 동네의 정자목처럼 몸통이 굵어지고 그늘도 커질 거예요. 그 그늘에는 졸기도 하고 생각도 하고 연애도 하는 수많은 사람이 지나갈 겁니다. 선생님, 이 나무가 크는 만큼 병원도 그 품이 넓어지고 그릇도 커질까요? 그럴 겁니다. 그러는지 지켜봐주세요. 그리고 그때 또 와주세요.

감염된 독서

ⓒ 최영화

1판 1쇄	2018년 10월 15일
1판 4쇄	2020년 4월 3일
지은이	최영화
펴낸이	강성민
편집장	이은혜
기획	허나겸
마케팅	정민호 김도윤 고희수
홍보	김희숙 김상만 오혜림 지문희 우상희 김현지
펴낸곳	(주)글항아리	출판등록 2009년 1월 19일 제406-2009-000002호
주소	10881 경기도 파주시 회동길 210
전자우편	bookpot@hanmail.net
전화번호	031-955-2696(마케팅) 031-955-1936(편집부)
팩스	031-955-2557
ISBN	978-89-6735-549-4 03800

글항아리는 (주)문학동네의 계열사입니다.

이 도서의 국립중앙도서관 출판예정도서목록(CIP)은 서지정보유통지원시스템 홈페이지
(http://seoji.nl.go.kr)와 국가자료공동목록시스템(http://www.nl.go.kr/kolisnet)에서
이용하실 수 있습니다. (CIP제어번호 : 2018030173)